Né en 1955 à Turku, dans la minorité suédophone de la Finlande, Torsten Pettersson a grandi à Helsinki. Docteur en philosophie, il est actuellement professeur de littérature à l'université d'Uppsala (Suède). Il est l'auteur de nombreuses études littéraires et est connu pour sa poésie.

DU MÊME AUTEUR

Donne-moi tes yeux
Télémaque, 2010
et « Points », nº P2706

Torsten Pettersson

AU FOND DE TON CŒUR

ROMAN

Traduit du suédois
par Carine Bruy

Éditions Télémaque

TEXTE INTÉGRAL

TITRE ORIGINAL
Göm mig i ditt hjärta
ÉDITEUR ORIGINAL
Schildts & Söderströms

Publié avec l'autorisation de Stilton Literacy Agency, Finlande

ISBN 978-2-7578-3738-2
(ISBN 978-2-7533-0167-2, 1re publication)

Les penderies

Mardi 2 octobre 2007

J'aperçus Sonja de loin dans le couloir du commissariat. Elle portait son manteau sur un bras et agitait une feuille dans ma direction.

– Un enfant a disparu, me lança-t-elle.

Je revins sur mes pas et nous prîmes l'ascenseur ensemble pour immédiatement nous mettre en route. Nous connaissions tous les deux l'importance capitale des vingt-quatre premières heures. Au-delà, l'espoir de retrouver l'enfant en vie diminue, qu'il s'agisse d'un accident ou d'un enlèvement. Je consultai ma montre : 9 h 34.

Tandis que nous descendions, je lus le rapport : « Petra Nilsson, neuf ans, 1B Nikolajbacken. Elle n'était pas dans sa chambre au moment où on est venu la réveiller. Elle n'est pas à l'école non plus. » Jusqu'à récemment, nous aurions attendu douze heures avant d'entreprendre quoi que ce soit, car un enfant peut fuguer, traîner en ville ou s'être trompé de bus, mais désormais la menace était devenue si palpable que les nouvelles directives nous enjoignaient à intervenir sans délai. En effet, l'année précédente, un petit garçon avait disparu et n'avait jamais été retrouvé. Il était hors de question que cela se reproduise.

Je passai sous le pont de la voie ferrée et me dirigeai vers Nikolajbacken. Sonja restait silencieuse, son manteau ouvert et le papier serré dans la main. Il n'y avait rien à dire, car nous en savions si peu et nous étions tous les deux nerveux. Nous avions l'impression d'être des chirurgiens avant une intervention vitale à l'issue incertaine. Toutes nos actions seraient lourdes de conséquences, chacune de nos décisions, chacune de nos erreurs.

Sonja commença à étudier la carte de la ville tandis que je me préparais en pensant au secteur. L'adresse m'était familière : un ensemble d'immeubles derrière la gare routière, sur une colline isolée, à la lisière de la forêt. Des bâtiments construits à la va-vite et délabrés, où la commune avait entassé les cas sociaux, moyennant un loyer modique. Un monde clos où il se passait beaucoup de choses qui n'arrivaient aux oreilles de la police que si elles prenaient une tournure vraiment grave. Les collègues s'occupant des affaires de vol éclataient toujours de rire lorsque Nikolajbacken était mentionné, tant ils étaient habitués à y découvrir des appartements regorgeant de matériel électronique et de vêtements de marque. Quant à moi, j'y avais fait l'expérience de l'une de mes rares affaires de meurtre restée non résolue.

Nous nous engageâmes sur le parking bordé par un bâtiment en forme de L abritant les entrées 1A et 1B. Je me représentai mentalement l'autre côté : une petite aire de jeux et un autre parking devant l'étroit et long bâtiment 1C, tel un grand container largué devant les pins et les sapins.

Le vent nous ébouriffa lorsque nous descendîmes de voiture ; les arbres bruissaient et des lambeaux de nuages défilaient dans un ciel d'un bleu pur. Nous levâmes les yeux vers l'immeuble, comme si les murs grisâtres et les alignements monotones de fenêtres faisaient partie des pistes à étudier. Et effectivement, une femme était plaquée à une fenêtre, la main à mi-hauteur, ne sachant si elle devait faire signe ou non.

Nous gagnâmes l'entrée B où l'on avait grossièrement effacé les graffitis. Par contre, les parties les plus intimes de l'anatomie humaine étaient gravées dans l'ascenseur, accompagnées de leurs noms en suédois et en finnois.

L'appartement de Petra Nilsson se situait au troisième des cinq étages. La femme avait déjà ouvert la porte quand nous émergeâmes de la cabine. Elle avait une trentaine d'années, un bronzage artificiel très marqué et des cheveux peroxydés mi-longs. Un nuage de parfum entêtant nous enveloppa.

– Je m'appelle Harald Lindmark, commissaire de la police de Forshälla. Voici Sonja Alder, mon adjointe.

La femme avança d'un pas et tendit la main ; sa poignée était à la fois froide et ferme.

– Stina Nilsson. Merci de vous être déplacés aussi vite.

Un homme d'une quarantaine d'années aux cheveux bruns tondus, au visage couperosé et aux yeux soulignés par de profonds cernes, se tenait dans le vestibule.

– Tony. Salut !

Sa main était puissante et rugueuse, sa voix rocailleuse. Il resta dans l'encadrement de la porte tandis que Stina nous montrait le chemin du séjour où nous nous installâmes dans un canapé d'angle beige. Je décidai de laisser Sonja conduire l'entretien pendant que je les observerais attentivement.

– Voilà, commença Stina, la gorge serrée. Quand je suis entrée dans la chambre de Petra pour la réveiller pour l'école, elle n'était pas là. Elle s'était couchée comme d'habitude vers 9 heures hier soir. C'est toujours le cas quand il y a école et aujourd'hui, elle a un contrôle de maths alors c'était d'autant plus important. Tout était donc normal à ce moment-là, mais ce matin elle avait disparu. Volatilisée ! J'ai attendu jusqu'au début des cours au cas où, pour une raison bizarre, elle serait partie plus tôt, mais quand je les ai appelés et qu'ils m'ont répondu qu'elle n'était pas là, j'ai contacté la police. Merci d'être venus aussi vite.

– Est-ce qu'elle a un portable ? s'enquit Sonja.

– Oui, mais il est encore dans sa chambre. Nous sommes très inquiets.

– Est-ce que Petra a déjà agi de la sorte ?

– C'est une petite fille gentille et sage. Ce n'est pas du tout son style et l'institutrice à qui j'ai parlé est tout à fait d'accord. Petra n'est vraiment pas du genre à fuguer.

Je remarquai que Stina n'avait pas immédiatement répondu non à la question relative à d'éventuels précédents. Tandis qu'elle parlait, je sentis les relents d'alcool de la nuit s'échapper de sa bouche. L'air de rien, je passai les doigts sur le plateau marron de la table basse. Il était légèrement humide. On avait récemment essuyé les taches de la veille. Les yeux de Stina semblaient fatigués derrière le maquillage. Elle avait tout autant la gueule de bois que Tony, qui était appuyé contre le chambranle, mais se redressa quand Stina lança un regard dans sa direction par-dessus son épaule.

– Non, cela ne lui ressemble absolument pas, confirma-t-il. Elle n'a jamais disparu avant.

– Aurait-elle pu être stressée par le devoir de maths ? demanda Sonja.

– Peut-être un peu hier soir, concéda Stina, mais elle aime cette matière et c'est une bonne élève. En plus, elle a récité ses tables sans problème toute la soirée.

– A-t-elle emporté son cartable ? la questionna Sonja.

Stina se figea et son regard fut vide l'espace de quelques secondes. Sans dire un mot, elle se leva et passa devant Tony, qui s'écarta. Nous la suivîmes dans la chambre de Petra, sur la droite, juste après la porte d'entrée. Il y flottait une légère odeur de parfum bon marché.

– Il est là, s'écria Stina en désignant un sac à dos bleu et rouge avec une mini-peluche rouge attachée à la fermeture Éclair.

Sonja l'ouvrit et nous regardâmes ensemble les livres et les cahiers. Tous étaient soigneusement rangés, y compris son cahier d'exercices de mathématiques. Le petit bureau était lui aussi immaculé et parfaitement ordonné. Un pot à crayons rouge avait été disposé précisément au coin d'un sous-main vert bouteille tandis qu'une boule de verre contenant un paysage hivernal était posée sur l'autre coin. Je la pris. L'objet était étonnamment lourd. Je la secouai et il se mit à neiger sur un chalet et un enfant qui patinait. Sa taille était démesurément agrandie par le verre.

Sur une étagère près du bureau étaient alignés d'autres manuels scolaires et deux casiers à livres avaient été fixés au mur au-dessus du lit. Trois ouvrages usés de la série des « Anne de Green Gables » [1], qui

1. Anne est l'héroïne d'une série de romans écrits par la Canadienne Lucy Maud Montgomery au début du XXe siècle. *Anne of Green Gables* est le titre du premier roman. (Toutes les notes sont de la traductrice.)

venaient peut-être de Stina, un épais volume de Harry Potter et surtout deux collections de bandes dessinées, une jaune des numéros 1 à 22, et une vert clair de 1 à 14. J'en pris un exemplaire et l'ouvris. Une fillette aux grands yeux en amande et aux cheveux noirs me fixait. Un manga japonais. Je refermai délicatement l'album. Ils étaient tous parfaitement classés.

– Ils sont à Petra, commenta Stina. Elle les collectionne.

Je ne répondis pas et Stina comprit qu'elle devait garder le silence. Pendant que Sonja examinait le contenu des tiroirs du bureau, je parcourus la pièce du regard. On avait repeint par-dessus le papier peint, un mur en rouge et les trois autres en jaune, une épaisse couche qui laissait apparaître de fins interstices blancs dans les angles. Le drap-housse rouge dans le lit défait était orné de motifs enfantins. Par contre, la couette repliée au bout du lit était recouverte d'une vieille housse brune élimée destinée à un lit d'adulte. Une rangée de peluches, des tigres, des chats et deux grands nounours, y était posée. Une autre collection semblable était alignée par ordre de taille sur une chaise, près du bureau. Des vêtements étaient accrochés ou pliés dans la penderie. Seule une chemise de nuit blanche gisait sur le lit.

Malgré les efforts de Stina pour me barrer le chemin arguant qu'avec cette histoire, ils n'avaient pas eu le temps de faire le ménage, je fis le tour de l'appartement. Dans la chambre empestant l'alcool, le lit en métal doré encore défait était entouré de tas de vêtements sur le sol et les chaises. Des piles de vaisselle à l'odeur fétide traînaient dans la cuisine. L'atmosphère qui régnait dans la cage d'escalier était également présente dans l'appartement.

– Harald, est-ce que tu peux venir un instant ? me demanda Sonja depuis la chambre de Petra.

Elle avait mis la main sur une carte de la ville dépliée dans l'un des tiroirs.

– Qu'est-ce que tu en penses ? s'enquit-elle.

– Est-ce qu'un endroit particulier est marqué ?

– Juste son domicile ici, sur Nikolajbacken, mais on voit toute la ville jusqu'au centre.

– Ça ne veut pas dire forcément qu'elle ait projeté une expédition, fis-je remarquer.

Stina, qui n'avait cessé de me suivre, commençait à s'agiter.

– Où peut-elle se trouver ? Vous ne devriez pas être dehors en train de la chercher et de lancer un avis de recherche ou quelque chose comme ça ?

– C'est en cours, répliquai-je. Pouvons-nous tous aller dans le séjour ?

Une fois sur place, je poursuivis tandis que Sonja prenait des notes :

– Maintenant, nous allons récapituler l'emploi du temps de manière strictement chronologique. Petra a donc révisé pour son devoir de maths et s'est couchée à 9 heures. L'avez-vous vue après, au cours de la nuit ?

– Non, répondit Stina. Dès que nous fermons la porte de sa chambre le soir, nous ne la voyons plus avant que j'aille la réveiller vers 7 heures. Je lui prépare son petit déjeuner tous les matins et je veille à ce qu'elle parte à l'école.

– Alors elle n'est pas allée aux toilettes et n'a pas réclamé de verre d'eau au cours de la nuit ?

– Non. Je mets toujours un gobelet plein sur sa table de chevet le soir.

– Quand vous êtes-vous couchés ? intervint Sonja.

Stina jeta un coup d'œil en direction de Tony, qui se racla la gorge.

– Eh bien, c'était sans doute un peu tard.

– C'est important, soulignai-je sèchement. Il faut que nous sachions l'heure limite à laquelle vous auriez pu la voir sortir.

– Il devait bien être 2 heures, peut-être 3. Pas plus de 4 heures, répondit Tony.

Stina regardait par la fenêtre, visiblement embarrassée.

– L'auriez-vous remarqué, si Petra était sortie à ce moment-là ?

– Oui, bien sûr, rétorqua Stina. Par contre, après, nous dormions.

– Donc Petra a disparu entre 3 et 7 heures, récapitula Sonja.

– Oui, à peu près, confirma Stina et Tony acquiesça.

– Est-ce que quelqu'un d'autre a la clé de l'appartement ? poursuivis-je.

– Ta sœur..., déclara Stina.

– Non, l'interrompit Tony. Elle l'avait à une époque, mais je l'ai récupérée quand elle a déménagé en Norvège.

– Et le trousseau de Petra ?

– Il a disparu, répondit Stina. Sinon il serait dans le tiroir supérieur de son bureau. Je l'ai tout de suite vu et je me suis dit qu'au moins elle avait ses clés pour rentrer. Elle a également emporté sa montre.

– Est-ce qu'elle a un portefeuille ?

– Oui, mais il est resté dans le tiroir.

– Est-ce qu'il se pourrait qu'elle ait de la monnaie sur elle ?

Stina réfléchit.

– C'est possible. Avant son décès l'année dernière, sa grand-mère lui donnait parfois de l'argent de poche.

– Pouvez-vous nous décrire ses vêtements ? intervint Sonja.

– Elle a un anorak bleu ciel, un jean bleu foncé, un T-shirt blanc et un pull Hello Kitty rose avec un chat et un lapin. Elle porte des baskets grises avec des bandes blanches et roses. C'est tout ce qui manque. Par contre, sa bicyclette est toujours dans la remise. J'ai vérifié pour m'assurer qu'elle n'était pas partie faire un tour en vélo. La dernière fois que nous l'avons mesurée, elle faisait 1,32 mètre. Elle a peut-être gagné un centimètre maintenant. Vous n'allez pas lancer un avis de recherche ?

– Avez-vous une photo ? demanda Sonja, tout en prenant des notes.

Stina se rendit dans la cuisine et nous l'entendîmes ouvrir plusieurs placards, puis elle revint avec une enveloppe dont elle sortit un paquet de clichés. Après les avoir compulsés, elle m'en tendit deux. L'un les représentait, elle et Petra, au-dessus d'une couverture sur une plage de sable ; la seconde était un gros plan un peu flou et légèrement surexposé de Petra en maillot de bain rouge.

– Est-ce qu'elles ont été prises récemment ? l'interrogeai-je.

– Oui, l'été dernier.

– Petra a-t-elle des amis ? continua Sonja.

– Pour l'instant, il n'y a pas d'enfant du même âge dans l'immeuble, mais elle a des copines à l'école, répondit Stina. L'école Topelius. En particulier, sa meilleure amie, qui s'appelle Daniela Karén. J'ai appelé chez eux, mais personne ne répond et selon l'institutrice, Daniela est en classe.

– Est-ce que Petra a des amis avec qui elle chatte ? continua Sonja.

– Comment ça ?

– Des connaissances avec qui elle chatte sur la toile.

– Non, nous n'avons pas d'ordinateur.

– D'accord. Comment Petra va-t-elle à l'école ? Est-ce que vous l'accompagnez en voiture ?

– Tony a vendu notre véhicule l'année dernière, répondit Stina sur un ton monocorde. Petra prend le bus. Elle ne se rend jamais seule en ville. Elle fait juste un peu de vélo dans le coin.

– Pensez-vous qu'elle aurait pu aller chez quelqu'un d'autre ? De la famille ?

– Non, mes deux parents sont morts, de même que le père de Tony et sa mère vit dans une maison de retraite, à Vanda. Je n'ai ni frère ni sœur, et la sœur de Tony est célibataire. Petra n'a donc pas de cousins.

– Fait-elle partie d'un groupe ou quelque chose comme ça ?

Stina secoua la tête.

– Petra joue juste au bandy[1] en salle. Je me suis dit qu'ils avaient peut-être un entraînement supplémentaire, alors j'ai appelé le concierge du gymnase, mais il m'a répondu qu'il n'y avait personne là-bas et que tout était fermé à clé.

– Est-ce que Petra souffre d'une maladie, de diabète ou d'une allergie, un problème qui nécessiterait des médicaments ?

– Non, Dieu merci ! s'exclama Stina. Mais je comprends ce que vous voulez dire.

– Et que faites-vous, vous deux ? demandai-je.

1. Sport d'origine russe, ancêtre du hockey sur glace.

– Je suis femme de ménage, répondit Stina, mais il m'arrive également de travailler à temps partiel dans un kiosque à journaux.

– Je suis chauffeur routier, dit Tony en me regardant droit dans les yeux. Mais là, je prends une petite pause. Des problèmes de dos et ce genre de choses.

Sonja et moi échangeâmes un regard où brillait un petit sourire las : la situation sociale typique de Nikolajbacken. L'entretien touchait à sa fin.

– Bien, dis-je en présentant notre carte de visite. Voici les numéros auxquels vous pouvez nous joindre. Veillez à ce que vos portables restent allumés jour et nuit, et qu'il y ait toujours au moins l'un d'entre vous à la maison au cas où Petra rentrerait ou si nous avions besoin de vous voir. Nous allons à l'école maintenant et nous emportons cette photo.

– Il faut que vous la retrouviez, déclara Stina en me lançant un regard implorant.

– Oui, il faut que vous fassiez tout ce que vous pouvez, intervint Tony en faisant un pas vers moi.

– Ce sera le cas, n'en doutez pas, répondis-je. Cette affaire est notre priorité.

Devant la porte d'entrée, une idée me traversa l'esprit.

– Pouvez-vous nous donner la brosse à dents de Petra, pour l'ADN ?

– Vous voulez dire pour pouvoir identifier un cadavre ? s'écria Tony dont la voix monta dans les aigus.

Ses sentiments étaient manifestement plus profonds qu'il ne le montrait.

– Non, répondit Sonja. C'est une simple mesure de routine, comme pour la photo. Pouvez-vous également nous fournir les empreintes digitales de Petra, par exemple sur le gobelet qu'elle utilise avec sa brosse à dents ?

Sonja accompagna Stina à la salle de bains et en ressortit avec la brosse à dents et le gobelet dans l'un de nos sachets transparents. Nous prîmes congé en promettant de leur donner des nouvelles avant la fin de la journée.

Nous nous installâmes en voiture, mais ne nous mîmes pas en route immédiatement. Sonja utilisa son ordinateur portable pour communiquer les renseignements relatifs à Petra au commissariat afin qu'ils lancent un premier avis de recherche. J'observai la photo de l'enfant. Des cheveux blond foncé mi-longs, une frange, quelques taches de rousseur sur le nez et une bouche souriante qui révélait un léger diastème. Des gouttes d'eau sur sa lèvre supérieure indiquaient qu'elle venait de se baigner et les pointes de ses cheveux étaient également mouillées. Elle fixait l'objectif en plissant ses yeux brillants.

Tant de vie et pourtant si peu de force dans ces membres graciles pour celui qui voudrait…

– Tu penses qu'ils ont fait le coup ? demandai-je à Sonja.

– Qui ça ?

– Les parents. Tu crois qu'ils ont tué la gamine, dissimulé son corps pendant la nuit et qu'ils prétendent maintenant qu'elle a disparu d'elle-même ?

– Je n'ai rien vu qui l'indique.

– Peut-être pas, poursuivis-je. Mais quand un enfant disparaît, c'est toujours une hypothèse très probable, et c'est vraiment manifeste dans ce cas. Il ne t'a pas échappé qu'ils avaient picolé la moitié de la nuit ? Ils sont tous les deux sans emploi fixe et passent le plus clair de leur temps dans l'appartement, sans argent.

Dans une telle situation, une querelle peut rapidement éclater. Petra se réveille, s'interpose ou les énerve en criant ou en pleurant, est poussée sur le côté, heurte malheureusement un coin de table en tombant…

– Bien sûr, mais nous devons quand même…

– Évidemment, l'interrompis-je sèchement en constatant qu'elle voulait m'apprendre mon métier. Il est clair que nous allons également étudier d'autres pistes. Nous partons du principe que Petra est encore en vie, mais nous devons aussi envisager toutes les hypothèses, même la pire. Comparé à ça, une fugue ou même un kidnapping est préférable.

– Oui, tout à fait, répliqua Sonja. Mais les parents m'ont paru sincèrement inquiets et ne m'ont pas donné l'impression d'avoir quelque chose sur la conscience.

– C'est difficile à déterminer, car leurs émotions étaient complètement anesthésiées par la fatigue et la gueule de bois. Tu as vu l'état de l'appartement ?

– Un capharnaüm, sauf la chambre de Petra. Elle maintient une oasis d'ordre au milieu de leur pagaille et de leur crasse. Tu aurais dû voir la baignoire !

– Appelle Markus et Hector et dis-leur d'aller vérifier au gymnase. Ensuite, qu'ils mènent l'enquête de proximité. Dis-leur de demander aux voisins s'ils connaissent la famille et s'ils ont vu Petra ou ses parents sortir au cours de la nuit. Il n'est pas impossible qu'un insomniaque ait jeté un coup d'œil par la fenêtre. Pendant ce temps-là, je vais aller vérifier un truc ; ce ne sera pas long. Puis on ira à l'école.

Je quittai la voiture et fis le tour du bâtiment au petit trot. De l'autre côté, c'était comme dans mon souvenir : l'aire de jeux à l'abandon, le bac à sable en piteux état, seulement deux voitures sur le parking. Je me dirigeai vers l'entrée C. La porte était faussée et il n'était plus possible de la refermer complètement. Quand je tirai sur la poignée, un nuage de copeaux de peinture s'éleva. Les noms des locataires étaient difficiles à déchiffrer en raison de tous les morceaux de papier qui avaient été collés les uns sur les autres, mais il habitait toujours là !

Henrik Ingves, l'un de nos principaux suspects pour le viol et le meurtre commis trois ans plus tôt dans la forêt derrière l'immeuble. Il pourrait bien être du genre à s'en prendre à une fillette. Je me souvenais parfaitement que son appartement se situait juste derrière l'escalier, au rez-de-chaussée. Je sonnai.

Pas de réponse. Je tendis l'oreille en quête d'un bruit émis par un enfant qui aurait cherché à crier à travers un bâillon. Je sonnai à nouveau, mais tout était silencieux. Seule la ventilation se faisait entendre.

De retour à la voiture, je consultai l'heure : 10 h 31. Il s'était écoulé cinquante-sept minutes. Nous serions à l'école à 10 h 40. J'effectuai un demi-tour serré pour m'engager sur la route.

L'école Topelius était aussi déserte qu'au milieu de l'été. J'entrai à vive allure dans la cour et pilai devant l'entrée principale. Personne ne vint à notre rencontre. On ne semblait pas avoir pris la mesure de ce qui se passait. Nous frappâmes à la première porte et on nous guida jusqu'à la classe de Petra. L'institutrice, une femme d'une quarantaine d'années aux formes généreuses, mais au visage étonnamment anguleux, savait de quoi il retournait après la conversation qu'elle avait eue avec la mère de Petra. Elle voulut sortir dans le couloir, mais nous la poussâmes presque à l'intérieur, car c'était aux enfants que nous voulions parler en priorité. Je laissai faire Sonja, mais demandai en chuchotant à l'institutrice de discrètement me désigner Daniela. Deuxième rang. De longs cheveux bruns et une robe à motif écossais soignée. La place vide de Petra deux rangs derrière.

– Bonjour à tous ! Je m'appelle Sonja et je suis de la police. Nous recherchons Petra, votre camarade, qui a disparu.

J'observai Daniela, qui ouvrit la bouche et écarquilla les yeux, réellement surprise.

– Est-ce que l'un d'entre vous a entendu Petra dire qu'elle avait l'intention d'aller quelque part aujourd'hui ? poursuivit Sonja.

Pas de réponse, plusieurs élèves se tortillèrent et regardèrent en direction de Daniela. Elle s'en aperçut et secoua la tête, fronçant les sourcils l'air de dire : « Pourquoi est-ce que vous me regardez comme ça ? »

– Connaissez-vous des amis que Petra aurait en dehors de l'école ?

Toujours pas de réponse, mais l'attention tendue des enfants commençait à se relâcher. L'un regarda par la fenêtre, un autre se fourra un doigt dans le nez. Daniela regardait droit devant elle, parfaitement immobile.

– Est-ce que quelqu'un a parlé à Petra au téléphone aujourd'hui ?

– Les portables sont interdits dans l'enceinte de l'établissement, intervint l'institutrice. Toute la journée et cela vaut également pour les SMS.

– Parlez-moi de Petra, dit Sonja, qui avait décidé de changer de stratégie.

Tandis que les enfants nous racontaient tour à tour des choses que nous savions déjà, j'avançai jusqu'à la place vide de Petra. L'intérieur de son pupitre était soigneusement décoré de toile cirée rouge, mais ne contenait pas grand-chose : une gomme, deux crayons et quelques dessins dans le style manga.

Je revins sur mes pas et d'un geste de la main, invitai l'institutrice à me suivre dans le couloir tandis que Sonja continuait avec les élèves.

– Quel est votre sentiment à l'égard de Petra et de sa famille ? lui demandai-je.

– C'est une petite fille intelligente et précoce. Elle est capable d'écrire de longues histoires très inventives dans une langue d'une étonnante qualité. Elle est parfois un peu distraite et renfermée. Dans ces moments-là, elle paraît triste, mais elle réagit sur-le-champ quand on lui adresse la parole et redevient normale. La mort de sa grand-mère l'année dernière l'a vraiment bouleversée.

– Et Daniela Karén est sa meilleure amie ?

– Oui. Elles bavardaient tellement quand elles étaient l'une à côté de l'autre que j'ai été obligée de les séparer. Mais elles passent toujours les récréations ensemble.

– Et les parents ?

– Vous les soupçonnez ? demanda-t-elle, en alerte.

– Non, pas pour l'instant, mais nous nous renseignons sur tous les membres de l'entourage de Petra, marmonnai-je en regardant par la fenêtre pour dissimuler un petit sourire.

Je me trouvais face à une personne aussi foncièrement soupçonneuse que moi, sans doute parce qu'elle avait autant de contacts que moi avec ce qu'on appelle communément « la dynamique familiale ».

– Le père, je ne l'ai jamais rencontré, poursuivit l'institutrice. Par contre, la mère vient toujours aux réunions. Elle est assez tendue, mais tous les compliments qu'elle entend au sujet de Petra lui font plaisir. D'un autre côté, manifestement cela l'a irritée d'apprendre que sa fille bavardait trop avec Daniela pendant la classe. Elle semble nourrir de grandes ambitions pour elle et se défend, tout comme Petra, à la moindre critique. C'est le souvenir que j'ai gardé d'elle après la réunion de l'année dernière. Cette année, je ne l'ai pas encore rencontrée.

– Est-ce que Petra a déjà manqué l'école ?

– Seulement quand elle était malade. Elle n'est pas du genre à sécher les cours.

– Avez-vous déjà constaté qu'elle avait des hématomes ou quelque chose comme ça ?

– Non, absolument pas. Et l'introversion de Petra ne me paraît pas de celles qu'on rencontre chez les enfants maltraités. Il s'agit plutôt de chagrin, comme après la mort de sa grand-mère.

– A-t-elle des centres d'intérêt en dehors de l'école, un endroit où elle aurait pu aller ?

– Pas que je sache et elle n'a rien noté à ce sujet dans son emploi du temps à la maison. Il est plus fantaisiste que réaliste. Elle lit sans doute beaucoup, mais je n'en sais pas plus que ça. Ma classe compte trente-deux élèves. La plupart jouent au bandy en salle, mais je ne sais pas si c'est le cas de Petra.

– Bien. Merci. Je ne vais pas vous déranger plus longtemps. Pouvez-vous demander à ma collègue de me rejoindre quand elle estimera avoir fini ? Et puis nous voulons parler à Daniela Karén.

J'attendis en faisant les cent pas dans le couloir. Petra était également passée sur ce dallage gris, entre ces vêtements accrochés aux patères, la plupart du temps avec les autres, mais peut-être parfois seule. À quoi pensait-elle, elle qui avait l'imagination si fertile, quand le soleil dessinait des taches sur les murs et que les nuages défilaient dans le ciel ? Voyait-elle des montagnes d'or et des voiles blanches ? Pouvait-elle, tout comme moi, sentir ces odeurs dégagées par les vêtements, l'odeur écœurante qu'ils produisent tous ensemble même lorsqu'ils ne sont pas sales ?

Je m'apprêtais à consulter ma montre lorsque Sonja sortit en compagnie de Daniela, qui me tendit la main. Ses doigts donnaient l'impression de biscuits apéritifs susceptibles de casser au moindre contact un peu trop appuyé.

Sonja et la fillette s'assirent sur un banc, je restai en retrait afin d'observer son visage régulier et ses grands yeux marron.

– Petra et toi êtes de bonnes amies, pas vrai ? commença Sonja.

– Oui.

– Qu'est-ce que vous faites ensemble habituellement ?

– On parle. On apprend nos leçons.

– Mais pas hier soir ?

Daniela secoua la tête.

– Qu'est-ce que Petra aime faire pendant son temps libre ?

– Jouer au bandy en salle. Elle lit beaucoup. Des fois, elle écrit et dessine des mangas elle-même.

– Toi aussi ?

– Moi, j'en lis, c'est tout.

– Est-ce que tu surfes souvent sur Internet ?

– Ça m'arrive.

– Tu as un ordinateur à la maison alors ?

– J'ai le droit de me servir de celui de mon grand frère.

– Est-ce que vous en avez un, ici à l'école ?

– On peut aller dans la salle informatique, quand elle est libre.

– Est-ce que Petra le fait ? Elle n'a pas d'ordinateur chez elle.

– Oui, des fois on y va ensemble après les cours.

– Vous chattez dans ces cas-là ?

– Bien sûr.

– C'est quoi le pseudo de Petra ?

– Missan.

– Est-ce qu'il y a une personne en particulier avec laquelle elle a l'habitude d'échanger ?

– Je ne crois pas. Différentes personnes. Des enfants.

– De quoi discutez-vous ?

– De ce qui se passe à l'école. Si on a lu un bon livre ou une chouette bande dessinée.

– Est-ce que toi ou Petra avez déjà rencontré quelqu'un avec qui vous aviez d'abord chatté ?

– Pas moi, en tout cas. Mes parents m'ont dit que je ne devais pas le faire. Et je ne crois pas que Petra l'aurait fait non plus.

– Elle t'en aurait parlé ?

– Bien sûr.

– Oui, vous êtes quand même les meilleures amies. Est-ce que tu connais quelqu'un chez qui Petra aurait pu aller aujourd'hui ?

Daniela réfléchit.

– Non, je ne vois pas. En dehors de moi, bien sûr. Et des autres élèves de la classe.

– Personne à l'extérieur de l'école ?

– Non, elle n'a pas de copains dans son immeuble.

– Est-ce que tu crois qu'elle aurait pu se rendre quelque part en ville ?

– Je ne pense pas qu'elle ait le droit d'y aller seule. Sa mère l'accompagne à la bibliothèque quand elle veut des nouveaux livres. Et parfois à la piscine.

– Est-ce que tu sais où elle pourrait être ?

Daniela réfléchit à nouveau, mais finit par secouer la tête et regarder par la fenêtre. Sonja se tourna vers moi, mais je n'avais pas d'autres questions. Nous laissâmes donc Daniela retourner en classe et nous dirigeâmes vers la sortie. Cependant, un bruit nous retint. C'était Daniela. Cramponnée à la poignée de la porte, elle sanglotait.

– Comment Petra a pu disparaître ? Où est-ce qu'elle est allée ? Vous pensez que quelqu'un l'a emmenée ? Mon papa m'a dit qu'il y a des gens qui enlèvent des enfants.

Les sanglots se transformèrent en un mugissement. Nous revînmes rapidement sur nos pas et Sonja s'accroupit devant la fillette. Ses yeux débordaient de larmes et les commissures de ses lèvres s'affaissaient. Je me penchai et pris ses mains menues dans les miennes.

– Petra est sans doute bien traitée, déclarai-je tout en réalisant qu'un enfant de neuf ans ne comprenait peut-être pas ce mot. Il ne lui est sans doute rien arrivé de mal, mais ce n'est pas une bonne chose qu'elle ait disparu. Ses parents sont inquiets et nous aussi.

– Pourquoi vous êtes inquiets s'il n'est rien arrivé ? Elle a peut-être été écrasée, gémit Daniela. Elle est peut-être pleine de sang et morte.

L'institutrice ouvrit la porte.

– Elle s'inquiète pour Petra, expliquai-je sur le ton de l'excuse.

– Pauvre petite, commenta l'institutrice d'une voix pleine de compassion. Viens, allons boire un peu d'eau fraîche.

Elle m'adressa un regard sévère avant de soulever l'écolière comme une poupée de chiffon et de s'éloigner. Par-dessus son épaule, je vis le visage de la fillette : elle pleurait toujours, mais semblait un peu plus calme à présent. Ses yeux marron humides disaient que tout était de notre faute.

Les autres enfants s'étaient agglutinés dans l'ouverture de la porte, pour assister à la scène. Un assemblage de visages telles de grosses fleurs, tout à la fois inquiets et remplis d'une curiosité enjouée. Passionnés par l'affaire. Je leur adressai un petit sourire et lançai un regard apaisé à Sonja, mais ses pensées étaient sombres et ses yeux brillants.

Sans un mot, nous parcourûmes les couloirs qui résonnaient du seul bruit de nos pas. Les miens produisaient un son sourd, ceux de Sonja étaient plus rapides et sonores. Une fois dans la cour, nous ne gagnâmes pas tout de suite la voiture, mais nous assîmes sur un banc le long de la façade. Le soleil brillait derrière nous et le ciel affichait un bleu automnal profond. Les ombres des nuages dessinaient d'étonnantes arabesques sur le bitume et les balançoires.

Dans un premier temps, nous gardâmes le silence en lorgnant discrètement l'un en direction de l'autre.

– Est-ce que cette situation est difficile pour toi ? demandai-je au bout d'un moment.

Sonja détourna les yeux, comme pour dissimuler ses larmes.

– Nous n'avons rien à nous reprocher, repris-je. Nous ne pouvions pas prévoir la réaction de cette fillette.

– Non, ce n'est pas ça, répondit Sonja après s'être raclé la gorge.

– Tu veux peut-être dire que toute cette affaire est pénible, tentai-je.

– Oui. Quand Daniela s'est mise à pleurer, j'ai réalisé tout ce que cela impliquait pour Petra. C'est vraiment grave !

– Je comprends. C'est humain d'être secoué, mais d'un autre côté, dans une enquête, nous devons rester imperturbables et être prêts à faire face à n'importe quelle situation. On doit explorer toutes les pistes, même celles qui sont douloureuses pour nous comme pour d'autres. Nous ne pourrons redevenir sensibles que lorsque tout sera fini.

Ces mots paraissaient étranges et ma voix plus tranchante que je n'en avais l'intention. Je pensais atténuer un peu mon propos avec un « Je veux dire… », mais je sentis alors que c'était la dure réalité et qu'elle devait être dite.

Sonja ne répondit pas.

– Si tu estimes que c'est trop…, commençai-je.

– Non, m'interrompit-elle à voix basse sans me regarder. Ça ira.

Je n'en étais pas convaincu. Je me relevai et la fixai afin de l'obliger à croiser mon regard. Elle était au bord des larmes.

– Tu es sûre ? lui demandai-je sur un ton sérieux. Dans une situation comme celle-ci, il faut que je puisse compter sur tous ceux qui…

– Oui, je suis sûre, répliqua-t-elle d'une voix déterminée et irritée tout en se levant pour se diriger vers la voiture.

Je la suivis lentement et fis un tour de la cour pour réfléchir à notre conversation.

Lorsque j'arrivai à la voiture, Sonja discutait avec le commissariat au téléphone. L'avis de recherche avait été lancé et les vérifications usuelles auprès de l'hôpital du district avaient été effectuées sans résultat. Au moins Petra n'avait pas été renversée par une voiture et tous les policiers disposaient de son signalement. Des dizaines d'yeux allaient rechercher une fillette vêtue d'un anorak bleu ciel, se promenant seule en ville. Si par bonheur, c'était ce qu'elle faisait.

Il était 11 h 52.

– Allons déjeuner et profitons-en pour faire le point, dis-je à Sonja. Il faut qu'on avale quelque chose, la journée sera longue. Cela durera peut-être même plusieurs jours. Même si l'heure tourne, on ne doit pas s'épuiser mais prendre des forces. Et puis ce n'est pas comme s'il ne se passait rien : l'avis de recherche est lancé et le porte-à-porte a commencé.

Sonja conduisait. Après quelques minutes, je tentai une plaisanterie.

– Une nouvelle variante des brutalités policières : faire pleurer les enfants ! Imagine si toute la classe avait éclaté en sanglots. Nous aurions eu droit à un article dans le journal.

Sonja m'adressa un sourire forcé.

À 12 h 47, nous étions de retour à Nikolajbacken. Nous avions appelé Markus et Hector afin qu'ils nous rejoignent devant le bâtiment A. Markus était déjà là quand nous nous engageâmes sur le parking et Hector sortit à la hâte du bâtiment B. Il laissa Markus s'exprimer.

– Nous sommes donc d'abord allés au gymnase où le concierge nous a fait entrer. Il était fermé à clé et il n'y avait personne à l'intérieur. Ensuite, nous sommes venus ici et j'ai fait le tour du bâtiment A. Beaucoup de locataires ne m'ont pas ouvert, ils n'étaient manifestement pas chez eux à cette heure-là ; mais parmi les autres certains connaissaient Petra. Cette disparition les a peinés et ils ont promis de garder l'œil ouvert et de nous appeler s'ils la voyaient, mais aucun n'avait d'éléments à nous apporter. Ils ne savaient pas grand-chose au sujet de la famille, mais une dame trouvait que Petra avait souvent l'air triste.

– Idem pour le bâtiment B, enchaîna Hector. Beaucoup de gens étaient absents, mais la voisine du deuxième étage, une femme d'une cinquantaine d'années qui occupe l'appartement juste en dessous de celui des Nilsson, était chez elle parce qu'elle est en arrêt maladie. Elle était effectivement d'une pâleur peu commune et semblait tout juste sortir de son lit. Elle avait rattrapé le sommeil perdu après avoir été réveillée par une dispute chez les Nilsson. Apparemment, il est assez fréquent qu'ils ne fassent pas le moindre bruit jusqu'à minuit, mais qu'ils se rattrapent ensuite en pleine nuit. « On entend à leurs voix qu'ils picolent » m'a dit madame Ramani. C'était d'ailleurs le cas la nuit dernière, jusqu'à environ 3 h 30.

– A-t-elle également entendu une bagarre ? m'enquis-je.

– Pas vraiment, mais elle m'a déclaré que cela ne l'aurait pas étonnée qu'ils se tapent dessus, « vu ce qu'ils descendent ».

– Est-ce qu'elle est allée à sa fenêtre et a vu quelque chose ?

– Je lui ai posé la question, mais elle m'a répondu qu'elle avait juste essayé de se rendormir, avec des boules Quies et l'oreiller plaqué sur la tête.

– Est-ce qu'elle a déjà vu des hématomes sur Stina ou Petra ?

– Non, mais, selon elle, la mère se met de telles couches de maquillage que c'est difficile à déterminer.

Il se tut et ils tournèrent tous les trois le regard vers moi.

– Nous avons donc un scénario possible, résumai-je. Les Nilsson picolent et se mettent à faire du tapage. Ils réveillent Petra qui sort de sa chambre. Elle vient se plaindre de ne pas pouvoir dormir alors qu'elle a besoin de se reposer avant son devoir de maths. Les parents sont ivres et déjà échauffés par leur querelle et l'un d'eux pousse Petra. Elle tombe et se cogne si violemment la tête qu'elle perd conscience. Elle est morte ou ils pensent qu'elle l'est et dissimulent son corps dans une cave ou dans les ordures de l'immeuble. Ensuite, ils cachent ses clés et ses vêtements et prétendent qu'elle est partie d'elle-même.

Ses deux collègues masculins acquiescèrent, Markus avec une froideur toute professionnelle, Hector, l'air un peu plus pensif, comme s'il songeait à ses propres enfants.

– Qu'est-ce qu'on fait maintenant ? demanda-t-il.

– On laisse les techniciens passer l'appartement au peigne fin, décidai-je. Sonja et moi n'avons pas vu de sang quand nous y sommes allés, mais ils pourront en détecter les traces avec des produits chimiques, même si elles ont été nettoyées. En même temps, nous travaillons sur les autres hypothèses, y compris celle du kidnapping. Les techniciens devront donc également rechercher des traces d'ADN étranger, surtout dans la chambre de Petra. Sonja, appelle-les et accompagne-les, c'est la priorité des priorités. Si nos soupçons sont fondés, il se pourrait que Petra soit encore en vie et qu'elle soit inconsciente, quelque part. Il est difficile pour un profane de déterminer si une personne est morte ou juste évanouie. Elle pourrait être sauvée si nous la retrouvons à temps. Vous deux, poursuivez l'enquête de voisinage. Occupez-vous également du bâtiment C et retournez aux appartements où vous avez trouvé porte close. Ensuite, il faudra que vous soyez présents quand Sonja et les techniciens entreront, au cas où les époux Nilsson feraient de la résistance. Mais traitez-les avec égard. Il se peut que ce soient des gens parfaitement innocents dont la vie est en train de virer au cauchemar.

– Ça existe les gens innocents ? lança Markus, s'attendant visiblement à être félicité pour ce bon mot.

– En l'occurrence, nous n'en savons rien et nous traitons donc tout le monde avec courtoisie. Je ne devrais pas avoir à le rappeler ! Nous gardons pour nous ce que nous pensons des gens sur lesquels nous enquêtons. D'accord ? demandai-je en fixant Markus.

Il détourna les yeux et marmonna une réponse incompréhensible.

– Markus et Hector, poursuivis-je, fouillez également les caves et les bennes à ordures. Je suis une autre piste et je vous rejoins ensuite chez les Nilsson.

Les deux gars se dirigèrent vers le bâtiment A. Sonja m'adressa un regard interrogateur. Elle voulait que je lui dise ce qu'était cette autre piste, mais comme je ne fis que la dévisager à mon tour, elle se mit à tripoter son portable. Je partis en direction de l'entrée C. Les nuages poussés par le vent puissant s'amoncelaient au-dessus de la forêt. Dans une heure, il pleuvrait.

Cette fois-ci, il était chez lui. Henrik Ingves. Des pas discrets, une ombre de l'autre côté du judas, puis une pause, le temps de la réflexion, avant que la porte ne s'ouvre.

– Bonjour, déclarai-je en appuyant sur les syllabes. Harald Lindmark, de la police criminelle. Vous vous souvenez de moi ?

– Comment pourrais-je vous oublier, vous et vos accusations absurdes, répondit Ingves, l'air aussi amer que trois ans auparavant.

Il avait un peu plus de quarante ans à présent et n'avait pas beaucoup changé. Son visage aux traits fins soigneusement rasé s'était un peu arrondi ; ses lèvres tordues comme s'il allait vomir s'étaient affinées et le brun de ses cheveux à la coupe courte irréprochable s'était légèrement teinté de gris.

– À l'époque, nous enquêtions sur un crime et c'est une affaire semblable qui m'amène aujourd'hui.

– Et vous allez m'accuser pour des raisons aussi futiles que la dernière fois !

– De quoi vous accuserais-je ?

– Vous allez sans doute me l'apprendre.

– Est-ce que je peux entrer ? (Ingves marqua un temps d'hésitation.) Soit j'entre, soit vous me suivez au commissariat.

L'homme s'effaça pour me laisser passer et me montra le chemin d'un geste exagérément théâtral des deux bras. Il endossa le rôle de maître d'hôtel distingué, ce qui était effectivement sa profession.

Son séjour était fidèle à mes souvenirs : décoré avec goût de meubles en acajou et en cuir noir. Deux points attiraient le regard : un tableau abstrait au-dessus du canapé et une collection d'objets en cuivre dans la bibliothèque. D'un autre geste solennel, il m'invita à prendre place dans le canapé tandis que lui s'installait dans l'unique et imposant fauteuil de la pièce. Je perçus une vague odeur de tabac qui indiquait qu'Ingves ne fumait pas, mais qu'il autorisait une autre personne à le faire de temps à autre dans son appartement.

– Connaissez-vous Petra Nilsson, une fillette du bâtiment B ?

– J'ai vu une fillette devant l'immeuble, mais j'ignore son nom.

– Elle a disparu.

– C'est ennuyeux, mais en quoi suis-je concerné ?

– Nous examinons toutes les pistes et le temps presse.

– Mais je ne suis pas une piste, rétorqua Ingves. Je ne le suis que si – et c'est votre idée fixe – l'on est persuadé que j'ai tué Julia Dunander. Et là, vous pensez quoi ? Que j'ai assassiné une petite fille ?

– Violée et tuée, comme la première fois.

– Le procureur ne l'a pas cru à l'époque et personne n'y croira davantage cette fois-ci.

– Dans ce cas, vous ne verrez pas d'inconvénient à ce que je fasse un petit tour.

– Ici, dans mon appartement ? Pour voir si une fillette est cachée sous le lit ou dans une penderie ? Vous offensez autant mon intelligence que vous avez déjà blessé mon intégrité. De quel droit le faites-vous, sans l'ombre d'une preuve ?

Je le fixai et esquissai un sourire. Ses yeux marron croisèrent mon regard sans ciller tandis qu'il réfléchissait.

– À une condition, finit-il par dire. Que je puisse prendre des photos de vous pendant que vous fouinerez. Cela pourrait se révéler utile à un moment ou un autre : des clichés du grand Harald Lindmark en train de fouiller des penderies et de soulever des matelas. De se couvrir de ridicule.

Le bon vieil Ingves était de retour, toujours aussi créatif et imprévisible dans ses réponses lors des interrogatoires, le même sourire railleur sur ses lèvres pâles.

– D'accord, répondis-je en me levant et en retirant ma veste. Vous aurez vos photos et moi, je dormirai mieux ce soir.

– Vraiment, Harald ? Avec un travail comme le vôtre, j'aurais cru que vous ne dormiez pas beaucoup, commenta Ingves en récupérant son portable dans l'une des vestes accrochées dans le vestibule.

Puis j'entamai ma petite mission d'exploration. Je cherchai Petra dans les moindres recoins du F2, dans les penderies, les placards de la cuisine, les sacs à dos et les compartiments à documents. Une enfant de neuf ans les genoux repliés sous le menton, ligotée et bâillonnée, ne prend pas beaucoup de place. Cela aurait bien correspondu à la témérité d'Ingves de prendre le risque fou de la garder chez lui, dans une cachette secrète, non ? Je sondai les murs et les placards, cherchai des irrégularités dans les cloisons qui auraient indiqué la présence d'un espace dissimulé, mais ne trouvai rien. Dans le séjour, je retournai le canapé et le fauteuil pour m'assurer qu'il n'y avait pas de cavité en dessous. Ils étaient lourds et cela me coûta de gros efforts, car Ingves refusa de m'aider.

Il ne cessa de danser autour de moi, telle une belette autour d'un ours, pour prendre ses clichés. Il tendait souvent son portable dans un placard ou une penderie juste devant mon visage. Après avoir fait un premier tour complet de l'appartement, je tirai tous les tiroirs, car il pouvait s'agir de faux dissimulant un petit placard.

Un pistolet tomba de l'un d'eux avec un bruit métallique.

– On ne s'emballe pas, Harald. C'est un vieux machin que j'ai hérité de mon père. Un souvenir de guerre. Il n'a pas été utilisé depuis des décennies, et j'ai un permis de port d'arme.

Je reniflai le canon, mais ne détectai aucune odeur de poudre, uniquement celles du métal et de l'huile. L'arme était en bon état, mais n'avait en tout cas pas tiré au cours de la semaine précédente. Pendant ce temps, Ingves alla chercher son certificat de port d'arme. Je vérifiai qu'il était encore valide et qu'il était bien établi à son nom.

Essoufflé et trempé de sueur, je me plantai ensuite dans le séjour et ne prononçai qu'un mot.

– La cave.

– Harald, Harald, vous ne sortez pas indemne de ce travail de forçat, commenta Ingves en feignant d'essuyer la saleté sur l'une de mes manches de chemise, mais si vous tenez vraiment à ce que je prenne des photos de vous dans notre cave poussiéreuse, je n'ai rien contre. Je vais même vous donner une lampe de poche afin de vous faciliter la tâche.

Nous nous rendîmes donc à la cave un demi-niveau plus bas. Il s'agissait de box standard grillagés. Celui qu'Ingves ouvrit était presque vide. Je fis le tour et balayai les autres parcelles avec le faisceau de la lampe, m'arrêtant de temps à autre pour tendre l'oreille. Ici, Ingves prit ses photos à distance.

Nous retournâmes dans son appartement où je remis ma veste, sans m'en aller pour autant. C'était à présent mon tour de l'inviter à s'asseoir.

– Ceci ne prouve rien, me hâtai-je de déclarer. Où vous trouviez-vous ce matin entre 3 et 7 heures ?

– Ce sont mes affaires.

– Si cela joue un rôle dans une enquête prioritaire, cela regarde également la police !

– Je comprends que vous soyez perturbé parce qu'une fillette a disparu, commença Ingves sur un ton lent et fredonnant. C'est effectivement affreux de songer à ce qui aurait pu lui arriver. Comme, par exemple, que quelqu'un l'ait forcée à monter dans une voiture et l'ait emmenée dans un endroit inconnu.

Là, peut-être qu'il la déshabille pour la regarder nue et prendre des photos. Ensuite, il commence à tripoter son corps, *l'intérieur* de son corps avec des doigts excités. Très profondément. Elle hurle et se débat, mais personne ne l'entend. De plus en plus excité, il retire son pantalon. Et tout ceci se passe peut-être alors que nous sommes là, en train de parler, pendant que vous perdez votre temps à vous agiter comme un fou alors qu'une fillette est en danger.

Je sentais mon cœur battre à tout rompre, mais m'efforçai de le regarder froidement. Je n'allais pas le laisser me provoquer et le frapper. Il avait déjà employé cette stratégie lors de l'interrogatoire précédent, mais j'étais parvenu à me maîtriser.

– Ne jouez pas avec le feu, aboyai-je alors que ma voix était sur le point de se briser. Nous sommes au courant de vos tendances.

– Ben voyons ! Tout ce que vous avez pu prouver, c'était que je fréquentais l'établissement « Toute la nuit ».

– Et des clubs porno à Helsingfors.

– Cela n'a rien de surprenant pour un homme normalement constitué. Est-ce que vous prétendriez que vous-même…

– Où vous trouviez-vous entre 3 et 7 heures ce matin ?

– Voyons voir, poursuivit-il lentement. Petra Nilsson, c'est donc cette jolie gamine du bâtiment B que quelqu'un a bien envie de tripoter. Oui, je l'ai vue. Laissez-moi réfléchir… Est-ce que je l'ai vue ce matin ? Est-ce qu'éventuellement je lui ai parlé, puis ensuite emmenée dans ma voiture pour faire ce que je voulais avec son joli petit corps ? Je dois répondre non, car entre 3 et 7 heures, je dormais.

– Pouvez-vous le prouver ?

– En fait, oui, répondit Ingves en prenant son temps et avec douceur. J'étais chez ma petite amie. Elle est infirmière et était du soir à l'hôpital. Après son travail, nous nous sommes rejoints chez elle vers 22 h 30 et j'ai passé la nuit là-bas. Nous nous sommes levés tard, avons pris un agréable petit déjeuner suivi de douceurs que seule une femme peut offrir. Hier soir, elle était trop fatiguée pour ça, mais heureusement nous ne travaillons pas le matin dans le secteur de la restauration. Ensuite, je suis rentré chez moi et abracadabra, quelques instants plus tard, vous faites votre apparition ! Quelle vie sociale bien remplie ! Je passe d'une merveilleuse amie à un autre, non moins merveilleux…

– Nous ne sommes pas amis.

– Des connaissances alors. Vous ne pouvez quand même pas nier que nous sommes de bonnes vieilles connaissances après toutes ces conversations que nous avons eues. C'est l'unique raison pour laquelle je vous laisse agir à votre guise, parce que nous nous connaissons.

– Comment s'appelle votre petite amie ?

– Nina Sjölind. Je peux vous donner son numéro de portable.

– Notez-le-moi ainsi que son adresse. Nous voulons la voir.

– Aucun problème, mais dans ce cas, dépêchez-vous, car elle reprend le travail à 14 heures.

– Nous pouvons lui rendre visite à l'hôpital. Quel service ?

– Cardiologie et pathologie vasculaire.

Je quittai son appartement. Cela me fit du bien de retrouver la cour et l'air libre. Ce salopard d'Ingves !

Exactement comme je m'en souvenais, voire encore pire, car il était dans ses meubles et avait visiblement un alibi, ce qui lui donnait encore plus d'assurance. Retenait-il Petra cachée quelque part ? Probablement pas. Dans ce cas, il n'aurait pas été chez lui, mais avec elle. De plus, personne ne peut faire preuve d'une telle assurance dans une situation pareille. L'infirmière confirmerait sans aucun doute son histoire. Il n'était pas du genre à se compromettre avec un alibi fabriqué de toutes pièces.

La porte s'ouvrit derrière moi. Je me retournai et me trouvai à nouveau face à Ingves.

– Au fait, lança-t-il en se rapprochant de moi. Est-ce que Petra Nilsson est la fille de Tony Nilsson ?

– Oui.

– J'ai entendu dire qu'il avait des dettes de jeu, et pas dans une banque, si vous voyez ce que je veux dire. Est-ce que quelqu'un aurait pu perdre patience et utiliser la gamine comme moyen de pression ?

– Qui vous a raconté ça ?

– Je ne me rappelle pas. Mais on entend beaucoup de choses dans un restaurant. C'est la deuxième gazette de la ville, pour ainsi dire. Vous devriez le savoir, vous qui vous prétendez professionnel !

Il rejeta la tête en arrière, puis rentra dans l'immeuble.

Je consultai l'heure. 13 h 46. Quatre heures s'étaient écoulées depuis que l'alerte avait été donnée, sept depuis que Petra avait disparu. Quatre cent vingt minutes. Son cœur avait battu des milliers de fois sous ses fines côtes… enfin, s'il battait encore.

J'avais besoin de me ressaisir et me dirigeai vers la forêt sous un ciel à présent saturé de nuages poussés par un vent de plus en plus fort. Les arbres étaient nus et les sous-bois envahis de broussailles. Il s'en dégageait une odeur âcre et des troncs à moitié tombés en écrasaient d'autres. Çà et là, un fossé avait débordé et rendu le sentier boueux. La pureté intacte dans la nature, ça n'existe pas. En réalité, la nature est sale et chaotique. Les lieux avaient à peu près la même apparence que trois ans plus tôt, quand le cadavre de Julia Dunander y gisait comme un paquet abandonné. Il me sembla reconnaître l'emplacement exact à un détour du chemin.

J'étais tellement trempé de transpiration que je commençais à avoir froid et revins donc sur mes pas. De retour sur le parking, je jetai un coup d'œil dans une grande benne dont la puanteur écœurante m'envahit les narines, mais rien parmi les ordures plongées dans une semi-pénombre n'évoquait la forme d'un corps. Hector et Markus devraient fouiller plus avant.

Puis je me dirigeai vers l'entrée A et examinai la liste des locataires. Le nom que je cherchais était lui aussi en partie recouvert de petites étiquettes, mais des lettres en plastique blanc sous la vitre indiquaient DUNANDER. Nils habitait toujours dans l'appartement où je lui avais annoncé que Julia était morte. J'ai souvent eu à apporter de telles nouvelles, mais je n'avais jamais vu quelqu'un s'effondrer à ce point. Il m'avait ouvert la porte, la mâchoire pendante, déjà inquiet et était tombé à genoux en m'entendant dire « Je suis désolé ». Puis il avait basculé en avant, les mains pressées sur le ventre, comme si on venait de lui flanquer un violent coup de poing de l'intérieur. Il était resté prostré une heure avant que nous puissions lui parler.

Allions-nous assister à la même scène chez les Nilsson le lendemain ou le surlendemain ?

À mon arrivée à leur appartement, Sonja se montra silencieuse et peu amicale. Elle aurait pourtant eu quelque raison de me renvoyer les paroles dures que je lui avais adressées dans la cour de l'école : j'avais disparu sans fournir d'explication et je n'avais pas l'air particulièrement frais.

Deux des techniciens avaient répandu du luminol par terre et passaient de la lumière bleue dessus. Un troisième badigeonnait les coins de la table et les chambranles des portes. Maussade, Tony, vêtu d'un vieux T-shirt grisâtre, regardait ostensiblement la télé dont le son était coupé. Stina s'agitait, le visage défait, se tordant littéralement les mains. J'avais souvent noté que lorsque les gens subissent une très forte pression, ils font effectivement ce que les bonnes vieilles expressions décrivent : ils se prennent la tête entre les mains de désespoir ou restent plantés, ébahis, un doigt dans la bouche. Stina se précipita vers moi dès qu'elle me vit.

– C'est bien vous le chef ? Alors, c'est quoi tout ça ? On nous traite comme des criminels. Petra blessée à la maison, c'est n'importe quoi. Vous devriez être en train de la chercher !

Je la conduisis à la cuisine où nous nous assîmes.

– Stina, nous avons lancé une enquête à l'extérieur, mais c'est la routine que de travailler sur toutes les hypothèses. Et on nous a rapporté qu'il y avait eu du bruit chez vous la nuit dernière.

– Comment ça, du bruit ? siffla Stina. C'est cette vieille peau de Ramani qui se permet de balancer alors qu'elle fauche les créneaux horaires des autres à la buanderie ?

– Mais il est quand même exact que Tony et vous avez un peu bu la nuit dernière et que vous avez élevé la voix par moments, non ?

– Peut-être, concéda Stina. Tony dépense tant d'argent à tort et à travers. Je suis obligée de mettre les points sur les i.

– Le séjour donne sur le vestibule, fis-je remarquer. Donc quand vous êtes dans cette pièce, seule une porte vous sépare du lit de Petra. Aurait-elle pu être réveillée par votre conversation ?

– Non, je ne pense pas. Elle a le sommeil lourd. En tout cas, elle n'est pas sortie de sa chambre.

– Est-il déjà arrivé que Petra se réveille alors que vous… discutiez ?

– Avant, ça arrivait, mais pas ces derniers temps. Depuis le printemps, elle dort mieux.

– Quand elle sortait de sa chambre avant, que disait-elle ?

– Elle était triste que nous nous disputions. J'ai le même genre de souvenirs de mon enfance, même si maintenant je comprends qu'il s'agissait juste de conversations entre adultes.

– Je dois vous poser une question très importante : est-il déjà arrivé que Petra ne soit pas à la maison à votre réveil ?

Stina regarda par la fenêtre.

– Pas un jour d'école, marmonna-t-elle. Mais une fois, au mois d'août, elle est rentrée après être sortie tôt le matin. Elle a dit qu'elle avait juste fait une promenade.

– Vous étiez-vous querellés cette nuit-là aussi ?

– Je ne m'en souviens pas. C'est possible. On reste souvent debout une fois que Petra est couchée. On n'a pas souvent de travail, alors on peut dormir le matin. Je réveille Petra pour l'école et ensuite je retourne au lit.

Je me levai et gagnai le couloir où Sonja se porta à ma rencontre.

– Pas de résultat pour l'instant. Bien sûr, pour l'ADN, il faudra attendre les analyses du labo, mais au moins il n'y a pas de traces de sang dans l'appartement.

– Il pourrait également s'agir d'un étranglement, spéculai-je à voix basse. Juste un peu pour faire taire la gamine et puis ça va trop loin.

– Dans ce cas, il n'y aurait pas de traces. Que faisons-nous à présent ?

– Il faut que je parle à Tony sans que Stina nous entende. Demande-lui d'échanger sa place avec elle dans la cuisine.

Je me rendis dans la salle de bains. J'avais envie de prendre une douche après tout ce que j'avais sué chez Ingves, mais je dus me contenter de m'asperger le visage d'eau et de me regarder dans le miroir tout en me lavant les mains. Je croisai les yeux bleu acier larmoyants, qui semblaient se plisser sous des paupières de plus en plus lourdes. Des cernes et des rides qui formaient des sillons se creusant davantage chaque mois. Une barbe grisonnante.

Te voilà, pensai-je. Toi qui ne peux t'empêcher de tourmenter des parents qui souffrent déjà. Soupçonner tout le monde du pire et leur apposer une marque qui ne disparaîtra peut-être jamais. Du pouvoir, certes tu en as, mais en même temps, tu n'es que l'éboueur de la société. Qui voudrait de ton travail aujourd'hui ?

Je regagnai la cuisine et fermai la porte. Tony était assis à la table, les bras croisés sur la poitrine, comme pour mettre en valeur ses biceps bien développés. Je me servis un verre d'eau. Appuyé contre le plan de travail, je m'efforçai d'adopter un ton détendu.

– Vous êtes donc en arrêt maladie, à cause de problèmes de dos ?

– Oui, comme je vous l'ai expliqué ce matin.

– Et comme Stina n'a pas de travail régulier non plus, vous devez avoir des problèmes d'argent.

– On s'en sort. Je touche des indemnités maladie.

– Vous avez peut-être d'autres sources de revenus ?

– Vous insinuez que je bosse au noir ? Non, ce n'est pas le cas.

– Je veux dire que vous tentez peut-être votre chance au jeu.

Tony garda le silence, avant de lancer :

– Qui vous a dit ça ?

– C'est donc exact ?

Tony acquiesça, presque imperceptiblement.

– Et, poursuivis-je, c'est irritant de ne pas avoir d'argent à miser quand on *sait* qu'on pourrait gagner sur un cheval ou un match. On n'hésite pas à emprunter un peu, mais ensuite les choses tournent mal, on se retrouve avec des dettes et on fait la connaissance de gens qu'on ne voulait pas rencontrer. Qui se montrent de plus en plus impatients. Vous voyez ce que je veux dire ?

Tony déglutit et haussa les épaules.

– Avez-vous des dettes ?

– C'est mes oignons.

– Et vous avez du mal à rembourser ? On vous a relancé ?

– Oui, mais quel est le rapport avec…

– Y a-t-il quelqu'un qui pourrait appuyer sa relance en faisant pression sur votre famille ?

– Oh, mon Dieu, vous voulez dire que quelqu'un aurait pu enlever Petra pour…

– Est-ce que quelqu'un a pris contact avec vous aujourd'hui ?

– Non, personne.

– Et votre portable était allumé en permanence ?

– Bien sûr. Petra pourrait appeler !

– Combien devez-vous ?

– Ça me regarde !

Je soutins son regard jusqu'à ce qu'il baisse les yeux.

– Je dois plus que ce qu'un chômeur peut rembourser.

– Vos créanciers seraient-ils capables d'agir ainsi ? Ce ne serait pas une première.

Tony se tut.

– De qui s'agit-il ? insistai-je.

– Je ne peux pas vous le dire.

– Est-ce que c'est Sörensen ?

Tony se tut à nouveau. J'avais mis dans le mille.

– Vous ne pensez pas, poursuivis-je, que Sörensen prenne des mesures pour protéger ses intérêts ?

– Peut-être contre moi, mais pas contre Petra. (Puis il réfléchit et une idée lui traversa l'esprit.) Il évalue les risques qu'il prend. Tabasser un client pour le faire cracher, d'accord. Kidnapper un enfant, non. Dans ce cas, il se retrouve avec la police aux fesses et c'est la dernière chose qu'il veut.

Tony avait indéniablement raison sur ce point. Une autre réaction peut émerger d'une forte pression : une étonnante capacité à réfléchir.

– Mais il veut peut-être faire un exemple, lui fis-je remarquer. Alors, son raisonnement est le suivant : vous allez avoir la trouille, réfléchir, comprendre par vous-même et prendre contact avec lui. Vous allez donc l'appeler.

– D'accord. Je suis sûr que vous avez tort, mais je vais lui téléphoner.

– Dites-lui que Petra a disparu, mais ne lui indiquez pas que nous sommes au courant. S'il fait la moindre allusion du style « ce genre de choses arrive ;

quelqu'un peut en pâtir quand on ne tient pas ses promesses », nous saurons à quoi nous en tenir. Quoi qu'il en soit, je veux savoir comment Sörensen a réagi. Vous avez mon numéro. D'accord ?

– D'accord.

Je me redressai et posai la main sur la poignée de la porte.

– Mais n'en parlez pas à Stina, ajouta Tony sur un ton différent, moins sombre.

Je me retournai et le fixai.

– Ce ne sera pas nécessaire si vous faites ce que je vous demande.

Il était 14 h 20. Les techniciens remballaient leur matériel et je convins avec Sonja qu'elle retournerait au commissariat avec eux. Ensuite, elle irait à l'hôpital pour vérifier l'alibi d'Ingves. Hector et Markus en avaient fini avec les caves et la benne à ordures. Ils allaient continuer le porte-à-porte, puis rentreraient vers 15 h 30 pour une réunion.

Quant à moi, j'allais effectuer une vérification pour laquelle j'avais besoin de notre voiture. J'appelai une de mes vieilles connaissances du service de distribution des journaux, une excellente source d'informations trop souvent négligée. J'y obtins le nom et l'adresse de celui qui avait assuré la tournée du secteur le matin. Dix minutes plus tard, j'arrivais à Grevsta et me retrouvais dans un ensemble d'immeubles semblables à celui de Petra, des bâtiments de quelques étages entourés d'une sinistre forêt de conifères et de quelques bouleaux jaunis.

HAGSTRÖM. Deuxième étage. Je sonnai et présentai ma carte de police devant le judas. Des pas traînants, une pause, puis un homme non rasé en peignoir ouvrit. Il avait les cheveux ébouriffés et l'éclairage trop fort de la cage d'escalier le faisait cligner des yeux.

– C'est pour quoi… ?

– Bonjour, dis-je en lui montrant ma plaque. Je m'appelle Harald Lindmark et je suis de la police. Nous avons besoin de votre aide et voudrions que vous nous fassiez part de vos observations sur Nikolajbacken, puisque c'est vous qui y distribuez les journaux le matin.

– Je vois. D'accord.

Il n'avait pas l'air de vouloir me faire entrer. Il y a deux sortes de livreurs de journaux : ceux qui font ce boulot de manière occasionnelle en complément de leurs études ou d'un autre emploi, et ceux qui ont choisi ce métier, souvent parce qu'ils sont si timides qu'ils ne peuvent pas en exercer un autre. Hagström appartenait manifestement à cette seconde catégorie. Il avait une quarantaine d'années et distribuerait sans doute des journaux pour le restant de ses jours.

– Ce sont des questions confidentielles que je ne peux pas vous poser sur le palier. Puis-je entrer ?

Hagström réfléchit. Il n'en avait pas envie, mais refuser l'accès à son appartement à un policier pouvait sembler suspect. Comme s'il dissimulait des biens volés ou était impliqué dans un réseau de contrebande d'alcool frelaté.

– D'accord, installons-nous là, déclara-t-il en désignant la porte la plus proche.

Elle s'ouvrait sur une cuisine coquette équipée de vieux éléments blancs, qui n'avaient visiblement pas été changés depuis la construction de l'immeuble dans les années soixante. La table, sans nappe, en plastique gris, datait de la même époque. Je m'assis à un bout et

Hagström à l'autre, aussi loin de moi que possible. Je compris qu'il fallait que je mène la discussion avec tact.

– Bien. Je voudrais d'abord vous dire que l'affaire dont il retourne ne vous concerne en rien. C'est juste qu'en raison de vos heures de travail, vous auriez pu voir des choses qui échappent aux autres et qui pourraient donc nous aider. Il s'agit donc de Nikolajbacken. Quels jours travaillez-vous dans ce secteur ?

– Tous, sauf le dimanche, c'est mon jour de congé.

– Donc vous y êtes allé depuis jeudi de la semaine dernière jusqu'à ce matin ?

– Exact. Je viens de me lever après mon service du matin. Je ne dors qu'après.

– Ce matin, pendant que vous vous trouviez là-bas, poursuivis-je, avez-vous vu une fillette de neuf ans habitant l'entrée B dans l'escalier ou la cour ?

Hagström tourna lentement la tête.

– Non. De qui s'agirait-il ?

– De Petra Nilsson.

– J'ai vu qu'il y avait une famille Nilsson dans le bâtiment B, mais ils ne prennent pas le journal.

– Auriez-vous par hasard entendu du bruit en passant devant leur appartement ?

– Non, pas ce matin.

– Mais d'autres matins ?

– Il m'est arrivé d'entendre des voix excitées dans cet appartement. Ivres, on dirait. Mais des adultes, pas un enfant.

– À quelle heure passez-vous dans cet immeuble d'ailleurs ?

– Entre 6 heures et 6 h 15, quand c'est ma tournée normale, mais c'est parfois plus tôt quand je dois remplacer un livreur malade.

– Avez-vous remarqué quelque chose d'inhabituel ?

– Pas ce matin, mais avant il y avait cette voiture garée là.

– Quelle voiture ?

– Une Toyota Corolla sombre. Gris foncé, je crois. Elle était assez loin du réverbère, mais je l'ai repérée quand même, parce que c'est justement par là que j'arrive en vélo. De temps à autre, il y avait quelqu'un à l'intérieur.

– Depuis combien de temps est-elle là ?

– Cela fait plusieurs semaines.

Des semaines ! Je sursautai, mais me contrôlai pour ne pas effaroucher Hagström.

– Peut-être pas tous les jours. Ça, je ne pourrai pas vous l'affirmer, poursuivit-il après une courte pause. Ce matin, la voiture avait disparu, mais vous le savez bien sûr ?

– Que voulez-vous dire ?

– C'est bien une de vos voitures, à la police, non ? C'est bien vous qui surveillez Nikolajbacken ?

– Pas que je sache, bégayai-je, ce que je regrettai sur-le-champ, car ça paraissait idiot.

Hagström me considéra avec étonnement. C'était manifestement l'un de ces citoyens qui ont une vision par trop optimiste et irréaliste des capacités de la police. Je m'efforçai de réparer les dégâts en posant une question sur un ton autoritaire.

– La voiture était-elle là hier matin, lundi ?

Hagström prit le temps de la réflexion.

– Je ne m'en souviens pas. Les matins se ressemblent tellement. Par contre, je me rappelle avec certitude qu'elle n'y était pas ce matin.

– Une Toyota Corolla gris foncé, alors… Avez-vous mémorisé le numéro d'immatriculation ?

– Non, malheureusement, je n'y ai pas prêté attention. Je ne pensais pas que c'était important.

– Pouvez-vous me dire quelque chose au sujet du conducteur ?

– Non, je n'ai aperçu qu'une silhouette plus sombre à l'intérieur de la voiture. Une fois, j'ai vu un faisceau de lumière, sans doute celui d'une lampe de poche, pas du plafonnier.

– D'accord. Voici ma carte. Appelez-moi si un détail vous revient. Il faut signaler ce genre de choses à la police. Et c'est confidentiel, n'en parlez à personne d'autre.

– Aucun problème. Je ne parle à personne.

À 15 h 30 précises, j'étais de retour au commissariat. Je passai la tête à la porte du bureau de Sonja pour lui indiquer que nous ne commencerions qu'à 16 heures. Puis je pris une serviette dans mon vestiaire et allai faire un brin de toilette. Depuis mes efforts chez Ingves, je me sentais poisseux et je pouvais enfin mettre du déodorant et enfiler une chemise propre.

Je regagnai ensuite mon bureau et contemplai la plaine. Je respirai quelques minutes dans mon espace réservé. Le vent d'ouest avait poussé des nuages, des gros paquets enroulés dans toutes les nuances de gris jusqu'au presque noir. Le crépuscule semblait s'écouler d'eux pour ensuite se diffuser sur l'horizon.

La découverte de la Toyota renforçait l'hypothèse du kidnapping. Je pensais à Petra et ressentis un grand soulagement de ne plus avoir d'enfants en bas âge. Mattias et Marta étaient adultes. Ils avaient grandi sans être enlevés ou violés. Ni écrasés ou gravement malades. Quand on songe à tout ce qui peut arriver, avoir des enfants c'est une effroyable prise de risque et quand tout s'est bien passé, ça relève du miracle. Mattias s'était un jour cassé un bras en tombant de vélo et Marta avait disparu une soirée. Inger et moi avions appelé ses camarades que nous connaissions, d'abord en bavardant avec légèreté avec leurs parents, puis de manière de plus en plus désespérée, jusqu'à ce que Marta rentre de chez une nouvelle copine qui venait d'emménager dans l'immeuble d'à côté. C'étaient les pires incidents qui nous soient arrivés. Inger et moi avions eu de la chance.

Cela signifie-t-il que nous avions été de « bons parents » ? Bien sûr, nous avions, nous aussi, eu des disputes et il nous était peut-être arrivé d'être bruyants alors que les enfants étaient déjà couchés. Avaient-ils tendu l'oreille dans leur lit et avaient-ils alors été mis au supplice comme Petra ?

Nous trouvaient-ils assez proches d'eux ? Inger sans doute, mais moi, j'étais souvent absent le soir et le week-end, et distrait quand j'étais à la maison, parce qu'une affaire en cours tournait dans ma tête. Quand les enfants étaient petits, ils réclamaient parfois mon attention avec impatience ou se plaignaient lorsque je devais repartir. Avec le temps, ils s'étaient apparemment habitués, mais peut-être s'étaient-ils sentis toujours mis de côté. Il me faudrait leur poser la question.

La pénombre s'épaississait et quelque part, Petra s'y trouvait, de plus en plus difficile à repérer si elle était à l'extérieur. Bientôt, la pluie se mettrait à tomber à verse et la température se rapprocherait de zéro. Sans abri, il était difficile de survivre à une telle nuit, surtout pour une fillette menue qui n'avait pas beaucoup de masse grasse pour conserver la chaleur de ses organes vitaux.

J'étais à présent prêt pour « la réunion ». Il s'agissait d'une discussion entre les membres du groupe d'enquête, mais j'avais élaboré sa méthode en suivant une idée qui m'était venue au début des années quatre-vingt-dix, après une querelle de pouvoir au sein de l'équipe de l'époque. La discussion était intégralement enregistrée, mais les voix étaient modifiées par un système de distorsion afin que nous ne nous censurions pas pour des questions d'amour-propre. Aucune hypothèse n'était trop simpliste pour être énoncée ; personne ne devait discourir dans le seul but de défendre son point de vue et de se faire mousser sur la bande archivée. Nous essayions de mettre de côté nos personnalités et de fonctionner comme un seul gros cerveau qui traitait les données de l'enquête jusqu'à ce que nous soyons à court d'idées. Les portables étaient éteints et les montres au fond de nos poches.

Je gagnai la salle de réunion et allumai l'éclairage tamisé. Je rechargeai mes batteries internes en contemplant les nuages par la fenêtre panoramique pendant que les autres s'installaient.

Avec ce groupe stable, malgré les incessantes velléités de réorganisation de la direction, les réunions avaient bien fonctionné. On avait évité d'exercer toute pression supplémentaire sur notre service après que j'eus démasqué notre collègue Gunnar Holm, tueur à gages qui était passé à l'acte par deux fois. Notre place dans l'œil du cyclone nous avait encore plus soudés, nous qui étions restés : sans le savoir, nous avions quotidiennement fréquenté un criminel, et nous avions ensuite dû ruminer sur les dégâts que la carrière de policier peut provoquer dans le psychisme d'un individu.

En outre, on nous avait collé une étiquette de paria dans la maison. Beaucoup voulaient se distancier de Gunnar, voire même prétendre ne pas l'avoir connu, et ils ne souhaitaient alors pas côtoyer ses plus proches collègues. Maintenant qu'un éventuel enlèvement d'enfant nous imposait un stress supplémentaire, je devais plus que jamais avoir le groupe à l'œil. La réaction de Sonja à l'école Topelius était un signal d'alarme.

C'était Markus Fredriksson qui avait été le plus atteint par la trahison de Gunnar. Jusque-là, il avait réussi à conserver son idéalisme puéril malgré tout ce qu'il avait vu dans les squats de camés et au sein des familles maltraitantes, mais un proche collègue devenu assassin était un choc insurmontable. Il avait tondu son épaisse tignasse blonde à ras ; une vague inertie semblait alourdir les mouvements de son imposante carrure de 1,90 mètre et ses sourires s'étaient faits rares. « Si même *lui* a pu trahir, tout n'est que merde », semblait-il dire silencieusement. Comment Markus aurait-il réagi s'il avait appris que j'avais sérieusement envisagé d'exécuter Gunnar au moment de son arrestation ? J'estimais qu'un double meurtrier méritait de mourir, mais je m'étais ravisé au dernier moment.

À l'instar de Markus, Hector Borges était un homme de grande taille d'une trentaine d'années. Il avait des cheveux noirs brillants et la peau sombre. Il n'était pas facile de lire ses pensées, mais il avait apparemment pris l'affaire Gunnar Holm calmement. Avec son expérience personnelle de la junte militaire argentine, il avait sans doute connu la trahison et la violence, peut-être intimement.

Sonja Alder était commissaire adjointe et avait de la famille au Liban et aux États-Unis, où elle avait étudié la lutte contre les criminels à Atlanta après de brillants résultats à l'examen de sortie de l'école de police. Elle avait un visage aux traits réguliers, le teint café au lait, des cheveux bruns courts et des dents d'une blancheur éclatante. Même si elle les dévoilait rarement en souriant. Au début, elle était joyeuse, mais craignait d'avoir l'air de flirter. Maintenant qu'elle s'était fait une place dans la maison, son sérieux plongeait visiblement ses racines dans notre traumatisme commun : « Si un policier peut aussi mal tourner après trente ans de carrière, ne devrais-je pas faire autre chose de ma vie ? » C'était ainsi que j'interprétais son attitude, même si elle ne l'avait jamais formulé de cette manière. Ce qui pour Markus était une crise existentielle était pour elle une crise professionnelle. Sonja était douée et jeune. Elle avait à peine trente ans et aurait encore pu se reconvertir dans le secteur de la sécurité privée. Pourquoi resterait-elle ici, avec un salaire inférieur et exposée à des épreuves susceptibles de dénaturer la personnalité d'un être humain ?

Quand les mouvements derrière moi eurent cessé, je m'installai au bout de la table et enclenchai l'enregistreur. La réunion commença.

– 16 h 02, mardi 2 octobre 2007, nous débutons une réunion. Que savons-nous ? Que croyons-nous ?

– Petra Nilsson a disparu depuis au moins neuf heures. Ses vêtements et ses chaussures aussi, de même que sa montre et ses clés. Il semblerait qu'elle se soit habillée et qu'elle soit sortie.

– Ou elle a été blessée chez elle et évacuée par ses parents qui savent ce qu'elle avait sur elle.

– D'un autre côté, les techniciens n'ont pas trouvé la moindre trace de sang ou quoi que ce soit de ce genre dans l'appartement.

– La strangulation et l'étouffement ne laissent pas de traces.

– Les époux Nilsson ne sont peut-être pas des enfants de chœur, mais tueraient-ils vraiment leur fille par une strangulation ? Et puis ils n'ont pas de voiture. Comment se seraient-ils débarrassés du cadavre ? Il n'est ni dans la cave ni dans la benne à ordures.

– Ont-ils un casier judiciaire ?

– Non. Ni l'un ni l'autre.

– Quelle image globale de la famille ressort du porte-à-porte ?

– Les bâtiments A et B comptent vingt appartements chacun, trente et un d'entre eux en tout nous ont ouvert. Il nous en reste neuf à vérifier, ainsi que l'ensemble du bâtiment C. Beaucoup connaissent Petra, car elle est le seul enfant du secteur, mais ils n'ont rien remarqué de particulier en dehors des disputes notoires des parents.

– Autre possibilité liée à la famille : quelqu'un aurait pu rappeler à Tony Nilsson qu'il avait des dettes auprès d'un des organisateurs de jeux pas tout à fait officiels de la ville.

– Ben voyons… Sörensen ! Est-ce qu'on va le cueillir ?

– Pour le prier de nous raconter qu'il a kidnappé une gamine et veut dix ans de prison ? J'ai préféré demander à Tony de l'appeler sans nous mentionner.

– Y avait-il quelque chose d'intéressant dans le bâtiment C ?

– Éventuellement. Un certain Henrik Ingves, connu pour ses relations avec le milieu du porno et soupçonné du viol et du meurtre de Julia Dunander il y a trois ans, y habite. Je suis allé lui rendre visite et j'ai fouillé son appartement et sa cave, sans aucun résultat.

– Par ailleurs, son alibi est solide. J'ai mis la main sur Nina Sjölind, sa petite amie, à l'hôpital et elle m'a confirmé qu'il avait passé la nuit et la matinée chez elle.

– S'était-elle réveillée pendant ce temps ?

– Non, et elle affirme avoir le sommeil très léger. Elle est certaine qu'elle se serait réveillée s'il était sorti.

– Comment paraissait-elle ?

– Normale. Fiable.

– Avec Ingves, nous sommes encore sur l'hypothèse de l'enlèvement ?

– Oui et cette possibilité vient d'être renforcée, même si c'est d'une autre manière. Un livreur de journaux a observé une Toyota Corolla foncée, peut-être gris foncé, garée sur le parking devant l'immeuble de Petra pendant plusieurs semaines. Il ne se souvient pas si elle était là hier, mais en tout cas elle avait disparu ce matin. Il en est certain. Quelqu'un peut donc avoir surveillé Petra, être venu la chercher ce matin avant la tournée du livreur de journaux à 6 heures, puis s'être volatilisé.

– D'accord ! Donc là, nous sommes sur la piste d'un pédophile, même si les interlocuteurs de chat de Petra se sont révélés innocents.

– Et Stina a concédé qu'il était déjà arrivé une fois à Petra de sortir tôt le matin. Si cela s'est produit plus d'une fois, elle pourrait avoir été observée.

– Par un pédophile, qui l'attend ensuite dans la Toyota.

– Dans ce cas, nous pouvons comparer le registre des immatriculations à celui des agresseurs sexuels ! Nous avons de bonnes chances de succès : il n'y a pas tant d'agresseurs sexuels qui ont justement une Toyota Corolla foncée.

– Pourrait-il y avoir un lien avec l'affaire de ce petit garçon qui a disparu pendant une sortie scolaire ?

– Tu veux dire Johan Selenius. C'est possible, mais là, le *modus operandi* était différent et probablement opportuniste.

– Cela n'empêche pas que le même pédophile ait pu choisir une méthode différente une autre fois. Il surveille et planifie au lieu de frapper à l'improviste.

– Peut-être, mais le changement de sexe ne parle pas en faveur de cette hypothèse. La plupart des pédophiles s'en tiennent soit à des filles soit à des garçons. Idem pour la différence d'âge : Petra a neuf ans alors que Johan n'en avait que trois.

– Que Petra soit déjà sortie seule pourrait être une source d'espoir. Elle pourrait tout simplement avoir fugué à un endroit que les parents ne connaissent pas. Elle pourrait avoir un peu d'argent que sa grand-mère lui aurait donné. Un enfant de neuf ans est assez débrouillard. Il peut prendre un train ou un bus sans que des gens interviennent.

– C'est exact et nous avons déjà diffusé l'habituel avis de recherche avec photo et description dans les gares ferroviaire et routière. Demain, nous pourrions peut-être également nous adresser à la télévision locale.

– Mais si elle est partie d'elle-même, indépendamment de l'espion en Toyota, elle doit séjourner chez quelqu'un. Quel genre de personne ne contacte pas la police dans une telle situation ?

– Peut-être quelqu'un qui veut la protéger de ses parents et qui ne veut pas que nous la ramenions dans son enfer familial.

– Pour Petra, c'est mieux qu'un pédophile, mais pour nous, cela ne va pas être simple si une ou plusieurs personnes sans casier judiciaire s'en vont avec elle en ayant éventuellement l'air d'être ses parents. Comment les coincer ?

– Nous pouvons diffuser sa photo aux niveaux national et international. Tôt ou tard, elle devra se montrer, aller à l'école, par exemple, et là, elle pourra être repérée.

– Mais n'est-ce pas également compliqué pour nous d'un autre point de vue ? Si elle veut s'en aller, elle a peut-être de bonnes raisons et, dans ce cas, quel droit avons-nous de la forcer à retourner auprès de parents qui lui font peut-être du mal ?

– Si tel est le cas, elle sera évidemment prise en charge par les services sociaux.

– Seulement s'il s'agit de violences directes ou de ce genre de choses. Mais si elle souffre de la vie d'alcooliques de ses parents et ne veut pas vivre dans une porcherie, où seule sa chambre est propre ? Dans une telle situation, un enfant devrait pouvoir se séparer de ses parents au lieu d'être obligé de retourner auprès d'eux.

– Ce n'est pas notre rôle. Nous devons simplement la rechercher.

– D'accord. Résumons. Première piste : Petra a été blessée et dissimulée par ses parents – nous continuons à interroger les voisins. Deuxième piste : elle a fugué d'elle-même, avec ou sans aide – nous poursuivons la diffusion de l'avis de recherche et essayons de le faire passer à la télé. Troisième piste : elle est sortie d'elle-même, mais a ensuite été enlevée par l'étranger à la Toyota – nous comparons le registre des immatriculations avec celui des agresseurs sexuels et des criminels qui pourraient travailler pour Sörensen. Quatrième piste, une hypothèse moins probable : elle a été emmenée par quelqu'un qui s'est introduit dans l'appartement – nous vérifions qui possède une clé.

Je coupai le magnétophone : la réunion était terminée. Nous étions à court d'idées. J'allumai le plafonnier.

– Comment trouverions-nous le temps de faire tout ça ? demanda Hector. C'est sans espoir.

– Je réclame des ressources supplémentaires demain à la première heure, répondis-je.

– Je peux commencer à comparer le registre des immatriculations avec celui des agresseurs sexuels dès ce soir, proposa Sonja. Mais il faut que je passe chez moi avant.

– Moi, j'avais l'intention d'aller patrouiller en ville, intervint Markus sur un ton autoritaire. Jeter un coup d'œil dans les fast-foods, les lieux où les jeunes se réunissent et dans les gares routière et ferroviaire.

– Il faut que je m'occupe des enfants à la maison, annonça Hector en sortant sa montre de sa poche. Ma femme sort ce soir. Mais après 22 h 30, je peux rejoindre Markus en ville. Je connais quelques marginaux qui pourraient avoir vu quelque chose.

– Bien, dans ce cas, nous savons ce que nous avons à faire. Je vais contacter les autres services pour vérifier s'ils avaient éventuellement des agents en mission de surveillance dans une Toyota, et Tony pour savoir ce qu'il en est de Sörensen.

Après leur départ groupé, j'éteignis la lumière et restai dans la salle de réunion. La pièce fut envahie par l'obscurité, puis par le bruit de la circulation quand j'ouvris la fenêtre. Je m'efforçai de ne pas penser. De me laisser emplir par l'air de l'extérieur afin que mon cerveau devienne une partie de cet espace frais et ouvert. Je restai longtemps ainsi à respirer.

Puis je pus revenir à la réalité. 17 h 32. Les images défilaient : Petra qui se déplace en ville ; Petra qui mange un sandwich chez quelqu'un ; Petra qu'on balance d'une voiture et qui roule dans un fossé.

J'allai chercher mon manteau et sortis. Plus jeune, j'aurais demandé qu'on m'apporte un repas dans mon bureau, mais j'avais appris que le cerveau a besoin de détente et de mouvement. Sinon il se mettait en veilleuse et risquait de tourner en rond sans même que je m'en aperçoive.

Au moment où j'émergeai du bâtiment, il commençait tout juste à bruiner, mais je n'y prêtai pas attention. Le vent et la fine pluie sur mon visage me requinquèrent. Malgré mes cinquante-six ans, je me sentais jeune, fort et sportif en voyant presque tous les autres recroquevillés sous leurs parapluies. Depuis la colline au-dessus de la ville, la rue piétonne ressemblait à une forêt automnale pleine de champignons multicolores. Je déambulai en essayant de me déconnecter, mais mon esprit était envahi de fantasmes fugaces où je tombais soudain sur Petra. Je m'achetai un Coca-Cola pour le soir avant de manger une escalope panée chez « Volaille ou Poisson », le seul véritable restaurant de la galerie marchande, tout en observant l'architecture des lieux : une vaste structure de poutrelles métalliques noires qui évoquaient les cellules des prisonniers de la forteresse de Forshälla. « La galère », la surnommait-on. Bien trouvé, estimaient certains.

Lorsque je revins au commissariat, je vis qu'il y avait de la lumière dans le bureau de Sonja et au bout d'un moment, elle me rejoignit avec des oranges.

– Salut, lança-t-elle. Je me suis dit que nous aurions peut-être besoin de vitamines.

– C'est une bonne idée, répondis-je alors que l'acidité des oranges me rebute.

Par politesse, j'entrepris d'en éplucher une.

– Toi aussi, tu es repassé chez toi ? m'interrogea-t-elle.

– Non, j'ai mangé en ville.

– Je suis passée à la maison en coup de vent. Hector et Markus vont sans doute nous rejoindre plus tard.

Nous continuâmes à éplucher en silence.

– Au fait, reprit Sonja après s'être raclé la gorge. Je voulais t'expliquer pourquoi j'avais réagi si fort ce matin. Tu sais que normalement, je ne suis pas comme ça. J'y ai réfléchi toute la journée et comme tu es le chef du groupe d'enquête, je me suis dit que tu es en droit de savoir. J'ai une sœur qui s'appelle Sandra. Un jour, à l'époque où nous habitions à Åbo – elle avait treize ans et moi dix – elle a été agressée sexuellement dans un bosquet. Quand je l'ai vue, je n'ai pas vraiment compris ce qui s'était passé, mais j'étais en état de choc et j'ai pleuré. Ces sentiments ont dû refaire surface d'une manière ou d'une autre lorsque Daniela s'est mise à pleurer pour Petra.

– Je comprends, répondis-je.

– Il faut toujours pouvoir se distancier et je sais que j'en suis capable, m'assura Sonja. Mais je voulais te confier cette histoire.

Maintenant, il fallait que je trouve le ton approprié pour être un bon chef.

– Je suis heureux que tu sois prête à te confier à moi, commençai-je. (Et j'entendis comme mes mots étaient guindés.) Il est parfaitement naturel d'avoir des réactions émotionnelles dans une situation comme celle-ci.

Je me suis mal exprimé quand j'ai dit qu'on n'avait le droit d'être humain qu'après coup. Mais on doit toujours pouvoir travailler.

Sonja acquiesça avec une telle vigueur que ses cheveux voletèrent dans le même mouvement.

– C'est évident. Nous devons toujours rester professionnels et je sais le faire !

– J'en suis persuadé.

Nous restâmes sans rien dire quelques instants, puis nous finîmes d'éplucher nos oranges et les mangeâmes.

– Est-ce que le coupable a été arrêté ce jour-là, à Åbo ? la questionnai-je ensuite.

– Non, nous n'avons jamais porté plainte. Ma mère estimait que c'était mieux ainsi et Sandra ne l'avait pas bien vu dans la pénombre des sous-bois.

– Et toi, qu'en pensais-tu ?

– À l'époque, j'étais d'accord avec ma mère, mais par la suite je me suis souvent dit que nous aurions dû porter plainte. Sandra ne s'en est jamais complètement remise, en partie parce que le coupable n'a pas été puni.

– Je vois. Tu as d'autres frères et sœurs ?

– Non, juste Sandra. Maintenant, elle habite Forshälla aussi et nous nous voyons souvent.

– Je me souviens avoir lu dans ton dossier que tu étais née à Helsingfors. Quand avez-vous déménagé à Åbo ?

– L'été avant que j'entre à l'école. Mon père avait décroché un poste de professeur d'anglais à l'académie d'Åbo. Il faut dire qu'il est américain de naissance.

– Donc toi aussi, tu es habituée à vivre au bord de la mer ?

– Oui, c'est clair ! s'exclama Sonja. Ici, à l'intérieur des terres, je me sens enfermée.

– Quand j'ai quitté Helsingfors pour venir m'installer ici, l'odeur de la mer et le ciel à perte de vue me manquaient souvent. Il m'arrivait de me rendre sur la côte ouest uniquement pour retrouver ces impressions.

– Tu as des frères et sœurs ? me demanda Sonja.

– Non et mes parents sont morts à l'heure qu'il est. Par contre, j'ai des enfants et des petits-enfants.

Sonja prit une inspiration, comme si elle était sur le point de dire quelque chose. Elle avait sans doute entendu parler de la mort d'Inger et voulait peut-être m'interroger à ce sujet. Mais elle se ravisa et préféra me tendre des mouchoirs en papier afin que je puisse m'essuyer les mains.

Puis elle se leva, du seuil elle m'adressa un petit sourire avant de retourner travailler.

Je pensai à Sonja. Elle était belle, ses traits fins, son corps aux formes harmonieuses. Je l'avais toujours pensé, ou plutôt constaté comme un fait. Je ne m'étais pas senti attiré – elle était tellement plus jeune que moi et son comportement était toujours parfaitement professionnel. Mais à présent qu'elle s'était quelque peu dévoilée dans la cour de l'école et dans mon bureau, je la voyais d'un œil nouveau. Sa fragilité et même son attitude boudeuse à mon retour de l'appartement d'Ingves la rendaient attirante.

Son petit sourire à l'instant, sur le seuil, était-il un message personnel ? Quel homme voyait-elle en moi ? Elle était souvent ici le soir – est-ce que cela signifiait qu'elle n'avait pas de petit ami ?

J'écartai ces pensées absurdes et soulevai le combiné. Pour Petra, le temps était compté.

La ville déserte

Mercredi 3 octobre 2007

Je suis seul dans une ville venteuse et anthracite. Les larges rues sont bordées de voitures. La vue est dégagée, mais rien ne bouge à part quelques sacs en plastique blancs portés par les courants d'air. Mon appartement doit être dans l'un de ces immeubles ! Je voudrais courir de porte en porte, mais je ne sais pas où commencer. Soudain, je me mets à courir quand même, mais toutes les maisons, les unes après les autres, se révèlent vides et plongées dans la pénombre. J'ai beau m'acharner à chercher, je suis incapable de trouver où j'habite. Je m'engage dans un couloir si bas que je dois avancer plié en deux, une faible lueur en point de mire. Après un angle aigu, je vois que la lumière émane d'une pièce au bout du couloir, où il y a un chat gris. L'animal décrit des cercles avec indolence et ne me prête pas attention quand je m'approche aussi vite que possible. À mon arrivée, il a disparu. Ici, je peux me redresser et je regarde vers le haut, car je pressens que le chat se trouve près du plafond. Une lumière en émane, mais elle s'affaiblit, la pièce s'obscurcit et les murs se mettent à s'abaisser. Ils disparaissent complètement et je suis à nouveau dans la ville gris anthracite. La vue est dégagée dans toutes les directions, mais partout c'est le vide. Les voitures font des appels de phares, au loin un sac dérive sans bruit sur le sol. Il faut que je trouve l'immeuble où je vis.

Après un long moment, je compris que j'étais dans mon lit, au milieu d'une ville normale. Mon cœur battait à tout rompre, mais le décor familier me rassura. En même temps, j'éprouvais une pointe de culpabilité de n'avoir pas mérité ce salut, comme si mon vrai domicile était la ville vide de mon rêve.

Je posai les pieds sur le sol, mais restai un instant assis sur le bord du lit. Mon cœur palpitait encore et le col de mon pyjama était mouillé de transpiration. En me levant puis en m'habillant, je pensais à Petra et à ce que sa nuit avait pu être. Maintenant elles étaient passées, ces premières vingt-quatre heures, les plus favorables.

J'ouvris les rideaux et considérai la rue calme. Le bitume noir était détrempé et de grandes flaques scintillaient sur les trottoirs. Il avait plu toute la nuit.

La soirée du mardi n'avait pas apporté grand-chose. J'avais appelé quelques collègues qui m'avaient confirmé qu'aucun service – qu'il soit affecté aux cambriolages, aux stupéfiants ou aux mœurs – n'avait mis en place de surveillance à Nikolajbacken. Sonja avait interrogé les fichiers informatiques à la recherche d'agresseurs sexuels propriétaires d'une Toyota. Markus et Hector nous avaient informés régulièrement des résultats de leurs vérifications, d'abord sur un ton prosaïque, puis avec une résignation grandissante. De mon côté, j'avais parlé à Tony, qui m'avait assuré que Sörensen était complètement tombé des nues. Bien sûr, il était soucieux de récupérer son argent, mais il ne sous-entendait pas pour autant qu'un retard de remboursement puisse avoir des conséquences fâcheuses pour Petra : « En ce qui me concerne, n'imagine pas que tu auras droit à un délai supplémentaire sous prétexte que tu as des problèmes personnels ! »

Cela ressemblait bien à la personnalité chaleureuse de Sörensen – je l'avais interrogé une fois au cours d'une enquête pour meurtre. Une variante de l'arrogance de Henrik Ingves, où la grivoiserie hautaine faisait place à une brutalité frontale. Mon interrogatoire n'avait mené à rien et quand d'autres services avaient accusé Sörensen de racket, de recel ou d'activités de jeux illégales, il avait toujours été blanchi.

Tout en roulant vers le centre-ville, je réfléchissais à ce que nous devrions faire. Si aucune avancée ne se produisait dans l'enquête, il nous faudrait à nouveau entendre les parents. Je les avais déjà tous les deux surpris à dissimuler une partie de la vérité, Tony sur ses dettes et Stina sur la première sortie matinale de Petra. Ils cachaient peut-être autre chose, y compris un crime. Aujourd'hui, ils seraient tous les deux encore plus épuisés. Il fallait que je leur mette la pression dans l'espoir que les dernières heures les aient rendus suffisamment désespérés, soit parce que leur fille n'était pas rentrée pour la nuit, soit parce que nous ne cessions de rassembler de nouvelles informations susceptibles de les confondre.

S'ils étaient innocents, je devenais un sadique qui retournait le couteau de plus en plus profondément dans la plaie pendant les pires moments de leur vie. J'allais le faire seul, sans en faire porter la responsabilité à l'ensemble du groupe.

Sonja et moi nous rejoignîmes d'abord à l'école, chacun dans une voiture afin de pouvoir, par la suite, suivre des pistes différentes. Je débouchai dans la cour de l'école à 8 h 26 ; elle m'attendait déjà près de l'entrée principale. Nous nous mîmes d'accord pour entendre les élèves séparément, sans commencer par Daniela l'hypersensible, mais par ceux qui savaient peut-être quelque chose au sujet de Petra.

En nous voyant débarquer à nouveau, l'institutrice ne put dissimuler une légère irritation, mais elle ne se montra pas réticente à collaborer. Cette situation m'était familière. Quand nous revenons, les gens sont d'accord pour nous laisser entrer ; cependant, ils sont conscients des lourds sous-entendus de nos questions. Le premier jour, ils peuvent penser que nous en rajoutons, mais si un enfant n'a toujours pas été retrouvé après une nuit, les choses deviennent alors vraiment graves.

Nous questionnâmes les enfants deux par deux. Ainsi se sentaient-ils plus en sécurité et nous pouvions confronter leurs déclarations. Pour autant, il est toujours difficile d'interroger des enfants. Ils mentent rarement délibérément, néanmoins leur monde ne se partage pas entre le vrai et le faux, mais entre ce qui satisfait les adultes et ce qui les met en colère. À la moindre indication qu'on attend une réponse particulière, l'enfant l'apportera donc avec joie, juste pour faire plaisir.

Pendant que Sonja préparait un ordre de passage avec l'institutrice, je m'installai dans la pièce qu'on nous avait octroyée pour conduire les auditions. Il s'agissait du bureau débordant de documents du directeur où flottait une odeur particulière de poussière et de géraniums fanés.

Je fouillai ma mémoire avant de rencontrer les enfants. Tout au fond d'un tunnel… j'avais à peu près neuf ans. Sur une photo de classe, je vis un visage encadré de cheveux courts portant des lunettes ovales typiques des années soixante. Je me souvins de ma collection de bandes dessinées et des joyeux matchs de football dans une cour intérieure bitumée du centre d'Helsingfors. J'avais un ami, chatouilleux à l'extrême, qui s'appelait Tord. Je faisais collection de timbres que je décollais d'enveloppes, parce que cela revenait moins cher. Un jour, j'étais tombé dans un escalier et m'étais cogné le genou si violemment que j'avais été choqué de découvrir qu'une telle douleur pouvait exister. En y réfléchissant, je m'aperçus que j'avais beaucoup de souvenirs. En revanche, je n'avais pas le sentiment d'être, aujourd'hui, la même personne qu'alors. Je ne trouvai pas non plus la réponse à ce que je voulais savoir : comment *pensais*-je quand j'avais neuf ans ?

Nous commençâmes les auditions avec deux garçons, Janne avec ses lunettes aux verres grossissants et son pull en laine aux mailles irrégulières, et Robin aux cheveux fixés avec du gel et une casquette accrochée à la ceinture. Quand ils entrèrent en compagnie de Sonja, je leur serrai la main afin de leur faire comprendre la gravité du moment.

– Depuis combien de temps êtes-vous dans la même classe que Petra ? commençai-je simplement.

– Depuis qu'on va à l'école, répondit Robin, ce que Janne confirma.

– Est-ce que vous faites des choses ensemble en dehors de l'école ?

– Du bandy en salle, nous indiqua Robin. Les équipes sont mixtes jusqu'au collège.

– Les garçons et les filles ensemble, ajouta Janne.

– Comment est Petra ? les questionna Sonja.

Robin haussa les épaules et lança un regard à Janne.

– Elle est normale, répondit ce dernier. Son père conduit des camions.

– De quoi parle-t-elle avec vous ?

– Elle parle surtout avec Daniela, répondit Janne.

– Par contre, les mangas, elle en parle avec tout le monde. Comme la fois où il y a eu des inondations en Italie. Elle a raconté à toute la classe ce que Nana avait fait dans la même situation. Elle est comme ça : la plupart du temps, elle ne dit rien, mais il n'y a plus moyen de l'arrêter quand elle commence à parler de mangas.

– Elle écrit ses propres histoires, intervint Janne en se frottant le nez.

– Ça vous intéresse aussi, les mangas ? demanda Sonja.

– Non, répliqua Robin avec détermination. C'est pour les filles.

– Est-ce que Petra vous a parlé d'un ami qu'elle aurait en dehors de l'école ou du bandy ? demandai-je.

Les garçons échangèrent un regard et secouèrent la tête.

– Elle ne sort pas beaucoup de chez elle, expliqua Janne.

– Un jour, je l'ai vue à la piscine, intervint Robin. Avec sa mère.

– À votre avis, où peut-elle être allée ? poursuivis-je. Vous, vous iriez où si vous n'étiez pas chez vous une nuit ?

– Je camperais, lança Janne avec enthousiasme. J'ai déjà dormi sous une tente avec mon père.

– D'accord, mais si vous étiez toujours en ville, que feriez-vous ?

– McDonald's, répondit Robin.

– Mais après la fermeture, insista Sonja. Que feriez-vous ?

– Je serais mouillé, répondit Janne et les deux garçons se mirent à rire. Enfin, s'il pleuvait cette nuit-là, poursuivit-il. Il y avait de grosses flaques ce matin. Vous savez ce qu'un poisson ferait s'il était dans la rue et qu'il pleuvait ? Il mourrait quand même parce qu'il ne peut pas respirer avec ses ouïes, même sous la pluie.

– C'est vrai, confirma Robin. Edvin raconte qu'un poisson peut nager sous la pluie, mais c'est faux. Il ne peut vivre que dans l'eau.

– Ou alors des fois dans le sable, sous l'eau, comme les flets, ajouta Janne.

Mon portable sonna à cet instant.

– Lindmark, répondis-je.

Et j'appris qu'une nouvelle personne avait disparu à Nikolajbacken.

– Nils Dunander, répétai-je. Oui, je sais de qui il s'agit. Depuis lundi… d'accord, nous en prenons note. Oui, c'est bien que vous m'ayez tout de suite averti.

Je raccrochai et me tournai vers les enfants.

– Bien, nous avons sans doute les informations dont nous avons besoin. Merci les gars. Si quelque chose vous revient au sujet de Petra, vous pouvez le dire à votre institutrice, elle a notre numéro.

Les garçons se levèrent, mais au moment de franchir la porte que Sonja venait d'ouvrir, Janne se retourna.

– Est-ce que ça a quelque chose à voir avec Nils ? demanda-t-il.

– Comment ça ? m'étonnai-je. Tu le connais ?

– Oui, bien sûr, répondit Janne en remontant ses lunettes tout en haut de son nez. C'est notre entraîneur de bandy.

– Le tien… et celui de Petra aussi ?

– Oui, évidemment, c'est l'entraîneur de tout le monde, puisqu'on vient de vous dire que les équipes étaient mixtes.

Un instant, je restai à fixer le gamin aux yeux globuleux derrière ses verres épais. Il semblait absurde qu'une information si importante pour l'enquête nous soit livrée avec une telle nonchalance.

– Quand vous entraînez-vous ? demandai-je sur un ton détendu pour me donner le temps de rassembler mes idées.

– À 18 h 30, le jeudi.

– Est-ce que Petra et Nils sont amis ?

– Nils est notre ami à tous.

– Mais est-ce qu'il est plus ami avec Petra qu'avec les autres ?

Robin secoua distinctement la tête dans le couloir. Janne se tourna vers moi.

– Non, on ne croit pas. Nils est gentil avec nous tous. Un jour, Mikko s'est tordu le poignet. Il avait super mal et peur de ce que sa mère allait dire, alors Nils s'est assis par terre à côté de lui et lui a raconté une belle histoire sur un garçon indien pour que Mikko soit assez fort pour attendre l'ambulance sans pleurer.

Robin revint vers la porte et je m'adressai aux deux enfants.

– Est-ce que vous savez si Nils et Petra se sont déjà vus en dehors de l'entraînement de bandy ?

Les garçons échangèrent un regard et secouèrent la tête.

Je me levai à mon tour et les raccompagnai jusqu'à leur classe avec Sonja. Quand ils furent rentrés, je priai leur institutrice de sortir.

– Savez-vous quelque chose au sujet de Nils Dunander ?

– Juste qu'il est l'entraîneur de bandy de l'équipe d'Engelbrekt. De nombreux enfants y jouent, mais cela n'a rien à voir avec l'école. Je ne l'ai jamais rencontré.

– Bien. Je vous remercie. Nous poursuivrons peut-être les auditions plus tard ou demain. Désolés pour le dérangement.

– Avez-vous des nouvelles de Petra ? Rien qu'à penser que toute la nuit, elle…

– Nous avons plusieurs pistes et nous avons été appelés pour explorer l'une d'elles. C'est pour ça que nous devons partir. Merci beaucoup.

Nous tournâmes les talons pour quitter les lieux.

– Qu'est-ce qui se passe avec Dunander ? me demanda Sonja, qui avançait au petit trot à côté de moi tandis que je me dirigeai d'un pas énergique vers nos voitures.

– Lui aussi a disparu. Selon son chef dans l'entreprise de transport où il travaille, il n'a pas mis les pieds au boulot de la semaine. Ce n'est sûrement pas une coïncidence. Nils Dunander habite dans le même immeuble que Petra, entrée A. Et puis, je le connais d'une ancienne affaire. Il était marié avec Julia Dunander. Nous retournons au commissariat. Appelle Markus et Hector et dis-leur de nous y rejoindre.

En m'installant au volant, je consultai l'heure : 9 h 22. Il s'était écoulé vingt-six heures, mais *maintenant* nous disposions d'une piste sérieuse. Tout en roulant, je contactai le chef de la police pour lui réclamer des renforts.

Après quelques vérifications de routine, nous nous regroupâmes dans la salle de réunion à 11 heures, mais pas pour une « réunion » en bonne et due forme, juste pour faire le point de manière informelle. Deux assistants que Sonja avaient rapidement informés de l'affaire étaient venus s'adjoindre au groupe.

Anna Jakobsson, de la brigade des mœurs, avait autour de trente-cinq ans. Elle avait travaillé avec les enfants dans les familles à problèmes et avait donné des cours d'autodéfense pour les femmes. Elle s'était teint les cheveux en blond paille et souriait beaucoup, sans que ses yeux sombres sourient pour autant. À côté d'elle, était assis Jarno Svensson, un homme d'une quarantaine d'années avec une musculature impressionnante, une moustache en brosse et des cheveux châtains tondus. Il faisait partie de l'équipe des stups et était censé avoir effectué de dangereuses missions d'infiltration tenues secrètes, même à l'intérieur de la police. L'année précédente, il avait postulé pour être nommé commissaire et il avait rué dans les brancards quand, malgré ses mérites sur le terrain, on l'avait écarté au motif qu'il était par trop anticonformiste.

Sonja dut commencer par un résumé de la situation.

– Petra a disparu depuis vingt-six heures. Selon le syndic de l'immeuble, il n'y a pas d'autres clés en circulation, elle peut donc difficilement avoir été emmenée de chez elle par un intrus. Petra ne chatte visiblement pas avec des adultes. Notre première piste est donc une Toyota Corolla. Il est difficile de recouper complètement les fichiers, mais un de nos techniciens informatiques est occupé à comparer du mieux possible les propriétaires de Toyota et les agresseurs sexuels connus de nos services. Notre nouvelle piste principale est Nils Dunander qui est l'entraîneur de bandy de Petra et habite dans le bâtiment d'à côté. Comme lui aussi a disparu, il se pourrait qu'ils soient partis ensemble, nous avons donc lancé un nouvel avis de recherche concernant un homme et une fillette. Le nom de Dunander ne doit pas être divulgué à l'extérieur de la police. Il ne faut pas que les médias lui collent une étiquette de pédophile avant que nous sachions s'il est impliqué.

– Cela signifie que le premier avis de recherche concernant une fillette seule était une erreur, intervint Jarno sur un ton ironique. Difficile de faire le lien avec deux personnes qui ressemblent à un père et sa fille.

– À ce moment-là, nous ne pouvions pas savoir que Dunander avait lui aussi disparu, se défendit Sonja.

– Mais c'est peut-être le kidnappeur, pointa Jarno.

– Est-il possible qu'il ait simplement cherché à aider Petra ? demanda Hector.

– C'est envisageable, concédai-je. Elle pourrait lui avoir parlé des incessantes disputes de ses parents et de leurs cuites à répétition, et il pourrait lui avoir promis de la sauver de cet enfer. Cela pourrait expliquer qu'elle se soit levée tôt mardi matin pour le rejoindre. Dans ce cas, il est peut-être resté chez lui le lundi pour préparer leur fuite. Pendant l'interrogatoire, il y a trois ans, il m'a expliqué que Julia et lui avaient essayé d'avoir un enfant. Petra aurait donc pu être un substitut émotionnel.

– Mais dans ce cas, pourquoi Dunander n'a-t-il pas prévenu les services sociaux ? intervint Anna.

– Peut-être parce qu'il considère qu'ils ne servent à rien, répondis-je. J'ai le sentiment que le couple Nilsson ne maltraite pas Petra d'une manière assez manifeste pour leur fournir un motif d'intervention.

– Nils Dunander n'a pas le permis, fit remarquer Sonja, alors ils doivent se déplacer en bus ou en train. Ils peuvent difficilement prendre un avion, puisque les documents d'identité sont contrôlés et qu'un enfant doit figurer sur le passeport de l'adulte.

– Ils pourraient prendre le ferry pour la Suède à Åbo ou Helsingfors, signala Markus.

– C'est exact et nous avons communiqué l'avis de recherche aux ports aussi, précisa Sonja.

– Ils ont peut-être déjà gagné la Suède ou le continent, constata Jarno sur un ton sec.

– Avez-vous pensé à l'affaire Johan Selenius ? s'enquit Anna.

– Oui, répondis-je. Mais cela ne nous a pas beaucoup aidés, car nous n'avions aucune piste à l'époque et rien n'indique que les deux affaires soient liées. Au contraire, les sexes et les âges des enfants sont différents. D'un côté le passage à l'acte est opportuniste alors que de l'autre, il est planifié. Pour autant, il est clair que nous ne devons exclure aucune hypothèse. Voilà ce que nous allons faire après le déjeuner. Jarno, tu fouineras du côté du monde criminel, de Sörensen et des milieux du jeu, mais du reste également. Au cas où Petra aurait été enlevée par la personne à la Toyota, quelqu'un est peut-être au courant. Markus, tu aideras les techniciens à effectuer les vérifications concernant les Toyota et, pour plus de sûreté, il faudrait également comparer avec la liste des suspects dans l'affaire Johan Selenius. Anna, tu discuteras avec les parents de leur relation avec leur fille en général, et plus particulièrement de ses liens avec Dunander. Hector, rassemble toutes les informations possibles sur Dunander : cherche dans les fichiers criminels, interroge ses collègues et ses voisins, fais autant de porte-à-porte que tu en auras le temps à Nikolajbacken. Sonja et moi allons fouiller l'appartement de Dunander avec les techniciens. Encore une chose : nous savons tous ce que disent les statistiques concernant les enfants disparus depuis plus de vingt-quatre heures, mais ce ne sont que des statistiques ! Nous partons du principe que Petra est encore en vie et que nous pouvons la retrouver.

Ils sortirent tous tandis que je m'attardais un moment, réfléchissant au comportement de Nils Dunander trois ans plus tôt. Même après le premier choc suivant l'annonce de la mort de Julia, il était particulièrement bouleversé quand Gunnar Holm et moi l'avions interrogé. Il se tortillait sur sa chaise, déambulait dans la pièce, s'appuyait contre le mur et pleurait sans se cacher. Quel homme était-il en temps normal, sous cette surface ? Sensé dans des moments plus calmes. Apparemment honnête, prêt à reconnaître qu'il avait été jaloux de sa belle Julia alors même qu'il était assez futé pour comprendre qu'un tel aveu le rendait suspect.

Nous avions entretenu de bonnes relations durant les quelques semaines où je lui avais parlé presque chaque jour, au commissariat ou chez lui. Il m'avait montré des photos de Julia. Il en avait des tonnes et semblait parfois oublier qu'elle était morte lorsque, les yeux brillants, il l'évoquait. Petit à petit, il m'était apparu presque impensable qu'il ait pu commettre un meurtre prémédité et tuer cette femme qui était le seul rayon de soleil dans son existence par ailleurs si grise.

Mais je me souvins également de l'étrange autel à sa mémoire qu'il m'avait montré. Même s'il n'avait pas tué Julia, le chagrin et l'amertume de savoir le meurtrier toujours en liberté l'avaient peut-être rendu imprévisible au cours des trois dernières années. Il éprouvait peut-être maintenant le besoin d'aider quelqu'un qui se sentait menacé, faute d'avoir pu sauver sa femme auparavant.

Ou ressentait-il une envie insidieuse de rendre la monnaie de la pièce, de se venger sur le monde entier ? Dans ce cas, quoi de plus violent que de s'en prendre à un enfant ? Beaucoup de gens dans son entourage souffriraient, de la même manière que lui avait souffert. L'enlèvement et l'inquiétude qu'il suscite pourraient suffire dans cette éventualité. Il n'était pas nécessaire qu'il tue Petra. Ce n'était pas dans sa nature de le faire.

Enfin, je voulais m'en convaincre.

Quand j'arrivai à Nikolajbacken à 13 h 11 après un rapide déjeuner, Sonja et deux techniciens attendaient déjà sur le parking tandis qu'un responsable du syndic garait sa BMW pile devant l'entrée A. Il sauta de sa voiture en brandissant un trousseau de clés cliquetantes pour nous ouvrir la porte de l'appartement de Dunander. C'était également lui qui avait vérifié qu'aucun étranger n'avait une clé de l'appartement des Nilsson. « Nous faisons attention à ce genre de choses dans notre syndic, pas comme d'autres. » Puis il repartit sans oublier de préciser : « Vous refermerez derrière vous, bien sûr. »

L'appartement, qui n'avait pas été aéré depuis plusieurs jours, sentait le renfermé et je perçus aussi l'odeur douce-amère laissée par la présence permanente d'un homme. Celle de Julia avait disparu.

Le silence était si compact que j'entendis le bruissement des combinaisons blanches des techniciens lorsqu'ils entreprirent d'inspecter le sol et les meubles en quête de traces microscopiques laissées par Petra. Sonja et moi vérifiâmes d'abord le courrier et les journaux. Ceux du mardi et du mercredi gisaient sur le sol dans le vestibule tandis que celui du lundi était posé sur la table du séjour. Dunander était donc là le lundi matin, même s'il n'était pas allé au travail. Cela pouvait indiquer des préparatifs de voyage.

Nous fîmes ensuite le tour du trois-pièces disposé comme celui des Nilsson. Il était coquet et propre, sans signes d'un départ précipité et, pour autant que je me souvienne, l'ameublement n'avait pas changé. La pièce à gauche de la cuisine servait de bureau. Au mur était accrochée une affiche vantant les mérites de sa société de transport. Dunander m'avait un jour confié qu'il l'avait lui-même pensée et conçue. Sonja et moi compulsâmes des tas de documents et ouvrîmes les tiroirs sans découvrir aucun billet, carte ou itinéraire.

Par une porte ouverte, je jetai un coup d'œil dans la chambre plongée dans une semi-pénombre derrière des rideaux tirés. Et elle était là, dans le lit double : Petra ! Morte ou vivante ? J'entrai précipitamment.

– Sonja ! criai-je et j'entendis ma voix se briser.

Elle arriva en courant et s'arrêta net, effleurant mon avant-bras. Je sentis alors comme sa peau était douce. Du coin de l'œil, je vis les techniciens se diriger vers nous. Puis Sonja et moi nous faufilâmes chacun d'un côté du lit et soulevâmes avec précaution la partie supérieure du couvre-lit matelassé.

Une chemise de nuit blanche à fleurs claires – un corps sans tête. Je le touchai de mon index droit. Il était étonnamment mou, comme les cadavres décomposés que nous découvrions parfois dans la forêt. Mais je ne sentis aucune odeur et appuyai donc plus fort. Ma main s'enfonça et je compris que ce n'était pas Petra. Nous retirâmes complètement le couvre-lit et mîmes au jour un paquet de vêtements fourrés dans une chemise de nuit de femme. Des robes dépassaient de l'ourlet et des chemisiers des manches.

Un peu honteux et sans en donner la raison à Sonja, j'examinai la ceinture au milieu, mais n'y découvris aucune trace de sperme. Nils s'était créé une réplique de sa femme pour l'avoir à côté de lui dans le lit, mais il ne s'en était pas servi comme d'une poupée gonflable.

– Quelle horreur ! Mais c'est beau aussi, en quelque sorte, commenta Sonja. Un véritable amour qui a tourné à l'obsession. Qui sait de quoi il est capable si ses sentiments sont aussi exacerbés ?

– Ce n'est pas tout, dis-je en l'entraînant vers le séjour.

Les techniciens nous indiquèrent où marcher sans risquer de détruire d'éventuels indices. Je m'approchai du mur recouvert d'étagères en teck devant un canapé beige et sortis un mouchoir. Délicatement, j'ouvris les deux portes d'un grand placard intégré au milieu des bibliothèques remplies de livres et de cadres.

Cela ressemblait à un bar, mais conformément à mes souvenirs, c'était un autel. Au milieu trônait une grande photo de Julia Dunander, affichant un sourire éclatant sous un nuage de cheveux dorés. Des bougies à moitié consumées étaient disposées de chaque côté. À la légère odeur de brûlé, elles avaient dû être allumées peu de temps auparavant.

– Mon Dieu, s'exclama Sonja.

Nous effectuâmes quelques dernières vérifications. Aucun vêtement ou jouet n'indiquait qu'un enfant avait séjourné dans l'appartement. Il y avait bien une boisson chocolatée dans le réfrigérateur, mais elle n'était évidemment pas réservée aux enfants. Les techniciens allaient prélever les empreintes digitales et les échantillons d'ADN, mais ils n'avaient découvert aucune trace de sang et selon leurs premières conclusions, une seule personne avait occupé l'appartement.

Hormis la présence fantomatique de Julia, un portable posé sur la table de la cuisine attira mon attention. Une étiquette soigneusement collée au dos indiquait le nom et l'adresse de Nils Dunander. Il avait visiblement emporté son portefeuille et ses clés, mais pourquoi avait-il laissé son téléphone ?

Je consultai les numéros enregistrés dans le répertoire. Il y en avait peu : travail, club de sport, un pressing et ce genre de choses. J'appelai mon propre numéro et mon portable sonna. En tout cas, l'appareil de Nils fonctionnait. Il indiquait également l'heure : 14 h 38. Plus de trente et une heures pour un voyage en bus et en train. Si Petra l'avait suivi de son plein gré, ils pouvaient se trouver n'importe où en Europe méridionale. Parmi des hordes de touristes en Espagne, planqués en Andorre ou encore dans les Balkans où nos mauvais rapports avec les services de police locaux compliqueraient la tâche. C'est là que j'irais si je voulais me cacher.

J'ordonnai aux techniciens d'emporter l'ordinateur de Dunander pour l'examiner au commissariat. Nous en avions le droit étant donné qu'il existait de sérieuses raisons de le soupçonner d'être impliqué dans une disparition d'enfant.

– Ne devrions-nous pas laisser un message pour signaler notre passage ? demanda Sonja.

Je réfléchis. Si Dunander était innocent, nous devrions vraiment le faire, mais dans le cas contraire, mieux valait ne pas l'avertir que nous étions sur sa piste. Et puis, ce serait l'occasion de voir s'il signalerait le vol de l'ordinateur ou s'il éviterait tout contact avec la police.

– Oui, décidai-je cependant. Laisse un reçu.

De retour dans mon bureau, je contemplai la plaine où l'obscurité s'installait, noyée sous des trombes d'eau. Les files de voitures serpentaient en direction de la ville, telles des couleuvres scintillantes. L'esthétique incontestable du panorama ne m'apportait guère de consolation en cet après-midi d'octobre. L'obscurité et la pluie, plus puissantes que les systèmes érigés par les hommes, n'obéissent à aucune loi. Elles font ce qu'elles veulent.

À quelle fréquence est-ce que *je* fais ce que je veux ? Parfois, j'envie ceux qui prennent des libertés alors que nous autres vivons nos vies enfermés dans un monde de règles : tu ne dois pas traverser la rue ici ; tu ne dois pas jouer de musique après 22 heures ; tu ne dois pas t'écarter de la procédure ! Peut-être est-ce nécessaire, mais si étouffant – je comprends ceux qui passent au rouge ou qui frappent lorsqu'ils sont en colère.

Un jour, quand nous avions encore notre chalet d'été sur la côte, j'avais voulu construire une véranda. Nos voisins étaient éloignés et cela n'aurait dérangé personne, mais je m'étais pourtant contraint à la course interminable dans les couloirs de l'administration locale, remplissant un formulaire après l'autre, puis à la longue attente dans le bureau de l'inspecteur de l'urbanisme, un vrai gaspillage de nos impôts et de notre temps. Nous n'avions pu commencer les travaux qu'à l'automne, un été entier avait été perdu. Inger l'avait pris avec calme, mais j'avais regretté de ne pas avoir fait les travaux sans permis.

Inger. Si elle était encore vivante, nous aurions conservé ce chalet. Après sa mort, cela ne m'avait pas paru nécessaire. Comme beaucoup d'autres choses : les vacances, le temps libre, le ménage, prononcer les paroles attendues, « se comporter comme les autres ».

Quand on vit seul, on a tendance à devenir bohème. Personne n'a les yeux posés sur vous, personne ne met en question vos opinions ou n'influence votre style de vie par sa simple présence. Certes, j'ai un travail, mais Dieu seul sait ce que je deviendrai après ma retraite. Je resterai peut-être en pyjama toute la journée, enfilant simplement un manteau pour aller m'acheter de la bière à l'épicerie du coin.

Je voulais travailler sur l'affaire Petra, mais ma tête était vide. Je m'efforçai de sortir de cet état en me concentrant sur Stina et Tony. Ils se souvenaient du bébé qu'ils avaient nourri, baigné et tenu dans leurs bras. Qui avait commencé à trotter à quatre pattes, puis à marcher avant de se mettre à causer gaiement. Qui leur avait montré ses dessins avec fierté, qui avait fait du vélo avec des roulettes, avait appris à lire, avait pleuré et avait été consolé dans les bras de maman et de papa. Ses petits bras, faciles à tordre, ses poignets si faciles à bloquer dans une main de fer d'adulte. À présent, elle se trouvait peut-être dans une cave murée, sale, en sanglots, du sang s'écoulant entre les jambes.

À moins qu'elle ne fût joyeusement attablée pour partager un repas de famille, débarrassée de ses ivrognes de parents.

Par principe, nous ne devions écarter aucune hypothèse. D'un point de vue intellectuel, ce n'était pas difficile mais affectivement, c'était pénible. Nous n'avions rien à quoi nous rattacher. Maintenant que j'avais un moment pour souffler, je m'aperçus que je me protégeais contre toutes ces semi-hypothèses. Mes sentiments étaient en quête d'une position ferme, qu'elle laisse de l'espoir ou non, au lieu d'être constamment projetés d'un extrême à l'autre.

Puis je déambulai dans les couloirs, vérifiai auprès de Sonja que l'avis de recherche avait bien été diffusé à l'international, appelai Jarno et Anna, qui étaient sur le terrain, passai la tête dans le bureau de Markus et d'Hector et leur adressai quelques mots d'encouragement, obtins des techniciens la promesse qu'ils rédigeraient un rapport avant de rentrer chez eux.

À 17 h 22, l'ensemble de l'équipe put à nouveau se réunir. Ce fut Jarno qui commença.

– Je suis donc sorti discuter avec mes contacts. Tony Nilsson est assez connu dans les milieux du jeu. Il parie sur les courses de chevaux et celles de chiens à l'étranger. Il est de notoriété publique qu'il le fait auprès de Sörensen. Par contre, on ignore le montant de ses dettes. Il picole et peut se montrer bagarreur, mais il donne l'impression d'avoir encaissé plus de coups qu'il n'en a donné.

– Par Stina, ricana Markus.

– Et Sörensen ? m'enquis-je.

– Je me suis rendu à sa ferme, à l'extérieur de la ville.

– Le célèbre « château de Sörensen », s'exclama Anna. Comment es-tu entré ? De quoi ça a l'air là-dedans ?

Aux anges, il se tourna vers elle et commença à raconter.

– D'abord, il faut se garer devant la grille, sonner à un interphone en veillant à bien se montrer devant une caméra. J'y suis déjà allé une fois pour interroger Sörensen au sujet d'un trafic d'objets volés dont il n'avait bien sûr jamais entendu parler. À l'époque, deux bergers allemands couraient sur la pelouse et un de ses employés avait d'abord dû les enfermer dans une cage. Aujourd'hui, les chiens n'étaient pas là. À en croire Sörensen, il s'en serait débarrassé hier parce que sa femme ne les aimait pas. Cette fois, le portail s'est donc ouvert automatiquement et j'ai remonté l'allée tout seul. Ensuite, on m'a introduit dans le vestibule au parquet sombre flanqué d'un grand escalier menant à l'étage. Un gorille vérifie que tu n'es pas armé, mais cette fois-ci, la procédure a été court-circuitée, car Sörensen en personne est sorti de son bureau et a fait signe à son garde du corps d'aller voir ailleurs. Il se souvenait très bien de ma première visite et m'a invité au salon décoré dans le style anglais et meublé d'une grande table en bois sombre et de fauteuils massifs assortis devant un âtre ouvert dans lequel on avait même allumé une flambée. Nous nous y sommes installés comme deux « country gentlemen ».

– Avec du vin chaud, bien entendu, intervint Anna en donnant un petit coup de coude flirteur à Jarno, connu pour ne pas cracher sur la boisson.

– Qu'est-ce que tu t'imagines ? Sörensen avec un gin tonic et moi juste un tonic, rétorqua Jarno en lui lançant un regard malicieux qui semblait démentir ses paroles.

– Et qu'en est-il ressorti ? l'interrompit Sonja avec impatience.

– Sörensen a admis que Tony était l'un de ses clients, mais il a catégoriquement nié toute implication dans la disparition de Petra. « Je n'ai jamais mêlé des enfants à mes affaires », a-t-il affirmé. Il m'a paru sincère, mais qui sait.

– Avait-il des idées quant à d'éventuels coupables ? poursuivit Sonja.

– Il a réfléchi et a mentionné un de ses collègues du milieu du jeu à Åbo, qui, selon lui, fait preuve d'une dureté inhabituelle, « en tout cas dans cette branche ».

Il m'a promis d'interroger ses contacts au sujet des pédophiles. Il semble vraiment les exécrer et m'a fait comprendre qu'au besoin, il pouvait leur infliger une punition qu'ils n'oublieraient pas.

– Il s'est proposé pour être la torpille de la police ? s'étonna Anna, mi-amusée, mi-choquée.

– Plus ou moins, oui, répondit Jarno. Mais il est subtil, alors même si j'avais enregistré la conversation, rien ne pourrait être prouvé. Il concède toujours de manière indirecte qu'il est « dans la branche », pour reprendre ses termes, mais il ne dit jamais rien de concret ou de compromettant.

– Tu as l'air de bien le connaître, intervins-je.

– En dehors de mes deux visites à la ferme, je l'ai croisé de temps à autre au commissariat. Il se montre parfaitement prosaïque, mais le pouvoir et l'arrogance ne sont jamais loin. Parfois, il peut être très courtois, comme aujourd'hui où il m'a invité à venir profiter de son sauna puis m'a emmené dans son bureau pour me montrer avec fierté sa nouvelle connexion très haut débit. Mon sentiment en l'occurrence, toutes précautions prises eu égard à la sournoiserie dont il est capable, est qu'il n'a rien à voir dans la disparition de Petra et qu'il se pourrait même qu'il nous livre un tuyau.

– Peut-on croire un seul mot prononcé par ce type ? objecta Hector.

– Comme je l'ai dit, toutes précautions prises…

– Qu'en est-il des Toyota dans les milieux underground ? lança Markus.

– Je n'ai pas eu le temps d'avancer beaucoup sur ce point, reprit Jarno. Je n'ai fait qu'une touche : une petite frappe du nom de Färnström possède une Toyota bleu marine. Il bosse pour un plus gros poisson, dans le style de Sörensen, mais il aimerait bien monter en grade et il serait tout à fait capable d'accepter une mission histoire de faire ses preuves. Cependant, il est à l'hôpital du district avec une commotion cérébrale et des côtes cassées depuis environ une semaine. Quand je lui ai rendu visite, il a refusé de me parler de son passage à tabac. Par contre, il m'a assuré que sa voiture n'avait pas bougé de sa place de parking depuis et qu'elle n'avait en aucun cas été utilisée par quelqu'un d'autre. Je suis allé vérifier et la voiture y est bel et bien, sale et en piteux état.

– Färnström figure également sur notre liste, intervint Markus avec excitation.

– C'est bon à savoir, déclarai-je pour l'encourager, bien que cette piste soit manifestement froide. Il faut que tu continues à chercher, Markus.

– J'ai consulté le registre des immatriculations pour comparer les propriétaires de Toyota avec les agresseurs sexuels répertoriés. Aucun recoupement notable, alors je me suis mis à rechercher les propriétaires de Toyota de couleur foncée dans le secteur, y compris ceux qui n'avaient pas de casier judiciaire. Par ailleurs, j'ai établi une liste complète des Toyota, en me disant que quelqu'un pourrait avoir repeint sa voiture.

Markus fit le tour de la table et nous distribua avec enthousiasme des copies des deux listes. Chacune comportait une vingtaine de noms et d'adresses.

Puis ce fut à Hector de prendre la parole.

– J'ai donc enquêté sur Dunander. Il n'a pas de casier judiciaire et selon nos différents services, il n'a jamais été suspecté, excepté dans l'enquête dirigée par Harald sur le meurtre de sa femme, il y a trois ans. Ses collègues m'ont juste répété à l'envi qu'ils s'inquiétaient pour lui parce qu'il semblait ne jamais s'être remis de la mort de son épouse.

– Comment s'en sont-ils rendu compte ? s'enquit Sonja.

– Il est apathique et plutôt dépressif. Il arrive parfois en retard au travail et se plaint d'avoir mal dormi.

– As-tu évoqué nos soupçons selon lesquels Dunander aurait filé avec Petra ? demanda Anna.

– Oui, mais cette idée les a laissés complètement incrédules. Ils savaient qu'il entraînait une équipe de gamins, mais ils n'ont jamais entendu parler de Petra. Ils ont plutôt peur qu'il se soit suicidé.

– Ont-ils une idée de l'endroit où il aurait pu aller ? le questionnai-je.

– Aucune. Il n'a pas de résidence secondaire et il ne voyage apparemment pas beaucoup. Ses collègues l'ont encouragé à « sortir un peu » et l'ont parfois invité dans leur chalet d'été, mais il a toujours préféré rester chez lui. Je les ai également interrogés sur l'époque où il était en couple. Selon eux, Dunander paraissait « parfaitement normal » à ce moment-là, ils étaient allés en voyage de noces à Paris. Ils ne se souvenaient pas d'autres déplacements.

– Certains pédophiles tombent amoureux d'un enfant de la même manière que d'un adulte, glissa Anna. Ils ne s'intéressent pas aux enfants en général en tant qu'objets sexuels, mais à un enfant en particulier qu'ils veulent apprendre à connaître. Consciemment ou non, ils recherchent un substitut émotionnel pour compenser des déceptions dans le monde des adultes. Si c'est le cas avec Dunander, il va peut-être emmener Petra à Paris, puisque c'est sa nouvelle femme en quelque sorte.

– Peut-être, intervins-je. Mais il pourrait tout ausi bien être en quête d'une relation plus paternelle, comme un adulte qui se trouve contraint de sauver un enfant d'une situation familiale malsaine.

– En ce qui concerne les voisins, reprit Hector, il n'y a pas grand-chose de nouveau. Je n'ai pu en entendre que cinq et aucun n'avait vu Petra rendre visite à Dunander.

– Ce qui est également confirmé par les parents, précisa Anna. Et Dunander n'est jamais venu chez eux.

– Quelle impression t'a fait le couple Nilsson ? m'enquis-je.

– Ils sont un peu difficiles à cerner, mais j'ai le sentiment qu'ils sont tous les deux sincèrement désespérés de la disparition de leur fille. Ils estiment bien s'occuper d'elle, mais ils concèdent que leurs disputes l'ont peut-être perturbée plus qu'ils n'auraient pu l'imaginer. Dès qu'ils évoquent le départ de Petra ce matin-là, ils se remettent à se quereller de plus belle. « Moi aussi, j'ai souvent envie de me casser et de ne plus revenir », a lancé Tony. « Tu m'accuses d'être responsable pour Petra, espèce de salaud ! » a hurlé Stina en commençant à lui marteler le torse de coups de poing. Alors il a levé les bras pour se protéger, mais si je n'avais pas été là, il lui en aurait peut-être collé une. Sinon on dirait qu'ils essaient de se ressaisir. Le sol était propre et Stina tenait un chiffon quand elle m'a ouvert. Tony avait veillé à ce que la chambre de Petra soit impeccable. « Pour que tout soit prêt pour elle », a-t-il dit.

– Tu ne les crois donc pas coupables ? lui demanda Sonja.

– Non, en tout cas pas au point de s'en être pris à leur propre fille. Ils ne sont pas assez futés pour jouer le rôle de parents désespérés et innocents avec une telle habileté jour après jour.

– Les parents pourraient alors être mis hors de cause. Ce qui renforce les soupçons contre Dunander, soulignai-je.

– Mais qu'avons-nous réellement comme preuve contre lui ? objecta Jarno. Qu'il porte le deuil de sa femme, qu'il connaît Petra et qu'il a disparu. Existe-t-il une indication directe qu'il est parti avec elle ?

– Là, ce sont les techniciens qui entrent en scène, intervint Sonja, et la réponse, en l'occurrence, est négative. Les seules traces d'ADN présentes dans l'appartement appartiennent à Dunander ou à Julia. Son ordinateur est également vierge de toute correspondance avec Petra ou d'autres enfants.

– Mais il leur était facile d'entrer en contact d'une autre manière s'ils le voulaient, fit remarquer Anna. Ils se voient à l'entraînement ou dans leur quartier. Ils pouvaient par exemple s'échanger des petits mots.

– A-t-on retrouvé quelque chose de la sorte chez l'un ou chez l'autre ? persista Jarno.

– Non, rien, répliqua Sonja. Dunander communique sur Internet, mais aucun de ses pseudos ne correspond à ceux que Petra a enregistrés sur l'ordinateur de l'école. Par ailleurs, il n'a pas consulté de sites pornographiques.

– Plutôt étonnant ! s'exclama Anna. Tous les agresseurs sexuels dont j'ai entendu parler étaient également portés sur la pornographie. Cet élément plaide vraiment contre l'hypothèse Dunander.

– Avait-il effectué des recherches concernant des voyages et des hôtels ? s'enquit Markus.

– Apparemment non. Nous n'avons découvert aucune piste.

– Au bout du compte, reprit Jarno, nous nous basons uniquement sur la méthode de l'exclusion : il semble exclu que Dunander ait pu disparaître en même temps que Petra par le simple fait du hasard. Mais cette méthode n'est pas très fiable – qu'allons-nous faire de la Toyota dans ce cas ? Est-ce un pur hasard que quelqu'un surveille l'immeuble de Petra nuit après nuit jusqu'au matin de sa disparition ?

Tous les regards se tournèrent vers moi.

– C'est étrange aussi et il est hors de question d'abandonner cette piste, commençai-je. Mais cela n'enlève rien au fait que Dunander connaissait Petra. Et l'homme à la Toyota pourrait être un complice de Dunander, chargé de les attendre sur le parking.

– Dans les milieux pédophiles, de telles collaborations n'ont rien d'exceptionnel, constata Sonja avec une froideur toute professionnelle. L'un se charge d'entrer en contact avec la victime, l'autre de la voiture et éventuellement d'un chalet ou d'un pavillon.

– Ce serait le pire des scénarios, commenta Hector. Petra serait retenue prisonnière par deux pédophiles calculateurs dans un endroit inconnu.

– Mais dans ce cas, l'autre pédophile figure sur notre liste de propriétaires de Toyota dans le secteur, lança Markus.

– Oui, sans doute, convins-je. Ce sera notre piste numéro un demain : Markus, Hector et Jarno, vous vous rapprochez de chacun des propriétaires de Toyota et vous vérifiez leur alibi. Je sais que cela va prendre du temps, mais il ne faudra pas lâcher l'affaire avant d'avoir obtenu des résultats. Toi, Anna, tu examines le profil des pédophiles connus, leur mode opératoire, ceux qui sont sortis de prison ou en permission. Sonja et moi continuons à l'école où nous avons été interrompus par la nouvelle de la disparition de Dunander. Par ailleurs, l'avis de recherche a été diffusé aux niveaux national et international. Sonja, tu peux y ajouter la possibilité que deux hommes voyagent en compagnie d'une enfant. Nous avons avancé aujourd'hui. Nous avons exclu certaines hypothèses et en avons découvert d'autres. Nous avons encore une chance !

Je m'attardai un moment dans mon bureau, dans la pénombre, avec ma lampe de bureau pour tout éclairage. Les suspicions quant à l'existence d'un réseau pédophile salissaient tout. Pas simplement un Nils Dunander ayant peut-être perdu la tête, mais deux hommes adultes qui montent un complot parfaitement orchestré pour enlever une fillette et en faire leur objet. Je n'avais aucune envie de manger.

Je préférai me rendre à la piscine, louer un maillot et des serviettes, puis nager six cents mètres, avant de m'installer dans le sauna et de laisser mon corps évacuer ses toxines.

En rentrant à 19 heures, j'appelai immédiatement Mattias, avant que les enfants ne soient couchés. Nous discutâmes un moment de son travail de chargé de cours de sociologie à l'université, poste qu'il venait de décrocher, et de la thèse d'histoire de Lena. Ils se sentaient tous les deux débordés de travail, mais étaient satisfaits de leur parcours.

Jonas, âgé de cinq ans, voulut également me parler.

– Salut, pépé, lança-t-il de sa voix claire mais un peu enrouée.

– Salut. Comment ça va ?

– Bien.

– Comment ça se passe à l'école ?

– Bien. On a ramassé des feuilles dans la cour et après, on les a collées sur du papier.
– Je vois. Ça devait être beau.
– On dirait des tableaux jaunes et rouges.
– Oui, elles sont superbes. Ton papa a fait la même chose quand il était petit.
– Quand est-ce que tu viens nous voir, pépé ?
– Je ne sais pas vraiment. J'ai beaucoup de travail pour l'instant.
– Mais à Noël ?
– Oui, nous nous verrons sûrement à Noël, parce que vous venez chez moi tous les ans.
– Joakim veut te parler aussi.
– D'accord. Au revoir et bonne nuit.
Après quelques craquements à l'autre bout de la ligne, j'entendis la respiration de Joakim.
– Salut, Joakim, lançai-je.
– Salut, répondit-il de sa voix fluette de gamin de trois ans.
– Qu'est-ce que tu as fait aujourd'hui ?
– J'étais à l'école.
– Ça devait être chouette. Qu'est-ce que vous avez fait ?
– On a joué.
– Bien. Et vous êtes sortis ?
– Oui et j'ai fait de la balançoire. Elle était un peu mouillée.
– C'est comme ça l'automne, quand il pleut. Vous avez fait quelque chose avec les feuilles ?
– Non, c'était juste dans le groupe des grands. Nous, on a fait du dessin.
– Ah, ça aussi, ça devait être sympa. Qu'est-ce que vous avez dessiné ?
– Un arbre.

– Un arbre. Quelles couleurs as-tu utilisées ?
– Du jaune et du rouge.
– Bien vu, parce que c'est de ça qu'ils ont l'air en ce moment. En automne.
Pause.
– Vous allez bientôt vous coucher ? poursuivis-je.
– Oui.
– Tu as déjà mis ton pyjama ?
– Jonas, oui, mais moi, pas encore.
– Je comprends.
Nouvelle pause avec bruit à l'arrière-plan.
– Maman dit que je dois y aller.
– Oui. C'est l'heure de vous coucher. Tu me repasses papa ?
– D'accord.
– Bonne nuit.
– Bonne nuit.
Du bruit se fit entendre dans le combiné.
– Ici Mattias.
– Je peux encore te parler quelques instants ? demandai-je.
– Aucun problème. C'est le tour de Lena de coucher les petits.
– Ils vont bien ?
– Bien sûr. À part un rhume de temps en temps.
– Et comment ça se passe pour toi ?
– Bien, tout roule.
– Comment tu te sens à ton nouveau travail, maintenant que tu y as pris tes marques ?
– Bien, dans l'ensemble, même si j'ai beaucoup de nouveaux cours à préparer.
Je m'efforçai de trouver un autre sujet de conversation banal, mais mon esprit tournait à vide. Le silence se prolongea et je fus obligé de lui poser la question

qui me taraudait réellement plus tôt que je n'en avais eu l'intention.

– Et comment arrives-tu à jongler avec ton travail et ton rôle de père ? Tu trouves un peu le temps d'être avec les garçons ou pas du tout ?

– Je tâche d'être avec eux autant que possible. Ce n'est pas un problème.

– Cela peut en être un.

– Je ne te suis pas.

– Je veux dire qu'on peut regretter par la suite de ne pas avoir été plus présent auprès de ses enfants alors qu'il en était encore temps.

– Bien sûr. Le temps des enfants, c'est maintenant, comme on dit, et j'essaie de ne pas l'oublier.

– Moi aussi, j'ai essayé quand toi et Marta étiez petits, mais beaucoup de choses peuvent s'interposer.

– Oui, parfois, tu étais obligé de partir subitement.

– Qu'est-ce que tu en pensais à l'époque, de mon travail ?

– Tu étais policier… c'était classe. Mes camarades pensaient la même chose.

– Mais qu'est-ce que cela te faisait que… je sois si occupé ?

– Je ne sais pas, j'avais l'habitude.

– J'y ai beaucoup réfléchi ces derniers jours.

– Je comprends.

Un nouveau silence intervint et j'envisageai de lui demander ce qu'il voulait dire, mais je poursuivis.

– Est-ce que tu penses que nous pourrions encore nous voir avant…

– Excuse-moi, mais Lena me crie quelque chose de la salle de bains, m'interrompit Mattias et je l'entendis couvrir le combiné de sa main. Lena a besoin d'aide.

Il faudra que nous en reparlions plus longuement à un autre moment.

– Bien sûr. Bonne nuit.

– Bonne nuit.

Je restai sur la chaise près du téléphone. « Je comprends. » Qu'est-ce que Mattias entendait par là ? « Je comprends que tu poses la question, parce que tu y as réfléchi » ou « Je comprends que tu as de bonnes raisons de te demander quel père tu étais » ? Je me concentrai sur le ton de sa voix qui résonnait encore dans mes oreilles, mais ne pus déterminer s'il était amical ou agacé.

La tapette à mouches

Jeudi 4 octobre 2007

Le matin, je m'observai dans le miroir. Avant, je le faisais tous les lundis, mais à présent, c'était plus occasionnel, peut-être parce que j'aimais de moins en moins le visage que j'y découvrais. Mes yeux gris bleu étaient un peu larmoyants et mes paupières, ce rideau de peau qui s'abaisse lentement tout au long de la vie jusqu'à finalement se refermer pour ne plus jamais bouger, pesaient de plus en plus. Un réseau de rigoles s'étalait depuis les coins de mes yeux, creusant de plus en plus profondément mon épiderme. En dessous, des petits bourrelets de graisse s'étaient formés et s'affaissaient vers mes joues, les stigmates de cinquante-six ans d'existence dans ma chair. J'avais beau ne pas m'exposer au soleil, ma peau était de plus en plus rougeaude et les pores de plus en plus gros, quoique plus propres après ma séance de sauna à la piscine. Avant mon soigneux rasage, ma barbe était irrémédiablement grise.

Il y a encore quelques années, tout cela était sans importance : en réalité, j'étais un trentenaire qui, suite à un caprice du destin, commençait à avoir une autre apparence. À présent, le jeune homme qui sommeillait en moi avait disparu en emportant sa peau lisse et son corps robuste. Il continuait d'exister quelque part, à l'état de souvenir, pas totalement inaccessible, mais impossible à rapprocher de celui que j'étais devenu.

Cette transformation s'était achevée l'automne précédent, quand je découvris que Gunnar Holm était un meurtrier. Une profonde plaie entre le présent et toutes les décennies que nous avions passées ensemble s'était ouverte. Je m'étais peu à peu ressaisi et j'avais réussi à intégrer son crime parmi toutes les infamies auxquelles j'avais déjà été confronté, mais intérieurement j'avais pris plusieurs années d'un coup. Je ne feignais plus d'être capable de nager 1 500 mètres, mais de ne pas le faire faute de temps. Je ne feignais plus comme avant d'être touché par tout le mal que les gens s'infligeaient.

Ce changement n'était pas seulement physique. Si cinq ans plus tôt, quelqu'un m'avait dit que j'envisagerais d'« exécuter » Gunnar, j'aurais été blessé. Désormais, je pensais souvent à notre confrontation sur la plage et j'étais heureux de m'être ravisé. En même temps, je me sentais ébranlé et je m'étais progressivement aperçu que cela était en partie dû à la mort d'Inger. À présent que je n'avais plus à être là pour elle, ma vie et ma morale étaient secondaires. Je tenais vraiment à être un commissaire compétent et un bon père et grand-père, mais pour le reste, ce que je devenais n'importait plus : par exemple, j'aurais pu abréger le processus avec un meurtrier dénué de conscience.

Si Inger avait encore été en vie, ces pensées ne m'auraient même jamais effleuré. Nous ne parlions pas de mon travail – nous en avions décidé ainsi avant notre mariage – mais elle était quand même une conscience sur mon épaule, une conscience plus exigeante que la mienne. Je le comprenais à présent qu'elle n'était plus là et que l'indifférence m'avait gagné.

Il en allait cependant autrement avec les enfants, avec leur… pureté. Ce qui leur arrivait me touchait toujours autant. Je n'avais jamais cessé de penser à Johan Selenius et à présent j'étais responsable de Petra. Dans son cas, il m'était moins possible de déléguer que d'habitude. Si elle perdait la vie à cause d'une mauvaise décision prise dans le cadre de l'enquête, je ne pourrais en vouloir qu'à moi-même.

En sortant, je m'aperçus que la nuit avait encore une fois été froide et humide. Le ciel formait un couvercle de plomb au-dessus de la ville quand j'arrivai à nouveau à l'école Topelius à 8 h 56. Pour une fois, j'étais le premier sur place et j'attendis Sonja tandis que les enfants couraient pour rejoindre leur classe. En l'espace de quelques minutes, un brouhaha assourdissant céda la place au silence et au vide. Les couleurs disparurent et il ne resta plus que le bitume mouillé, telle une constellation aussi infinie que désertique.

À peine arrivée, Sonja sauta de sa voiture en marmonnant des excuses avant que nous ne montions l'escalier et traversions le couloir désormais familier. Il s'agissait à présent d'auditionner chaque enfant de manière systématique.

Une fois dans la classe, j'observai les élèves tandis que Sonja parlait à l'institutrice. Daniela me considérait avec un calme étonnant et je décidai donc que nous commencerions par elle, accompagnée de sa voisine de pupitre.

Comme la veille, on nous octroya le bureau encombré du directeur. Aila, la camarade de Daniela, se hissa sur l'un des sièges réservés aux visiteurs et s'assit comme un tout petit enfant, les jambes complètement étendues sur l'assise, les mains posées sur les accoudoirs. Un vrai port de reine. Avec sa peau pâle parsemée de quelques taches de rousseur et ses cheveux roux coupés court, elle m'évoquait Elisabeth Ire d'Angleterre. Daniela, elle, était assez grande pour s'asseoir comme une adulte, les genoux pliés et les mains soigneusement jointes sur les jambes. Ses longs cheveux bruns étaient attachés en queue-de-cheval. Elle portait une jupe et un chemisier vert foncé avec un col montant. En constatant que ses grands yeux marron exprimaient davantage d'expectative que d'angoisse, je résolus de ne pas mentionner notre précédente rencontre dramatique.

– Vous jouez toutes les deux au bandy ? demandai-je, l'air de rien.

– Oui, répondit Daniela et Aila confirma.

– Vous avez marqué beaucoup de buts ?

– Oui, bien sûr, s'écria Daniela et Aila acquiesça sans rien dire, mais avec un sourire qui dévoila quelques trous entre ses dents.

– Je marque des buts parce que je suis rapide, ajouta Aila avec un sourire encore plus large et des yeux plissés qui lui conféraient une apparence féline.

Je me tournai vers elle et lui souris à mon tour.

– Tiens donc ! Et comment c'est d'être entraîné par Nils ?

– Bien, répondit-elle d'une voix enrouée, mais néanmoins audible.

– Et lorsqu'il vous entraîne, est-ce qu'il parle plus avec Petra qu'avec les autres ?

– Mais des fois, poursuivit Aila, Nils dit qu'un but n'est pas valide alors que pour moi, il l'est.

– Je comprends, mais est-ce que Nils parle plus avec Petra qu'avec les autres ? demandai-je à Daniela.

– Non, je pense qu'il parle à tout le monde pareil.

– Et comment ça se passe quand vous vous douchez après ? les questionna Sonja. Est-ce que les filles et les garçons sont séparés ?

– Oui, nous, on va à gauche, lui indiqua Aila.

– Il faut bien qu'un adulte vous surveille, afin que l'eau ne soit pas trop chaude, par exemple, continua Sonja. Est-ce que c'est également Nils qui est avec vous à ce moment-là ?

– Il s'occupe des garçons, se hâta d'expliquer Daniela alors qu'Aila avait à peine eu le temps d'ouvrir la bouche. Peivi nous rejoint dans les douches avant de commencer l'entraînement avec les filles plus grandes.

– Elle s'appelle « Päivi », la reprit Aila en accentuant exagérément le « ä », ce à quoi Daniela répondit en haussant les épaules et en pinçant les lèvres.

– Que fait Nils s'il veut parler à Päivi pendant qu'elle est avec vous dans le vestiaire ? s'enquit Sonja.

– Il l'appelle pour qu'elle aille dans la salle de sport, répondit Aila. Tu es un vrai policier ?

Je sortis ma carte qu'elles examinèrent toutes les deux avec attention, même si Daniela fit d'abord mine de rester dans son coin et de ne pas s'y intéresser. Aila fit glisser son index droit dessus.

– Comme vous le savez, nous n'avons toujours pas retrouvé Petra, repris-je. Vous auriez une idée de l'endroit où elle pourrait être ?

– Au gymnase, suggéra Aila.

– Nous avons déjà vérifié et elle n'y est pas, commenta Sonja.

Daniela réfléchit un moment, puis elle déclara :

– Elle a sa cabane, bien sûr.

Une cabane.

Une étrange révélation, presque irréelle. Sonja et moi restâmes silencieux quelques instants, comme lorsqu'on se concentre avant de soulever un objet fragile. Nous évitâmes même de nous regarder pour ne pas inquiéter les fillettes.

– Où se trouve cette cabane ? demandai-je sur un ton que je voulais décontracté.

– Dans la forêt derrière son immeuble, répondit Daniela. Enfin, derrière l'autre bâtiment. Elle l'a construite pendant l'été.

– Tu y es allée ? l'interrogea Sonja, elle aussi avec légèreté.

– Oui, je suis la seule qui a eu le droit de la voir ! Je suis la meilleure amie de Petra, souligna Daniela en se tournant si vite vers Aila que sa queue-de-cheval fouetta l'air. Aila garda le silence, elle ne souriait plus.

– Qu'est-ce qu'il y a dans la cabane de Petra ? poursuivit Sonja.

– Il y a un tapis sur le sol et un sac de couchage qu'elle a trouvé dans sa cave.

– Est-ce qu'il lui arrive d'y dormir ? s'enquit Sonja.

– Non, c'est juste pour pouvoir y aller quand il fait froid. Elle va lire des mangas dedans avec sa lampe de poche.

– Toi aussi, tu es une vraie policière ? la questionna Aila.

Sonja sortit sa plaque et, pendant qu'Aila l'examinait, je poursuivis, penché en avant vers Daniela.

– Cela nous aiderait beaucoup dans nos recherches si nous pouvions voir la cabane, dis-je à voix basse. Est-ce que tu pourrais nous la montrer si nous t'accompagnons dans la forêt ?

– Peut-être. Mais il faut d'abord que je demande à ma maman si vous pouvez venir me chercher après l'école.

– Nous sommes un peu pressés, alors nous pensions t'y emmener tout de suite.

– Mais on a cours !

– Je vais parler à ta maîtresse. Cela ne devrait poser aucun problème.

– Il faut quand même que je demande la permission à maman.

– Bien sûr. Tu peux l'appeler sur mon portable. Je peux lui parler aussi. Après, tu vas faire un tour dans une voiture de police.

– Est-ce qu'on pourra mettre la sirène ?

– Si tu veux, répondit Sonja.

– Oui, je veux, s'exclama Daniela en lançant un regard triomphal à Aila.

– Est-ce que je pourrai venir avec vous ? demanda Aila, pleine d'espoir, et son visage s'allongea quand Sonja secoua la tête.

– Ce sera moi qui mettrai la sirène, insista Daniela.

Sonja dut expliquer la situation à la mère de Daniela lors d'une conversation téléphonique circonstanciée. Elle finit par donner son consentement, mais à la condition expresse qu'une personne de l'école nous accompagne. L'institutrice ne pouvait pas quitter les autres élèves et l'infirmière scolaire n'était pas là. Nous perdîmes du temps dans de longs couloirs vides, mais j'en profitai pour contacter les autres membres de l'équipe. Jarno suivait une piste loin de la ville, mais les autres pouvaient être à Nikolajbacken rapidement.

Pour finir, nous trouvâmes une secrétaire de direction qui accompagna Daniela dans ma voiture. Il était 10 h 28. Tandis que les sirènes hurlaient, je n'eus pas à parler et réfléchis à une stratégie pour gérer Daniela sur place. J'envisageai d'impliquer la secrétaire, mais m'abstins. C'était une femme timorée qui n'avait accepté de nous suivre qu'après avoir reçu l'aval du directeur. Elle pourrait aller jusqu'à nous bloquer en déclarant quelque chose comme : « Je ne peux pas en prendre la responsabilité, la fillette pourrait être traumatisée à vie si elle voit quelque chose d'affreux. » Pour l'instant, cette éventualité ne semblait pas l'avoir effleurée.

Juste avant de parvenir à Nikolajbacken, je coupai les sirènes. À notre arrivée, Markus, Hector et Anna nous attendaient devant le bâtiment de Petra. Je m'y garai également. Mieux valait faire une promenade préparatoire en contournant le bâtiment et en rejoignant le bâtiment C avant de nous enfoncer dans la forêt. Je me dirigeai vers mes collègues et les priai de rester un peu en retrait derrière Sonja, la secrétaire et moi pour éviter de créer une ambiance officielle trop pesante.

Daniela, vêtue d'un élégant petit manteau vert foncé et d'un béret de la même couleur, attendait auprès de la secrétaire.

– Tu étais allée chez Petra avant de te rendre à la cabane, non ? demandai-je en me baissant vers elle.

– Oui, on avait bu du jus de fruits et regardé des mangas dans sa chambre.

– Et après, vous avez pris ce chemin pour y aller ? m'enquis-je en pointant le doigt.

– Oui.

– Essaie de prendre exactement le même chemin que ce jour-là. Tu peux t'arrêter pour réfléchir quand tu veux. Nous ne sommes pas pressés. Essaie de te souvenir comment c'était quand tu y es allée avec Petra.

Daniela avait la mine grave. Elle avait peut-être peur de ne pas retrouver la cabane ou peut-être songeait-elle qu'elle était sur le point de trahir un secret. Car cette cabane était manifestement secrète, puisque les parents de Petra n'étaient pas au courant. C'était sans doute ce que Petra avait voulu.

Le ciel s'était quelque peu éclairci et on devinait le soleil derrière les nuages grisâtres. Nous fîmes le tour du bâtiment B et traversâmes l'aire de jeux abandonnée pour rejoindre l'autre côté. Daniela se dirigea vers le sentier qui contournait le bâtiment sur la droite. Je marchais juste derrière elle, Sonja et la secrétaire à quelques pas de moi. Au pied du pignon dénué de fenêtres gisaient des centaines de mégots et une tapette à mouches en rotin cassée aux brins hirsutes.

Ensuite, on arrivait à la forêt où poussaient de manière chaotique des pins chétifs, des sapins et des feuillus aux frondaisons jaunies. C'était un enchevêtrement de branches mortes et de broussailles, telle une clôture de barbelés entre des troncs serrés les uns contre les autres.

Daniela regarda autour d'elle et je me portai à sa hauteur.

– Tu es donc entrée par ici avec Petra, déclarai-je.

Ces mots étaient destinés à l'encourager, mais ils sonnèrent comme une affirmation d'adulte obligeant à la coopération. Il faudrait que je me surveille sur ce point. Daniela continua à avancer, mais plus lentement tout en inspectant la lisière de la forêt.

– Il fallait repérer quelque chose, dit-elle sur un ton pensif.

Elle continua, mais en reculant parfois de quelques pas.

– Il y a trop de branches ! Il y avait quelque chose qu'il fallait chercher pour trouver le bon chemin. Mais je ne me souviens plus ce que c'était.

Elle semblait si préoccupée à présent que cela me rappela sa crise de sanglots dans le couloir.

– Ce n'est pas grave. Quand tu le verras, tu sauras que c'est ça. On se promène tranquillement en regardant la forêt.

Daniela continua à avancer beaucoup plus lentement et je pris soin de faire des pas aussi courts que possible pour qu'elle ne se sente pas pressée. D'un signe de la main, j'indiquai à Sonja et à la secrétaire de se tenir à distance. Plus loin, on entendait la circulation sur la rocade et des pas rapides sur le sable.

Il s'agissait simplement d'un joggeur en survêtement bleu ciel. Daniela sursauta et leva les yeux avant de se remettre à scruter l'orée de la forêt. Les voitures étaient de plus en plus audibles et nous serions bientôt arrivés au bout sans résultat… mais Daniela se mit alors à courir.

– C'est ça, cria-t-elle en désignant un pin qui poussait tellement de travers qu'il formait un triangle avec un autre.

Elle franchit le petit fossé d'un bond et s'enfonça dans les broussailles sur la droite du triangle, si bien qu'elle disparut presque de mon champ visuel.

– Attends un peu, lança la secrétaire en pressant le pas.

Daniela ressortit, les yeux brillants.

– J'ai trouvé ! s'exclama-t-elle.

– C'est vraiment du bon travail, la félicita la secrétaire. Mais maintenant il faut laisser faire la police et ne pas aller trop loin dans la forêt.

– Il faut que je leur montre par où aller après ! Je sais où est la cabane ! Petra m'a dit qu'il n'y avait qu'un seul chemin pour y aller.

– Oui, nous aimerions effectivement que Daniela continue à nous guider, indiquai-je à la secrétaire.

Elle baissa les yeux vers ses chaussures, un modèle de ville confortable adapté à la promenade, mais certainement pas aux excursions en forêt.

– Pour Petra, implorai-je.

Sans un mot, elle sauta également par-dessus le fossé et le sol imprégné d'eau clapota. Je lui emboîtai le pas, Sonja sur les talons. Daniela reprit sa marche et tourna vers la gauche. Elle s'engagea sur un sentier qui courait sous des branches basses et évoquait presque un boyau souterrain. Nous revînmes d'abord en direction des immeubles, puis nous bifurquâmes sur la droite et nous enfonçâmes dans la forêt. Il fallait avancer avec précaution dans la semi-pénombre, mais la progression n'était pas très difficile. Après une centaine de mètres, les arbres disparurent soudain et nous nous trouvâmes devant une vaste clairière. La forêt n'était ici qu'une épaisse enceinte autour d'une prairie caillouteuse où ne se dressaient que quelques buissons. Daniela tourna à gauche, longea la lisière du pré et s'arrêta.

– Là, annonça-t-elle en pointant le doigt.

Au coin gauche de la clairière, il y avait effectivement une espèce de cabane dont l'ouverture donnait sur les bois. L'une des parois était une saillie rocheuse de deux mètres qui penchait vers les ultimes arbres de la forêt, l'autre était constituée de troncs entre lesquels étaient placées des branches et des brindilles pour colmater les interstices. Daniela fit mine de poursuivre, mais je la retins par le bras.

– Je te remercie, mais il vaut mieux que nous regardions d'abord.

La secrétaire l'attrapa par l'autre bras.

Derrière moi, j'entendis le reste du groupe se frayer un chemin dans la forêt. J'attendis jusqu'à ce qu'ils nous aient rejoints, puis je me faufilai en direction de la cabane, secondé par Markus et Hector. Nous pouvions tomber sur n'importe quoi à l'intérieur. Par exemple, Petra avec l'espion à la Toyota acculé et prêt à se battre pour s'échapper.

Avec précaution, je jetai un coup d'œil vers l'intérieur, mais ne distinguai d'abord que des ténèbres teintées de brun. Une fois que mes yeux se furent accommodés, je compris qu'une pièce de toile était accrochée juste devant l'entrée et qu'elle en dissimulait les deux tiers. Dans la fente qui restait, j'aperçus des faisceaux de lumière qui s'immisçaient à travers la paroi de brindilles et révélaient les contours d'un être humain ! La plus grande partie du corps était cachée par la toile.

Je fis signe à Markus et à Hector d'avancer. Quelques rameaux craquèrent lorsqu'ils s'approchèrent, mais la personne étendue dans la cabane ne réagit pas. Un court instant, je restai parfaitement immobile et attendis en m'efforçant de respirer aussi silencieusement que possible. Le vent bruissa dans les parois de la cabane. Sans l'avoir réellement décidé, j'avançai soudain et écartai la toile en criant « Police ! ». Mais la forme allongée resta inerte. C'était un corps mince sans vie enroulé dans une couverture.

Je pris une profonde inspiration. Tout était fini.

Je ne le voulais pas, mais il fallait que j'encaisse le premier choc. Même accroupi, je ne voyais presque rien. Il faisait sombre parce que Hector et Markus barraient l'entrée, silencieux, mais le souffle court. Je tâtai du bout des doigts. Le baluchon était recouvert d'étoffe ouatinée et était parcouru par la cicatrice rugueuse d'une fermeture Éclair… c'était un sac de couchage. Délicatement, je tirai dessus et le sac s'affaissa. Puis je l'ouvris complètement et écartai les pans. Il y avait quelque chose à l'intérieur et je me saisis de la lampe de poche de Hector.

Mais il ne s'agissait que d'une couverture roulée sur elle-même. Sinon, le sac de couchage était vide. Au bout d'un moment, je me raclai la gorge et m'efforçai de contrôler ma voix en déclarant : « Il n'y a rien ici. »

J'enfilai des gants afin de ne pas laisser davantage d'empreintes digitales. Dans le halo de la lampe, le sac de couchage vert foncé avait tant de gonflant qu'il donnait encore l'impression d'abriter quelqu'un. Un tapis à rayures rouges et jaunes couvrait le sol et un sac en plastique blanc contenant une banane à moitié noircie, une lampe de poche et trois bandes dessinées y était posé. Des mangas. Deux étaient relativement abîmés et gondolés d'humidité tandis que le troisième était encore lisse et brillant dans sa pochette transparente, soigneusement fermée. Une jeune fille à la longue chevelure brandissant une épée occupait toute la couverture. Je soulevai le duvet et examinai la cabane à la lueur de la torche. Tout ce que je découvris, ce fut un autre sac rempli de pelures d'orange desséchées, d'une peau de banane et de sachets de chips. La poubelle de cette cabane bien organisée.

En ressortant, je fus légèrement aveuglé par la lumière du jour. Je tendis la lampe de poche à Hector qui, à l'instar de Markus, enfila des gants avant d'entrer dans la cabane. Je fis signe à Sonja de les imiter. Des yeux plus jeunes que les miens pourraient repérer quelque chose qui m'avait échappé dans la pénombre.

Puis je rejoignis Daniela et la secrétaire qui étaient restées un peu à l'écart.

– Il n'y a personne là-bas, juste quelques objets que les techniciens vont devoir examiner, dis-je en montrant le manga en bon état à Daniela. Est-ce que tu le reconnais ?

– Bien sûr. C'est le nouveau numéro, je l'ai reçu lundi. Petra et moi, on est toutes les deux abonnées.

– Tu es sûre qu'il n'est pas arrivé la semaine dernière ?

– Sûre. Il était dans le courrier quand je suis rentrée de l'école lundi, mais je n'ai pas eu le droit de le lire à ce moment-là, parce que maman m'a fait réviser mon calcul pour le devoir de maths. C'est pour ça que je m'en souviens si bien. Je n'ai pu le lire que le mardi après l'école.

– Et tu crois que Petra aussi l'a reçu lundi ?

– Oui. En général, on reçoit le même jour et on en parle à l'école le lendemain.

Daniela parlait sur un ton calme et posé, comme une adulte, à présent qu'elle pouvait s'exprimer sur un sujet qu'elle connaissait bien.

– Parfait, déclarai-je en y mettant autant d'enthousiasme que possible et en lui tapotant l'épaule. Tu as fait du super boulot !

Je remerciai la secrétaire en lui serrant la main, puis je priai Anna de les reconduire à l'école avant de venir nous rejoindre.

Il était 12 h 04. Je pris plusieurs inspirations profondes et laissai mon regard balayer les nuages à la dérive et la prairie caillouteuse. Aucun arbre n'avait réussi à y prendre racine, peut-être parce que la couche de terre recouvrant la roche était trop fine. Pourtant les recherches ne seraient pas aisées entre les buissons et les pierres, sur ce terrain couvert d'arêtes tranchantes et d'herbe jaune ondoyante dissimulant des trous et des flaques. La forêt autour était encore pire, sombre et envahie de broussailles, regorgeant de petits espaces pouvant abriter un corps. Et puis, la pluie de ces dernières quarante-huit heures ne nous faciliterait pas la tâche pour retrouver des traces.

Les mangas à la main, je retournai à la cabane et regardai à l'intérieur.

– Vous avez trouvé quelque chose ?

Sonja sortit, une barrette entre le pouce et l'index.

– On dirait les cheveux de Petra, déclara-t-elle en plaçant l'objet dans une petite poche en plastique.

Les deux autres sortirent également.

– Le sac de couchage est constellé de taches de café, mais c'est un modèle de qualité, expliqua Markus. Un duvet chaud et léger.

– Le tapis est en fibres synthétiques, ajouta Hector. Il a également dû être facile à transporter jusqu'ici, mais il n'est pas très isolant.

– D'accord, enchaînai-je. Les techniciens vont prendre le relais, avant tout pour vérifier si Dunander ou quelqu'un d'autre a laissé des traces ADN dans la cabane. Le plus important pour le moment, c'est que nous savons que c'est la cabane de Petra et qu'elle y est venue depuis sa disparition. Daniela était absolument certaine que le plus récent de ces mangas n'est arrivé que lundi et après ça, Petra n'a pas quitté son domicile avant le mardi matin à 3 heures minimum. Elle a donc dû l'emporter quand elle est partie à l'aube. Si quelqu'un l'a accompagnée ici, nous nous trouvons sans doute sur une scène de crime. Ou peut-être celle d'un accident. Si Petra est venue ici seule et qu'elle a ensuite quitté la cabane, elle a pu trébucher et être restée étendue dans la forêt avec une cheville foulée ou une jambe cassée. Il va falloir que nous passions tout le secteur au peigne fin, en commençant par les alentours de la cabane et ceux du sentier que nous avons suivi. Il semblerait que ce soit le seul chemin à travers la forêt, mais cela reste à vérifier. Ensuite, il faudra également que nous fassions appel à des renforts pour organiser une battue. Le chef de la police ne peut pas nous les refuser, cette affaire est la priorité des priorités. Nous, nous allons devoir nous passer de déjeuner. Sonja, peux-tu contacter les techniciens, puis demander à Anna de nous apporter du café et des sandwichs ?

Sonja sortit son portable et passa les appels nécessaires.

– Que cherchons-nous ? demanda Markus.

– En premier lieu, répondis-je, Petra elle-même. Il faudra donc que nous cherchions également sous les branches, les roches et dans tous les coins et recoins. Elle pourrait être dissimulée, soit parce qu'elle aurait elle-même cherché à se protéger du froid et de la pluie, soit parce que quelqu'un l'aurait cachée. En second lieu, nous cherchons des traces de Petra, de Dunander ou de l'homme à la Toyota, des vêtements, des mégots et ce genre de choses.

En quelques heures, le secteur autour de la cabane se transforma. Les techniciens évoluaient tels des fantômes dans leurs combinaisons blanches ; une dizaine de policiers issus de tous les services effectuaient une battue dans la prairie et une autre dizaine parcouraient la forêt, armés de lampes de poche, dont les faisceaux se détachaient dans la pénombre. De temps à autre, un cri retentissait : il y a quelque chose ici ! Mais c'était soit un renard mort, soit une tente moisie roulée en boule, soit un chien enterré à la va-vite. On retrouvait souvent divers petits objets qui formaient un tas toujours plus important dans des pochettes en plastique à quelques mètres de la cabane. Deux tables pliantes et une bâche vert foncé étendue sur le sol faisaient office de camp de base, protégé par une paroi rocheuse. Deux Thermos de café et une pile de tasses jetables étaient posées sur l'une des tables tandis que l'autre était recouverte de papier maintenu en place par des pierres. Les policiers s'en servaient pour noter l'emplacement exact de leurs différentes découvertes. On aurait pu ériger un toit provisoire au cas où il se mettrait à pleuvoir.

Les nuages filaient, faisant alterner soleil et ombre. Le vent qui s'engouffrait entre les arbres se conjuguait au bruit intermittent de la circulation sur la bretelle de sortie. J'examinai les objets détrempés qu'on rapportait. Des mégots – étaient-ce les mêmes cigarettes que dans l'appartement de Dunander ? Non. Des préservatifs – est-ce qu'un pédophile en utiliserait ? Peut-être, mais il ne les laisserait certainement pas. Des morceaux d'étoffe récupérés sur des brindilles – récents ou manifestement décolorés ? Rarement récents. Des morceaux de journaux et de magazines – peu lisibles et toujours anciens. Quelque chose qui appartienne visiblement à un enfant ? Non.

Les heures passèrent et la nuit commença à tomber sans que rien d'important n'ait été découvert. Le travail semblait de plus en plus pénible et nous restions muets quand nous nous croisions.

Puis j'entendis des pas rapides. C'était Sonja qui arrivait en courant de la lisière de la forêt du côté de

Nikolajbacken. Je la rejoignis à mi-chemin. Le fait que je n'aie pas entendu de cri signifiait qu'à présent c'était sérieux, puisque la découverte était traitée avec une telle discrétion.

– À dix mètres dans la forêt le long du sentier que nous avons remonté. Hector dit qu'il y a un cadavre humain, haleta Sonja, la bouche ouverte et les yeux écarquillés.

Elle ne faisait pas seulement preuve d'un engagement professionnel, elle était bouleversée. En un flash soudain, je me rendis compte que c'était elle qui avait retrouvé sa sœur à Åbo. « Dans la pénombre des sous-bois », avait-elle dit quand elle m'en avait parlé, et nous avions à présent trouvé un cadavre dans un endroit similaire.

Je posai la main sur son bras. Un vague geste de consolation pour elle… et pour moi. Le petit espoir que nous avions conservé disparut, on ne pouvait guère s'attendre à autre chose. Après plus de quarante-huit heures de disparition, seulement un enfant sur dix est retrouvé en vie.

Nous nous dirigeâmes vers l'emplacement en question. Le temps s'arrêta et les événements se déroulèrent au ralenti pour moi. Hector nous attendait dans la pénombre et éclaira notre chemin le long du sentier escarpé vers un endroit où les lumières s'étaient rassemblées. À mon arrivée, tous s'écartèrent. Lentement. Ils dirigèrent les faisceaux de leurs lampes de poche vers un visage sans vie. « Dis-nous de qui il s'agit », semblaient-ils exiger de moi.

Je ne le pouvais pas, car tout défilait avec une infinie lenteur devant mes yeux. La dépouille était enveloppée de brindilles et d'humus. Le visage était recouvert d'une masse brunâtre. Par ailleurs, la tête déformée était enfoncée au niveau d'une tempe. Elle ne ressemblait pas du tout à celle d'un être humain, mais plutôt à une serpillière ratatinée. Je savais qu'il s'agissait d'une tête et je m'efforçai de la voir ainsi, mais quelque chose n'allait pas !

L'oreille. Le côté gauche apparaissait dans la lumière crue, mais il était dépourvu d'oreille. Il n'y avait qu'une tache de sang coagulé aux contours irréguliers.

Le meurtrier avait tranché l'oreille gauche.

Cette conclusion élémentaire rompit la paralysie et mon cerveau recommença à fonctionner ; mes yeux purent appréhender l'ensemble du corps et de son environnement. Ma langue se mit en mouvement et je m'entendis donner des instructions.

Il était 18 h 34 lorsque nous achevâmes l'examen de la scène de la découverte et la semi-obscurité avait été engloutie par des ténèbres où nous ne distinguions que les fins halos des lampes torches. Nous étions tous fatigués et la faim nous rendait irascibles. Nous étions psychologiquement épuisés par ce qui nous avait traversé l'esprit tout l'après-midi, ces images de ce que nous aurions pu trouver.

Puis ce corps mutilé. Je décidai d'interrompre le travail et de ne réunir le groupe d'enquête que le lendemain. Cela donnerait également le temps aux techniciens et aux légistes de rendre leurs premières conclusions. Je les convainquis d'effectuer des heures supplémentaires aussi bien tard le soir que tôt le matin afin que nous ayons un premier rapport à 9 heures. Conscients de l'importance de l'affaire, ils éprouvaient aussi un vrai intérêt professionnel. La recherche d'indices malgré les importants dégâts causés par la pluie, tant sur le corps que sur la scène de crime, représentait un véritable défi pour les « hommes en blanc ». Ces experts du matériau vivant et mort, en apparence toujours détachés à l'égard de ce qu'ils examinaient. Je ne sais jamais si je dois admirer leur objectivité ou douter de leur humanité. Quelles images ont-ils dans la tête avant de s'endormir ? Et quand ils dorment, des cadavres éviscérés dansent-ils dans leurs rêves ?

Le soir, cette association me revint à l'esprit malgré moi. C'était un signe que j'étais en train de m'infliger trop de pression. Cela faisait trois jours et deux nuits que je pensais en permanence à Petra. J'avais l'impression que c'était mon devoir, de constamment laisser mes pensées chercher une piste négligée. Chaque instant de répit me donnait mauvaise conscience, mais il fallait que je me détende de temps à autre.

J'errai dans l'appartement bien trop grand pour moi à présent que Mattias et Marta avaient quitté la maison et qu'Inger n'était plus là. J'aurais dû le vendre et emménager ailleurs, mais c'était dur, car ma famille y avait vécu, autour de moi, et elle me semblait encore présente. Elle était là, comme l'odeur des gens qui persiste après une fête. Je pouvais voir les enfants jouer sur le tapis, devant la télé, ou Inger pelotonnée dans le coin du canapé, avec un livre et un sachet de soupe instantanée dans une tasse. Je sentais l'odeur du poulet et des nouilles. C'était douloureux et réconfortant à la fois, une forme de présence.

Dans le séjour trônait l'imposante collection de vinyles et de CD de musique classique d'Inger. Moi, dans ma jeunesse, j'avais fréquenté des clubs de jazz et collectionné les disques pendant un temps, mais j'avais cessé d'en écouter, je trouvais ça bizarre de ne pas le faire en compagnie d'autres personnes. J'avais jusque-là entendu d'une oreille distraite la musique classique d'Inger, mais ces derniers temps, j'en passais régulièrement. C'était comme si je le faisais en sa compagnie.

Cette musique me parlait même de plus en plus. J'avais découvert qu'il me fallait écouter le même morceau plusieurs fois. Après trois ou quatre passages, j'arrivais à en discerner la structure profonde, et ce qui m'avait d'abord laissé indifférent retenait mon attention. Sans mots, la musique accaparait mon cerveau d'une tout autre manière que les pensées, les paroles, les questions ou les décisions liées au travail.

Là, j'en avais encore plus besoin que d'habitude et j'écoutais donc l'une des compositions les plus exigeantes : les *Variations Goldberg* de Bach. Elles comptaient parmi les œuvres préférées d'Inger, mais lorsque je les avais passées quelques mois auparavant, je n'avais apprécié que l'introduction mélodique. Le long développement m'avait paru stérile et purement mathématique. Mais maintenant, j'étais capable de distinguer encore et encore les changements scintillants de la mélodie : de l'eau qui tourbillonnait et coulait dans toute sa subtilité.

Je restai ensuite assis entouré du silence et me sentis calme. Les notes s'attardaient dans ma tête et s'y taisaient lentement.

Il y en avait beaucoup.

Quelques-unes.

Aucune.

Le manga

Vendredi 5 octobre 2007

En attendant les autres dans la salle de réunion, j'examinai une photo du cadavre. Il avait été nettoyé et gisait, recouvert d'un drap blanc, sous un éclairage cru. La tempe et la joue gauches étaient enfoncées et d'une teinte rouge foncé. Pour le reste, le visage blanc était intact et semblait éclairé par une paix intérieure que la violence extérieure n'avait pu entamer. Je considérai longuement ces traits si familiers.

Puis les autres arrivèrent.

– 9 h 30, le vendredi 5 octobre 2007, nous commençons une réunion. Que savons-nous ? Que croyons-nous ?

– Nous savons qu'hier, à 17 h 30, nous avons découvert un cadavre humain dans la forêt de Nikolaj à huit mètres et demi du sentier qui mène à la cabane de Petra. Il n'était pas enterré, mais recouvert d'humus et de brindilles. Après les avoir retirés, nous avons constaté qu'il s'agissait d'un homme d'environ 1,70 mètre portant une chemise et un pantalon, sans manteau ni veste. Son crâne présentait un écrasement au niveau de la tempe gauche, l'oreille gauche avait été tranchée et le visage était couvert de sang.

– L'identification sur place n'était donc pas possible, mais lorsque le légiste a nettoyé le sang, il est apparu que le visage en lui-même n'était pas aussi abîmé et qu'il n'était pas difficile à reconnaître. Voici un cliché pris sur la table d'autopsie : c'est Nils Dunander.

– Quoi ! Dunander ?

– Oui. Les empreintes digitales correspondent à celles archivées suite à l'enquête pour le meurtre de son épouse. La mort a été entraînée par plusieurs coups violents à la tête, vraisemblablement lundi ou mardi, mais les conditions extérieures, pour un corps à moitié recouvert, rendent l'heure exacte du décès difficile à déterminer. Le saignement a sans doute été important, mais la pluie l'a effacé. L'humus sous le corps a été récupéré afin de procéder à des analyses plus approfondies, de même qu'une pierre qui se trouvait à quelques mètres du corps. Sa face inférieure présente encore des traces de sang ou du moins d'ADN et il pourrait donc s'agir de l'arme du crime. Les analyses sont en cours. Par ailleurs, il n'est pas possible de relever des indices tels que des empreintes de pas en raison de la pluie de ces derniers jours.

– A-t-on retrouvé des traces de Petra ?

– Pas sur place. Le manga et la pochette en plastique portent ses empreintes, ainsi que celles de trois autres personnes, mais aucune n'appartient à Nils Dunander.

– Elles pourraient provenir des employés de la poste.

– Ou de quelqu'un qui a suivi Petra jusqu'à sa cabane. L'homme à la Toyota, par exemple.

– Pourquoi Dunander ne portait-il pas de manteau alors qu'il fait froid ?

– Le meurtrier l'a peut-être emporté de crainte d'y avoir laissé des traces.

– À moins que Dunander ne se soit précipité dehors.

– Qu'y avait-il dans ses poches ?

– Rien. Ses clés et son portefeuille ont disparu. Quant à son portable, il était chez lui.

– Nous avons manifestement affaire à au moins trois personnes : Petra, Dunander et le meurtrier de Dunander.

– Qui est peut-être également celui de Petra.

– Nous considérons qu'elle est encore en vie ! Dans ce cas, quelles sont les hypothèses envisageables ?

– Dunander avait peut-être déjà vu Petra sortir à l'aube. Il prévient son acolyte pédophile qui fait le guet dans sa voiture nuit après nuit. Puis elle finit par sortir. Son complice appelle Dunander et comme le temps presse, il se rue dehors sans enfiler de manteau. Petra a pu rejoindre sa cabane, nous le savons grâce au manga, mais elle est surprise sur le chemin du retour. Ensuite une dispute éclate et l'homme à la Toyota tue Dunander, traîne Petra jusqu'au coffre de sa voiture et s'en va.

– Ils pourraient également avoir suivi Petra jusqu'à la cabane. Les pédophiles les plus sensibles essaient de gagner la confiance des enfants au lieu de juste employer la violence. Discuter des mangas dans la cabane de Petra s'inscrirait à la perfection dans une telle stratégie.

– Mais imaginez que nous soyons injustes envers Nils Dunander en pensant qu'il pourchassait Petra. Peut-être est-ce l'inverse. Victime d'une de ses fréquentes insomnies, il erre dans son appartement et jette un coup d'œil par la fenêtre. Il voit Petra traverser la cour, suivie par l'homme à la Toyota. Nils se précipite à son secours et rattrape l'homme dans la forêt. Une bagarre éclate, l'autre est plus fort et tue Nils. Entre-temps, Petra arrive à la cabane avec son manga et est kidnappée par l'homme à la Toyota à son retour.

– Mais alors, pourquoi a-t-on tranché l'oreille de Nils ?

– Comme une espèce de vengeance parce qu'il s'était interposé. Allez savoir ce qu'un pédophile pourchassé peut inventer !

– Mais nous pouvons retourner ce scénario. L'homme à la Toyota n'est pas un pédophile, mais quelqu'un qui suspecte Dunander de s'en prendre à des enfants et a décidé de le surveiller. Un matin, il voit Dunander prendre Petra en chasse, le suit et le tue. Il lui tranche l'oreille en guise de marque d'infamie contre les pédophiles.

– Mais pourquoi enlève-t-il Petra alors ?

– Il ne l'enlève pas ! Elle est témoin du meurtre, court jusqu'à sa cabane, y reste un moment avec son manga, puis s'enfuit.

– Mais, dans ce cas, ne serait-elle pas rentrée chez elle ou simplement allée à l'école ?

– Elle a peut-être eu peur que le meurtrier se mette à sa recherche et la retrouve.

– Mais si l'homme à la Toyota lui veut du bien, pourquoi ne nous contacte-t-il pas maintenant qu'il sait qu'elle a disparu ?

– Il a commis un meurtre et doit se cacher.

– En tout cas, il faut à nouveau que nous modifiions l'avis de recherche.

– Ces avis de recherche successifs virent au chaos complet ! Nous sommes en train de perdre toute crédibilité !

– Nous nous adaptons de notre mieux à chaque évolution de la situation ! Maintenant que Dunander est mort, nous partons du principe que soit Petra est partie d'elle-même, soit elle a été emmenée dans la Toyota, sans doute dans le coffre, ligotée et bâillonnée, peut-être droguée.

– Nous ne pouvons donc lancer un avis de recherche que pour un homme circulant dans une Toyota Corolla de couleur foncée. Cela ne nous mènera pas bien loin.

– Il s'est écoulé trois jours. Ils peuvent être n'importe où dans le monde et qu'avons-nous comme indices ?

– Nous disposons de l'ADN sur la pierre qui est l'arme du crime et nous pouvons comparer les empreintes digitales sur le manga avec celles de tous les suspects. Nous avons la liste de tous les propriétaires de Toyota du coin. Nous allons les interroger et leur demander leurs empreintes et un échantillon d'ADN. Vous allez devoir continuer à travailler là-dessus aujourd'hui en attendant que les techniciens nous livrent de nouveaux éléments. Nous nous réunissons à nouveau à 16 heures.

De mon côté, je retournai à Nikolajbacken tout en réfléchissant au dernier rebondissement de l'affaire. Toutes les idées qui avaient été exprimées pendant la réunion étaient vraisemblables, mais par trop abstraites pour être mises en perspective les unes par rapport aux autres. J'avais besoin de ressentir sur la scène du crime ce que Petra, Nils et le tueur avaient pu éprouver.

Ils avaient tous les trois fait quelque chose de très inhabituel : ils s'étaient aventurés dans la forêt par une froide nuit d'octobre. Fuite, kidnapping, meurtre… Tout cela était illogique et confus. Si Petra avait été suivie et l'un de ses poursuivants tué, elle aurait dû être emmenée avant d'arriver à la cabane. Alors, comment le manga avait-il pu s'y retrouver ? Et si elle avait réussi à s'enfuir et à se cacher dans la cabane, pourquoi n'y avait-il aucune trace de lutte quand le meurtrier l'y avait attrapée ? Elle aurait pu courir plus loin, vers la bretelle de sortie, mais pourquoi se serait-elle d'abord arrêtée à la cabane ? Peut-être pour y cacher le manga afin de ne pas le perdre dans sa fuite. Mais cette idée lui aurait-elle vraiment traversé l'esprit alors qu'elle avait un tueur à ses trousses ?

Vu de l'extérieur, tout était irrationnel. Il fallait que j'entre dans leurs têtes et que je vive ces heures matinales à travers leurs cerveaux.

Au moment où je m'engageai dans la petite rue menant à Nikolajbacken, le bus venait de quitter son arrêt et dut se faufiler devant moi. Ce fut la première chose dans laquelle je pus me projeter : Petra rentre de l'école en bus le lundi après-midi, remonte une partie de la rue à pied, puis traverse le parking pour rejoindre son immeuble.

Une fois garé, j'entrai dans le bâtiment B. Si je suis Petra, est-ce que je prends l'ascenseur pour monter au troisième étage ? Oui, parce que j'ai de lourds manuels scolaires dans mon cartable et que je n'ai pas peur d'utiliser l'ascenseur dans mon immeuble.

Arrivé sur le palier, je restai longtemps devant la porte de l'appartement de Petra, mais n'entrai pas. De vagues échos de musique me parvenaient de l'étage du dessus et derrière la porte, j'entendais Stina et Tony parler, parfois en haussant la voix. Cette scène se répétait souvent pour Petra. Elle les entendait se disputer depuis sa chambre. Elle se réveillait dans son lit parce qu'ils étaient ivres et se querellaient en pleine nuit.

Si je suis Petra, qu'est-ce que je ressens ? D'abord, je dors encore et du bruit s'immisce dans mon rêve, lointain dans un premier temps puis plus fort. Je ne sais pas ce que c'est et je prends peur. Mon cœur tambourine et je transpire dans ma chemise de nuit.

Puis des images rapides défilent : papa et maman qui ont bu et qui ne sont pas comme d'habitude. J'ai encore plus peur, car la menace émane de ceux qui me protègent en temps normal. À présent, leurs voix sont traînantes et ils se déplacent avec lenteur ou brusquerie, ils sont en colère contre moi.

Ensuite, je suis tout à fait réveillée. Ils se disputent au sujet de l'argent. « Comment on va faire pour acheter à manger ? Tu ne te sens absolument pas responsable de ta famille ? » Je fais partie de cette famille, se dit Petra, c'est pour moi qu'il faut acheter à manger. Je mange peut-être trop et c'est pour ça qu'ils se disputent. « Ben voyons, *tu* n'as pas la force ! Et *moi*, je vais devoir encaisser jusqu'à quand ? Tu n'imagines pas le nombre de fois où j'ai pensé tirer un trait sur tout. » C'est moi qu'ils n'ont pas la force d'assumer. Des fois, j'entends maman dire qu'elle devrait faire quelque chose pour l'école, mais qu'elle n'en a pas la force.

Pour finir, je vais dans le séjour en pleurant. « Je veux dormir, vous ne pouvez pas arrêter de vous disputer ? S'il vous plaît, vous ne pouvez pas faire la paix ? » Ils me disent que je dois retourner me coucher et que je ne peux pas comprendre tout ça. Maman me dit d'aller faire pipi, elle m'accompagne aux toilettes, puis m'emmène dans ma chambre et me borde. Je me sens un peu mieux et j'ai sommeil, mais ils recommencent à se disputer et je n'ose pas retourner les voir, parce que je sais ce dont ils sont capables. Je veux m'en aller d'ici.

Puis l'été arrive et je me promène autour de Nikolajbacken, je trouve un sentier dans la forêt et je le suis. Je découvre, entre une paroi rocheuse et un arbre, un espace que j'aménage en cabane avec des branches. Au début, j'y vais seulement la journée, peut-être pour un pique-nique, mais une nuit, alors que papa et maman se disputent à nouveau, il me vient à l'esprit que je peux me réfugier dans la cabane. Je n'y vais pas à ce moment-là, mais je me prépare pour la prochaine fois. Je prends une lampe de poche et une banane et je me faufile jusqu'à la cabane. Cela m'arrive de temps à autre, mais je fais toujours attention de rentrer à la maison avant que maman ne vienne me réveiller.

En ce mardi matin, je sors. À l'instar de Petra, je descends par l'escalier pour ne pas faire de bruit et qu'on n'entende pas l'ascenseur. J'ai mis le nouveau numéro de ma série manga dans un plastique afin de le lire dans la cabane à la lueur de ma lampe de poche, et de m'échapper dans un autre monde. Me voici dans la cour et, comme Petra, je me dis qu'il fait noir. Je contourne le bâtiment par la gauche, je continue sur le chemin qui traverse le parc et je cherche le sentier qui s'enfonce dans la forêt au niveau des deux arbres qui forment un triangle. Je trouve l'entrée et je remonte le chemin en m'éclairant avec ma lampe jusqu'à la cabane. Là, je m'allonge et je lis jusqu'à ce qu'il soit l'heure de rentrer à la maison.

Tout cela, je l'ai déjà fait, mais cette nuit quelque chose est différent. Pas parce qu'il pleut, c'est déjà arrivé et cela ne change pas grand-chose parce que la forêt est vraiment touffue. Il y a quelque chose d'inhabituel dans la forêt quand je reviens.

Je m'immobilise et je sens l'odeur d'humus et de moisissure. Tout devient silencieux à l'exception d'une légère brise dans les arbres et je m'aperçois alors que mes mouvements n'ont cessé de faire du bruit. Le sentier est si étroit qu'on ne peut éviter d'effleurer des fougères et les branches desséchées les plus basses des sapins. Des brindilles sèches craquent également sous les pieds. Dans la peau de Petra, je devine que je ne suis pas seule. Quand je m'arrête pour écouter, j'entends quelqu'un se rapprocher. Puis l'autre s'arrête aussi pour ne pas se faire remarquer, mais seulement après plusieurs pas que j'ai eu le temps d'entendre.

Qu'est-ce que je fais alors qu'il y a quelqu'un derrière moi et que j'ai peur ? Je quitte le sentier et je me glisse dans la forêt afin que l'autre passe devant moi. Et Nils a fait la même chose ! C'est pour cette raison qu'il ne gisait pas sur le sentier, mais à huit mètres de là. Son meurtrier n'était pas un pédophile qu'il accompagnait ou qu'il pourchassait. Dans ce cas, ils se seraient battus sur le sentier. Le meurtrier était au contraire quelqu'un que Nils voulait éviter en se cachant dans les bois.

Je fermai les yeux et essayai d'entrer dans la tête de Nils. J'ai vu Petra et l'homme à la Toyota de ma fenêtre. Je me suis précipité dehors, équipé d'une lampe de poche, mais je les ai manqués. Il m'a fallu du temps pour trouver le sentier, mais à présent je le remonte et je les entends revenir de la cabane.

Pendant que je cherche le sentier, j'imagine à quel point l'homme à la Toyota est dangereux. Il a peut-être déjà violé et tué Petra ; il n'hésitera pas à éliminer un témoin. Je ne sais pas quoi faire et je me cache à la hâte pour ensuite les suivre et éventuellement m'interposer.

Il me faut donc éteindre ma lampe comme Nils. Il fait sombre, je trébuche et fais craquer des branches si bien que celui qui arrive sur le sentier dirige sa torche de mon côté et me repère. Il est pris de fureur en découvrant un témoin, fonce sur moi et me tue avec une pierre. Il est droitier et me défonce la tempe gauche.

Mais pendant ce temps, pourquoi Petra ne se sauve-t-elle pas ?

Je cherche la réponse au milieu de la forêt bruissante. L'homme à la Toyota ne peut pas tenir Petra par la main tandis qu'il agresse Dunander. De plus, il lui faut un certain temps pour dissimuler le cadavre. Pourtant Petra ne s'enfuit pas. Cela signifie qu'elle a confiance en l'homme à la Toyota et attend jusqu'à ce qu'il ait fini, ou bien qu'elle est inconsciente ou ligotée. Il la portait peut-être et l'aura posée sur le sentier avant de s'en prendre à Nils. C'est pour cette raison qu'il peut également prendre le temps de lui trancher une oreille. Puis il récupère Petra, la cache dans sa voiture et quitte les lieux.

Cette hypothèse expliquerait tout dans la forêt et correspondrait bien au psychisme de Nils. Son chagrin à l'égard de Julia ne l'avait pas poussé à chercher un substitut en Petra – cela aurait été une forme d'infidélité. Il voulait plutôt, comme une espèce de prolongement de son amour pour Julia, être le sauveur d'une fillette en danger. Il avait peut-être fantasmé sur la manière dont il s'interposerait une autre fois, sauvant Julia, sauvant un être en détresse, frappant l'agresseur encore et encore ! Mais la réalité avait été trop dure. Nils était tombé sur plus fort que lui : un pédophile dénué de scrupules, qui ne fantasme pas, mais agit.

Je regardai autour de moi. J'étais entré dans la peau de Petra quelques instants, puis dans celle de Nils, mais à présent, tout m'échappait. J'étais à nouveau un policier qui respirait et réfléchissait dans une semi-pénombre saturée d'odeurs par un froid matin d'octobre.

Il restait encore un personnage à interpréter. Je regagnai la voiture et fermai les yeux. Maintenant, j'étais à la place de l'homme à la Toyota.

Nuit après nuit, je traque un pédophile. Je scrute l'obscurité, les faibles halos des réverbères et les entrées pour surprendre Nils Dunander. J'ai obtenu des informations sur lui, sans doute parmi ses fréquentations au gymnase, et je suis fermement décidé à contrecarrer ses plans. Pour ça, je suis prêt à aller loin – et je suis bien équipé. J'ai une arme, peut-être un pistolet pour menacer Dunander. Oui, je n'ai pas besoin de le frapper avec une pierre trouvée par hasard !

Si l'homme à la Toyota était un chasseur de pédophiles, il aurait tué Nils avec une arme. Mais si lui-même était un pédophile ? Je fermai les yeux afin qu'il fasse nuit.

J'attends dans ma voiture que Petra sorte. Moi ou une de mes connaissances ayant les mêmes penchants a vu qu'une fillette du bâtiment B se faufile parfois dehors à l'aube. Quelle opportunité ! Elle vaut bien la peine d'attendre nuit après nuit. Elle n'est pas assez jeune pour qu'il soit facile de la convaincre de me suivre. Il va falloir la forcer. Dans ce cas, qu'ai-je sur moi ? Une couverture dans laquelle l'enrouler, de la corde et de l'adhésif pour la bâillonner, peut-être une drogue. Un couteau pour couper la corde, mais pas d'autre arme, car je suis assez fort pour la maîtriser et je ne m'attends pas à croiser un adulte.

Quand Petra sort, je la suis jusqu'à la cabane où je lis peut-être son manga avec elle – ou je la perds de vue en chemin. Lorsqu'elle revient, je passe à l'attaque parce qu'elle est l'objet de mon désir. Je n'ai cessé de penser à elle dans la voiture. En restant là nuit après nuit, en me donnant tout ce mal, je l'ai méritée et je n'hésite pas. Je ne perds pas de temps à essayer de la convaincre, mais je la ligote et je la bâillonne, peut-être en m'aidant d'une drogue, oui, de l'éther sur un chiffon que je plaque contre sa bouche et qui rend son corps fluet tout mou en quelques secondes. Puis je l'enroule dans la couverture et je la porte sur le sentier, peut-être avec ma lampe de poche dans la bouche.

Mais j'entends alors quelque chose sur ma droite ! Je pose Petra, reprends ma lampe à la main que je pointe vers la forêt. Je vois alors un homme à terre qui tente de se relever. Il ne porte pas de manteau. Il n'a pas réfléchi ni élaboré de plan, il s'est juste précipité à ma poursuite. Seul un fou agit ainsi et qui sait ce qu'il fera si je continue à avancer et le laisse me tomber sur le dos ! En plus, c'est un témoin dangereux. Je me dirige vers lui, éclaire le sol et trouve une pierre que je ramasse de ma main droite. Je l'aveugle avec le faisceau de ma lampe et en profite pour me jeter en avant et le frapper au crâne avec la pierre. Il s'effondre, mais je lui assène plusieurs autres coups pour m'assurer qu'il est bien mort. Je sors mon couteau et lui tranche l'oreille, peut-être en guise de punition pour avoir eu l'audace de s'interposer dans mon jeu.

J'essaie de dissimuler le corps à la hâte et je le recouvre d'humus et de branches. Puis je regagne rapidement le sentier pour y récupérer la gamine et je me dépêche de rejoindre ma voiture. À un moment ou un autre, je me rappelle que la pierre est restée près du corps quand je l'ai jetée pour prendre mon couteau, mais je n'ai pas le temps d'aller la récupérer ou je m'en fiche parce que je porte des gants. Ils faisaient partie de mes préparatifs et ils m'ont bien rendu service. Je n'ai pas laissé de trace.

Les événements pourraient s'être déroulés ainsi. Ce scénario semble plausible. Le meurtre est improvisé mais celui qui l'a perpétré était doté d'assez de sang-froid pour l'exécuter. En fermant les yeux, je me retrouvai à l'intérieur de ses ténèbres.

Au bout d'un moment, j'ouvris à nouveau les yeux. La lumière sur le pare-brise m'aveugla et tout autour de moi me sembla d'une banalité incompréhensible.

Je sortis de la voiture et aspirai l'air automnal. Un jour, il faudra que j'arrête ça. Comme si ce n'était pas assez que je me retrouve en salle d'interrogatoire face à des gens qui ont perdu leur humanité, il faut en plus que je m'efforce de me mettre à leur place. C'est nécessaire, car dans le monde extérieur visible, tout est possible et les coupables potentiels sont nombreux. Par contre, dans l'univers intérieur, celui des pensées et des sentiments, il n'y a qu'*un* meurtrier. Si je parviens à m'y glisser, je vois tout de suite qui il peut être. Si je réussis à pénétrer dans son cerveau.

Cela ne dura qu'un bref instant, mais ensuite je n'oubliais plus. Là, sur le parking, j'avais la nausée – non, ce n'est pas vrai. Après avoir pensé comme l'homme à la Toyota et éprouvé les mêmes sentiments que lui, j'aurais dû vomir comme une bête sur le bitume, mais je ne le fis pas. Qu'est-ce que cela révélait sur moi ? Qu'est-ce que mon travail avait fait de moi ?

Mais ce n'était pas le moment de verser dans le sentimentalisme. Mes états d'âme n'étaient rien à côté de ce que Petra endurait. Celui qui l'avait enlevée la gardait encore en vie, c'était fort probable : après toute la peine qu'il s'était donnée, il voulait profiter d'elle longtemps.

En retournant au commissariat, la faim me tenaillait. Manger me semblait un acte déplacé, mais j'avais besoin de forces pour continuer à travailler. Je m'arrêtai donc dans un petit café et me forçai à avaler un hamburger.

Nous débutâmes une de nos habituelles réunions à 16 h 02. Sonja nous fit part des conclusions des techniciens.

– Le dépôt visible sur la pierre provient de Nils Dunander. Il s'agit d'ADN et de cellules sanguines ainsi que de petits fragments de ses cheveux. La pierre est donc l'arme du crime, comme on pouvait s'y attendre. Il y a toutefois une surprise. La pierre a été partiellement nettoyée par la pluie, car la partie ensanglantée était tournée vers le haut tandis que la face opposée, en contact avec le sol, a été protégée. On y a retrouvé l'ADN d'une autre personne !

– Ce salopard ne portait *pas* de gants, s'exclama Jarno.

– Pour l'instant, cela n'a rien donné, reprit Sonja, mais l'examen de l'ADN et sa comparaison avec le fichier des criminels est toujours en cours. Les techniciens m'ont promis de venir nous communiquer les résultats avant le week-end.

– Autre fait intéressant, c'est que la pierre était une arme improvisée, fis-je remarquer. Il n'était pas venu armé pour affronter un homme adulte.

– En tout cas, il avait un couteau pour l'oreille, intervint Hector.

– Oui, répliquai-je, mais il s'agissait sans doute d'un modèle de poche qu'il avait prévu pour couper l'adhésif du bâillon et la corde avec laquelle il a ligoté

Petra. Il suffisait pour l'oreille, mais pas pour neutraliser Nils Dunander.

– Est-ce que cela signifie que le meurtrier n'était pas prêt à faire preuve de violence ? demanda Markus.

– Vraisemblablement, il ne surveillait pas Nils parce qu'il le soupçonnait d'être pédophile, répondis-je. Dans la perspective d'une telle confrontation, il aurait été armé.

– C'est donc Petra qu'il surveillait, déclara Anna. Le pédophile, c'est l'homme à la Toyota.

– Oui, c'est ce que je pense, admis-je. Nils a essayé de s'interposer, mais il a pris peur et s'est caché dans la forêt. C'est pour ça que le cadavre gisait là et non sur le sentier. Qu'en est-il des propriétaires de Toyota du secteur ?

– Nous commençons enfin à avoir une vision d'ensemble. J'ai rassemblé les résultats dans ce tableau, annonça Sonja qui distribua un document autour de la table.

– Comment avez-vous procédé ? demandai-je.

– Nous avons décidé d'appeler tous les propriétaires de Toyota et de demander à les rencontrer dès que possible, mais sans leur dire de quoi il retournait. Ainsi, nous pouvions d'une part éviter des visites à des domiciles vides et, de l'autre, observer leurs réactions lorsqu'ils nous donnaient leur alibi.

Par esprit de corps, elle avait employé un « nous », mais je compris que c'était elle qui avait organisé le travail. Markus semblait déçu que sa belle liste ait été intégrée dans le tableau de Sonja.

– Bien, commentai-je. Et qu'est-ce que cela a donné ?

– Il y a quarante-cinq Toyota Corolla de couleur sombre à Forshälla et dans ses environs. Comme de nombreuses teintes paraissent plus foncées dans la pénombre, nous avons également inclus les véhicules verts et rouges en plus des gris anthracite, bleu marine, noirs et marron. Tous les propriétaires ont été contactés, mais neuf n'ont pas répondu. Sur les trente-six que nous avons réussi à joindre, vingt-huit ont pu être éliminés – la plupart étaient absents ou affirment avoir un alibi. Étonnamment, beaucoup ont catégoriquement refusé que nous allions les voir sur leur lieu de travail, où la plupart se trouvaient pendant la journée. Pour ce qui est de leur alibi pour les nuits de la semaine dernière et plus particulièrement celle de mardi dernier, ils répondent bien sûr presque tous qu'ils dormaient dans leur lit. Ceux qui vivent avec quelqu'un, dix-sept d'entre eux, ont un demi-alibi, mais presque jamais en béton armé puisque leur conjoint peut difficilement garantir que le propriétaire de la Toyota n'est pas sorti en douce pendant la nuit. Les onze qui vivent seuls n'ont aucun alibi pour le mardi matin, mais ils en ont parfois un pour les nuits de vendredi ou de samedi, parce qu'ils se trouvaient avec des amis. D'un autre côté, les activités de nuit sont plus compliquées à vérifier que celles de la journée, puisqu'on peut se douter qu'ils n'ont eu aucun contact avec d'autres personnes à ces heures-là.

– Avez-vous également vérifié les alibis des maris ou des concubins des propriétaires féminines de Toyota ? demanda Anna.

– Nous les avons toutes questionnées pour savoir si quelqu'un d'autre avait accès à leur voiture et nous avons pris les noms des maris et des fils adultes. Nous n'avons pas encore eu le temps de les auditionner.

– Par ailleurs, intervint Hector, nous les avons également interrogés sur leur emploi du temps des derniers jours. Ce serait particulièrement intéressant si quelqu'un avait été absent de son travail mardi pour passer la journée avec Petra.

– Il ne faut pas nécessairement s'y attendre, fit remarquer Anna. La vie d'un pédophile consiste en grande partie à essayer de préserver une apparence de normalité. Je serais donc tentée de croire qu'il enferme Petra quelque part pour ensuite aller travailler normalement et retourner auprès d'elle le soir.

– Tu ne penses pas que ses collègues remarqueraient à son attitude qu'il s'est produit quelque chose ? l'interrogea Markus.

– Probablement pas. Comme je l'ai dit, les pédophiles sont des experts en matière de double vie. Celui qui va jusqu'à l'enlèvement a sans doute déjà commis d'autres agressions et a appris à garder son masque.

– On ne peut donc faire confiance à personne, marmonna Markus. Quelle que soit son apparence de normalité.

– Est-ce que certains vous ont paru suspects ? demandai-je.

– Un de ceux que j'ai entendus, oui, répondit Jarno. Je cherchais déjà à le contacter hier, c'est pour ça que je suis arrivé tard à la forêt de Nikolaj. Il s'appelle Luopiainen, une petite frappe qui était à son chalet, près d'Olkiluoto. La Toyota était garée un peu à l'écart. Luopiainen était donc là et ma visite lui a flanqué une sacrée frousse. Ça pourrait être lié à une autre combine qu'il aurait à se reprocher, mais il a eu l'air particulièrement choqué quand je lui ai parlé de Petra. Il a juré ses grands dieux qu'il n'avait rien à voir là-dedans, avec peut-être un peu trop d'énergie. D'un autre côté, je l'ai surpris et il était seul sans la fillette, alors qu'on pourrait s'attendre à ce qu'un pédophile veuille… profiter de la situation. J'ai donc exploré les alentours, mais il n'y avait pas de remise ou quoi que ce soit de ce genre où il aurait pu la cacher. J'ai l'impression qu'il n'est sans doute pas coupable dans cette affaire précise, mais si nous ne trouvons rien de mieux, nous pourrons le convoquer pour un interrogatoire. Cela devrait tellement lui faire peur qu'il nous avouera autre chose.

– À mes yeux, ils étaient tous suspects quand je leur ai dit de quoi il retournait, s'exclama Markus. Tous y sont allés de leur « Mais c'est affreux, c'est terrible », sans réelle sincérité.

– Ce n'est pas franchement étonnant, commenta Hector. « La police est en train de m'interroger dans le cadre d'une affaire de pédophilie. » Qui peut avoir l'air naturel dans ces conditions ?

– J'ai rencontré une femme d'âge moyen, annonça Anna. Elle m'a paru inquiète quand je lui ai demandé si d'autres personnes avaient accès à sa voiture. D'abord, elle a juste dit qu'elle était divorcée, mais quand j'ai insisté, elle a été obligée d'admettre qu'elle avait un fils de vingt-deux ans qui emprunte parfois la voiture et dispose de sa propre clé. « Juste dans la journée et en me demandant la permission », a-t-elle affirmé, mais elle a reconnu qu'il pourrait l'utiliser la nuit pour peu qu'il la remette à sa place avant qu'elle ne se réveille. Le niveau d'essence ne le trahirait pas, car elle n'y prête jamais attention.

– Est-ce que quelqu'un a témoigné un intérêt particulier pour l'enquête, essayant de savoir où nous en étions et ce genre de choses ? demandai-je.

Tous réfléchirent, sans résultat.

– Visiblement non, résuma Sonja. Mais il nous reste une autre possibilité : comparer les propriétaires de

Toyota avec tous les fichiers criminels, pas seulement celui des agresseurs sexuels dans lequel nous n'avons trouvé aucune correspondance. J'ai commencé et j'ai trouvé six personnes déjà condamnées en plus de Luopiainen, deux pour violence et quatre pour atteinte aux biens d'autrui. Nous allons devoir nous pencher tout particulièrement sur leur cas.

– Les pires pédophiles n'ont généralement pas ce profil, objecta Anna. Ils se font parfois pincer pour trouble à l'ordre public ou détention d'images à caractère pédopornographique, mais ils veillent le plus souvent à agir comme des citoyens modèles.

– Les autres délits peuvent néanmoins nous fournir une indication, répliqua Sonja sèchement.

– Ceux que nous n'avons pas réussi à joindre font également partie des plus suspects, observai-je. Demain, notre priorité sera de leur mettre la main dessus. Nous irons à leur domicile puisque c'est samedi. Ensuite, nous avons ceux qui n'ont pas d'alibi pour mardi et ceux qui paraissent suspects, le type de vingt-deux ans par exemple. Par ailleurs, quelqu'un qui prendrait éventuellement contact avec vous pour se tenir au courant des progrès de l'enquête. Troisièmement, nous établissons une liste de ceux qui ont accès à une Toyota Corolla, même s'ils n'en sont pas propriétaires. Dans ce cas, nous effectuons les mêmes contrôles de routine que pour les autres et nous approfondissons dans l'hypothèse où ils n'ont pas d'alibi. Il est d'ailleurs possible que nous trouvions d'autres agresseurs sexuels déjà condamnés dans ce groupe, puisque jusqu'à présent, nous n'avons recherché dans le fichier des délinquants sexuels que les propriétaires eux-mêmes. Il faut en faire venir ici le plus grand nombre pour procéder à des interrogatoires minutieux.

Ils seront presque tous indignés, certains protesteront, à juste titre d'une certaine manière, car nous les traitons tous, sauf un, de façon injuste et nous en faisons des suspects aux yeux de leur entourage. Pour autant, nous devons le faire à cause de celui qui pourrait séquestrer Petra quelque part. Je pars du principe que nous travaillons tous, même si c'est samedi, d'accord ?

Tous acquiescèrent. Hector, après une légère hésitation.

– Moi, j'ai l'intention de..., poursuivis-je, mais je fus interrompu quand on frappa vigoureusement à la porte.

Un homme entra sans attendre de réponse. Grand, svelte, il portait d'épaisses lunettes. Je ne le reconnus pas tout de suite, mais sa combinaison de protection blanche m'éclaira : le chef des techniciens.

– C'est *toi*, Liimatainen ? Tu m'as vraiment flanqué la frousse ! m'exclamai-je.

C'était une blague très éculée sur un policier peureux que mes collègues accueillirent avec un sourire las. Liimatainen resta impassible. Il se contenta d'entrer et de s'asseoir. Ça aussi, c'était inattendu, car habituellement il était debout au laboratoire devant son microscope ou à quatre pattes sur une scène de crime.

– Bon, nous vous avions promis de vous présenter notre rapport ce soir, commença-t-il. Et je voulais m'en charger moi-même. Comme vous le savez, l'ADN et le sang de Dunander sont présents sur l'une des faces de la pierre. Sur l'autre, il n'y a pas de sang, mais l'ADN d'une autre personne. Nous n'avons trouvé aucune correspondance dans le fichier des criminels, mais l'analyse plus approfondie nous a révélé qu'il s'agit d'un ADN féminin. Nous l'avons donc comparé aux deux échantillons féminins que nous avons dans cette enquête. Nous avons trouvé une correspondance partielle avec Stina Nilsson. En prenant en considération une certaine détérioration de l'échantillon sur la pierre, il pourrait s'agir de son ADN. Mais ensuite, nous l'avons comparé à celui de Petra Nilsson. Là, nous avons obtenu une correspondance de quatre-vingt-quatorze pour cent et nous ne pouvons pas en attendre davantage d'un échantillon détérioré. Par ailleurs, ce résultat est corroboré par la correspondance partielle avec sa mère biologique. Il est donc presque certain que l'ADN sur la pierre est celui de Petra. Comment cela s'intègre-t-il aux résultats de votre enquête ?

Liimatainen posa cette question sur un ton prosaïque et détaché, mais elle fit mouche. Nous restâmes silencieux si longtemps qu'il nous considéra tour à tour avec étonnement.

– Est-ce qu'il a également tué Petra ? finit par marmonner Hector, comme pour lui-même.

– Peut-être, mais sans doute pas avec cette pierre, reprit Liimatainen, satisfait que la discussion technique se poursuive. Ainsi que je vous l'ai indiqué, il n'y avait pas de sang sur cette face de la pierre. Petra a pu la toucher, tout simplement, ou la tenir dans sa main.

– Y avait-il des empreintes digitales sur l'une des faces ? m'enquis-je.

– Non, constata Liimatainen. Mais il ne faut pas s'y attendre sur ce genre de matériau, surtout s'il a été exposé à la pluie pendant plusieurs jours.

– Donc si Petra a tenu cette pierre, cela pourrait s'être produit avant ou après qu'elle ait servi à frapper Dunander à la tête ?

– Exactement.

– Est-ce que quelqu'un pourrait avoir tué Petra avec une face de la pierre, puis l'avoir essuyée avant de tuer Dunander avec l'autre côté sur lequel le sang est resté ? demanda Jarno.

– C'est envisageable d'un point de vue théorique, mais improbable, répliqua Liimatainen sur un ton sentencieux. Si l'essuyage avait éliminé toutes les particules de sang – dans ce cas, à l'aide d'un liquide – on pourrait s'attendre à ce que l'ADN ait également disparu. Ou inversement : s'il reste de l'ADN, il devrait également rester des particules de sang. Il est donc peu vraisemblable que la pierre ait été en contact avec le sang de Petra.

Le silence se fit.

– Quand aurons-nous votre rapport écrit ? demandai-je. Avec toutes les hypothèses.

– Je peux venir le rédiger demain, si c'est vraiment nécessaire, proposa Liimatainen. Ce soir, j'ai promis à mon fils de l'accompagner au cinéma. Mais lundi suffirait peut-être ?

– Non, nous en avons besoin demain, insistai-je. C'est une urgence et nous allons travailler tout le week-end.

– D'accord, concéda Liimatainen en se levant, mais je vous ai déjà dit l'essentiel. J'espère que cela vous sera utile. Où en êtes-vous d'ailleurs ?

– Nous avons différentes pistes, répondis-je, un peu surpris, tout en le raccompagnant vers la porte. C'est difficile à expliquer en peu de temps.

– Je comprends. Dans une affaire de ce genre… eh bien, on ne peut pas s'empêcher de se poser des questions. C'est vrai pour tous les membres du labo. Bonne chance !

Je repris ma place. Tombés des nues. Voilà de quoi nous avions l'air. Comme si nous avions atterri sur ces chaises de très haut et que nous nous demandions à présent où nous étions.

– Cet élément ne change peut-être pas grand-chose, commença Sonja lentement. Nous pouvons toujours postuler que Dunander a été tué par l'homme à la Toyota et nous avons toujours supposé que Petra était à proximité quand cela s'est produit. Le fait qu'elle ait eu un contact avec la pierre n'est peut-être pas si important. Si elle était ligotée, elle a peut-être été passée contre sa joue pour lui faire peur. Si elle l'a prise dans sa main, elle n'était sans doute pas attachée et l'aura jetée sur le côté afin qu'elle ne serve pas une deuxième fois.

– En fait, la situation paraît moins sombre maintenant, intervint Anna. L'ADN de Petra montre qu'elle était présente au moment du meurtre et dans cette situation extrême, l'assassin aurait pu s'en prendre à elle aussi, mais il ne l'a pas fait. Cela signifie qu'elle a de la valeur à ses yeux. Il la protège contre l'intervention de Dunander et contre la scène du meurtre et l'agressivité qu'elle a fait naître chez lui. À ce moment-là, Petra a couru un risque terrible. Quand des enfants sont tués par des pédophiles, c'est souvent parce que quelque chose a mal tourné, qu'ils ont été contrariés dans leurs plans. Le kidnappeur aurait pu être pris de panique et tuer Petra uniquement pour mettre un terme à une situation qui lui échappait. Mais il a réussi à l'éviter. Il a du sang-froid et prend son temps. Il pourrait donc garder Petra longtemps.

– D'un autre côté, il ne pourra jamais la relâcher, souligna Markus d'une voix sombre. Puisqu'elle a été témoin d'un meurtre.

– Mais il peut la garder en vie des jours, des semaines ou des mois. Certains pédophiles ont gardé des enfants prisonniers pendant des années.

Sonja me regarda avec insistance, car cela faisait un moment que je n'avais pas pris la parole. Quelque chose s'était peu à peu immiscé en moi, une nouvelle idée qui renversait complètement l'enquête. Je résistai, mais elle émergea dans le silence alors que tous me fixaient.

– Il y a une autre possibilité, dis-je lentement. Une hypothèse que nous n'avions pas pu concevoir avant : Petra aurait tué Nils Dunander.

Sonja, qui était en train de se lever, se laissa retomber sur sa chaise. Plus personne ne bougea.

– Réfléchissez, poursuivis-je. Elle a laissé de l'ADN sur une face de la pierre en la prenant et on retrouve le sang de Dunander sur l'autre. Révélateur, dirions-nous, s'il s'agissait d'un adulte et si nous n'étions pas focalisés sur la victime Petra. Surtout qu'il n'y a pas d'autres preuves matérielles de la présence d'une troisième personne sur les lieux, même si nous avons beaucoup parlé de l'homme à la Toyota.

– Mais une petite fille contre un homme adulte..., objecta Hector. J'ai moi-même des enfants de cet âge et ils sont tellement menus. Même si Petra pouvait éventuellement atteindre la tête de Dunander, elle n'a aucune force dans les bras et il pourrait se débarrasser d'elle aussi facilement que d'une poupée de chiffon.

– Bien sûr... s'ils sont face à face, répliquai-je. Mais si Dunander est accroupi et que Petra arrive sur le côté, c'est parfaitement possible. S'il est étendu sur le sol et qu'elle peut frapper vers le bas, ce n'est même pas particulièrement dur, d'un point de vue purement physique. Il se peut qu'il ait trébuché dans les broussailles sur le côté du sentier. Si, selon notre scénario antérieur, il était pédophile, il doit par ailleurs la tenir. Il prend sa main gauche ou son avant-bras dans sa main droite, l'entraîne dans la forêt pour la violer aussi discrètement que possible, mais trébuche et s'étale de tout son long. Elle est déjà prise de panique, a résisté avec frénésie et elle saisit sa chance. Il l'a entraînée dans sa chute, mais sa main droite est libre et elle sent une pierre sur le sol. Elle la ramasse et le frappe à la tête. Le premier coup n'est peut-être pas fatal, mais il assomme Dunander et il ne peut plus se défendre. Sa prise sur le bras gauche de Petra se relâche, elle réussit à se libérer et se met à le frapper à deux mains, vers le bas et de toutes ses forces. Elle lui fracture le crâne et continue à frapper encore et encore, envahie par la panique.

Le silence se fit à nouveau.

– Mais que fait l'homme à la Toyota pendant ce temps ? demanda Jarno.

– Dans ce scénario, il n'est pas présent, répondis-je. Bien sûr, le postulat qu'il s'agisse d'une coïncidence que quelqu'un ait surveillé l'immeuble pour une autre raison est une faiblesse de cette hypothèse. Autrement, si c'est bien Petra ou Dunander que l'homme à la Toyota traquait, c'est incroyable qu'il ne soit pas intervenu.

– Et d'un point de vue psychologique, insista à nouveau Hector, peut-on vraiment imaginer qu'un enfant de neuf ans ait la force de perpétrer un meurtre violent ?

– Il existe des exemples d'enfants qui se sont défendus contre des pédophiles, intervint Anna, surtout lorsqu'il ne s'agissait pas d'un membre de leur famille. Il n'est pas rare que les pédophiles arrêtés présentent de petites blessures, comme, par exemple, des hématomes sur les tibias ou des griffures au visage. Cela ne va généralement pas plus loin en raison de la supériorité physique de l'adulte, mais il existe entre autres des cas documentés en Grande-Bretagne où des hommes incestueux ont été poignardés dans leur sommeil par leurs filles. Pour ma part, je crois également que certaines blessures bizarres qu'on évite d'expliquer aux urgences et peut-être également certaines brûlures sont dues à des enfants qui se sont défendus. Cela se produit généralement longtemps après l'événement traumatique et alors qu'ils ont eu le temps de se ressaisir, mais ce scénario avec Petra n'est pas inconcevable d'un point de vue psychologique.

– De plus, un enfant a des pulsions de contrôle moins fortes et n'a pas autant intégré les règles de la société qu'un adulte, ajoutai-je. Leur sens moral n'est pas forcément aussi développé, comme lorsqu'ils se maltraitent sans égard les uns les autres.

– Un meurtre commis par Petra expliquerait pourquoi elle se serait enfuie, déclara Anna. Un enfant de neuf ans sait qu'il est interdit de tuer des gens, mais ne saisit peut-être pas le concept de légitime défense. Elle croit sans doute qu'elle va se retrouver en prison.

– Il y a quand même un élément qui ne colle pas, dit Jarno, l'air pensif. L'oreille. Allons-nous vraiment imaginer que Petra, après un éventuel meurtre, ne prenne pas ses jambes à son cou, mais reste pour trancher l'oreille de Dunander ? Et où aurait-elle trouvé le couteau ?

– C'est une bonne question, surtout d'un point de vue psychologique, concédai-je. Le couteau est un problème mineur. Il aurait pu appartenir à Dunander ou être à elle. Elle l'a peut-être utilisé pour couper les branches avec lesquelles elle a construit la cabane.

– Dans ce cas, elle l'a emporté, intervint Sonja, sinon nous l'aurions trouvé quand nous avons passé au peigne fin le sol autour du corps.

– Mais en dehors du couteau, *pourquoi* aurait-elle tranché l'oreille de Dunander ? poursuivit Jarno.

– Je ne sais pas, admis-je. Une espèce de vengeance.

– Après tout, son hobby, ce sont les mangas, dit Anna. J'en ai lu beaucoup avec ma nièce et ils sont vraiment violents. Je me souviens, entre autres, de mutilations avec des épées.

– Qu'est-ce que cela implique pour demain ? demanda Sonja, un peu lasse.

– Retrouver l'homme à la Toyota reste notre priorité, décidai-je. Moi, je vais travailler sur cette nouvelle hypothèse. Je vais demander à Daniela si Petra a un couteau, comment elle réagit quand elle est menacée, si elle a été impliquée dans des bagarres.

– Interroge-la également sur le monde des mangas, suggéra Anna. Et sur la symbolique des oreilles.

Les glaçons

Samedi 6 octobre 2007

Le samedi matin à 9 h 14, je me rendis chez les Karén à Lysbäcken, comme convenu avec la mère la veille au soir. Elle devait aller faire des courses en ville avec les enfants, mais ils pouvaient renoncer à une heure de shopping entre 9 h 30 et 10 h 30.

Pendant le trajet en voiture, je pensai à Daniela. Le premier souvenir qui me vint à l'esprit fut son visage en larmes au-dessus de l'épaule de l'institutrice, le reproche implacable d'un enfant. Puis je me rappelai le silence dans le bureau du directeur quand Daniela nous avait parlé sans ciller de la cabane de Petra. Cette cabane avait beau être un fait incontournable, la situation semblait encore irréelle.

Je compris à cet instant pourquoi. Ce n'était pas la cabane qui était irréelle, mais Daniela. Elle avait changé. La première fois, elle ne nous avait rien dit au sujet de la cabane alors que nous lui avions parlé avant la crise de sanglots. Pour moi, la Daniela attristée était la vraie, si bien que celle qui nous avait révélé l'existence de la cabane avec indifférence était une sorte d'image de synthèse.

Qu'est-ce qui avait motivé cette révélation ? Une lutte de prestige avec l'agaçante Aila : « Je sais quelque chose que tu ignores, et vlan ! » Daniela jouissait d'être l'élue de Petra, cette camarade à présent si intéressante, et de sa conviction d'être supérieure aux autres filles de la classe. Mieux habillée, mieux éduquée. Pas quelqu'un qui se laisse éclipser par une sale gamine comme Aila. Je pouvais toujours exploiter ce sentiment.

Mais quand même : pourquoi Daniela n'avait-elle pas mentionné la cabane avant ? Elle aurait dû le faire sur-le-champ en apprenant que Petra avait disparu.

C'est alors que je compris : Daniela s'était volontairement tue pour ne pas trahir le secret de Petra. Mais dans le bureau du directeur, Daniela avait juste eu l'air contente après l'avoir fait, pas comme si elle venait de vendre la mèche sans le vouloir. Pourquoi ? me demandai-je en m'arrêtant à un feu rouge.

Parce que cela n'avait plus d'importance. Voilà pourquoi Daniela pouvait révéler l'existence de la cabane ! Lors de notre première discussion, elle pensait que Petra s'y cachait et qu'elle devait donc se taire. La deuxième fois, elle pouvait en parler, car elle savait que Petra *n'y était pas*.

La voiture bondit en avant et je manquai de percuter un camion. Ma soudaine conclusion au sujet de Daniela m'avait fait sursauter et appuyer sur l'accélérateur. Je pilai et pris plusieurs inspirations profondes pour reprendre mes esprits avant de redémarrer.

Maintenant ? Il s'agissait de garder la tête froide au moment où je discuterais avec Daniela. Si elle savait quelque chose, elle voulait le cacher, exactement comme elle s'était tue sur la cabane lors de notre première rencontre. J'allais être obligé de me montrer aussi rusé avec un enfant que lorsque j'interrogeais un criminel et ses flots de mensonges.

Malgré moi, je sentis que cela pouvait être aussi passionnant que de jouer au poker contre une gamine imprévisible, la vie d'une autre fillette comme enjeu.

La différence sociale était un facteur. Dans le foyer de Daniela, on ne parlait sans doute pas des « vauriens » de Nikolajbacken même si l'on n'en pensait pas moins. Mais Petra était venue à bout de leur appréhension grâce à son bon comportement. Elle correspondait aux critères de Daniela, entre autres avec sa chambre méticuleusement rangée. Avait-elle osé parler à Daniela des disputes de ses parents et de ses excursions nocturnes à la cabane ? Étaient-elles amies à ce point ou Petra était-elle consciente que cela pourrait lui coûter des points dans la vision bien ordonnée du monde de Daniela ?

Arrivé à Lysbäcken, je me trompai de chemin, car j'avais supposé sans réfléchir que le domicile de Daniela se situait parmi les pavillons et les rangées de maisons mitoyennes. En réalité, il se trouvait dans un immeuble, mais au dernier étage et disposait d'une terrasse sur le toit. Ce fut Barbara, la mère et version originale du style élégant de Daniela, qui m'ouvrit : traits réguliers et yeux marron mis en valeur par un maquillage aussi discret qu'efficace. Un chemisier bleu marine, une broche blanche et des boucles d'oreilles assorties. D'un point de vue purement physique, elle ressemblait à Sonja, la coquetterie en plus. Son parfum discrètement fleuri était à des années-lumière de l'odeur de synthèse entêtante de Stina Nilsson.

Je retirai mon manteau et les deux enfants, Daniela et Alexander, son frère de douze ans, vinrent me serrer la main. Nous nous installâmes tous dans les canapés blancs du séjour. Barbara nous servit du jus de pomme rafraîchi par des glaçons dans des verres en cristal. Elle s'assit ensuite telle une grande dame, les jambes croisées et les mains jointes sur les genoux.

– Mon mari est chef du personnel à Olkiluoto, m'expliqua-t-elle. Ce week-end, il se trouve au centre de formation sur les techniques de retraitement d'Aulanko. Moi, je suis secrétaire de direction chez Astor.

– C'est un bel appartement avec une vue magnifique, déclarai-je, dans un effort pour me montrer aussi courtois qu'elle et je bus poliment du jus de pomme alors qu'il était aigre.

– Merci, nous nous y plaisons ! De plus, mon mari est le président de la copropriété. Il est responsable de la comptabilité et administre la salle communale, entre autres. Mais avez-vous des nouvelles de Petra ?

– Nous y travaillons toujours.

– Quelle est votre stratégie ? s'enquit Alexander, sur un ton impérieux.

– Nous suivons différentes pistes et l'enquête a réellement progressé.

Je n'avais pas quitté Daniela des yeux depuis le début de la discussion. Elle considérait poliment chacune des personnes qui prenait la parole, mais ne marquait aucun intérêt. Après une petite pause, je poursuivis :

– Je voudrais poser quelques questions à Daniela pour mieux évaluer les réactions de Petra. Je souhaiterais le faire dans sa chambre pour également me faire une idée du monde des mangas.

Barbara me lança un regard interrogateur.

– Les bandes dessinées qui passionnent tant les filles, ajoutai-je.

– Ah oui, bien sûr.

Au risque d'avoir des brûlures d'estomac, je finis le jus de fruits jusqu'à ce que les glaçons tintent dans le verre. Daniela se coula au bas du fauteuil et se dirigea vers sa chambre. Alexander voulut la suivre, mais Barbara avait saisi mon allusion à une conversation en tête à tête et le retint.

La chambre de Daniela était aussi bien rangée que celle de Petra et lui ressemblait. Les meubles étaient cependant de meilleure qualité, en bois massif et non en mélaminé. Je m'assis sur la chaise de bureau tandis que Daniela s'installait sur son lit, les jambes repliées sous elle.

– Bien Daniela, comme je te l'ai dit, tu as vraiment fait du super travail en trouvant la cabane de Petra pour nous. C'était également courageux. Tu n'as pas du tout eu peur ?

– Non, pourquoi j'aurais eu peur ?

– Je veux dire : peur de ce que nous aurions pu y trouver. La dernière fois, à l'école, tu étais bouleversée en pensant que Petra avait peut-être été victime d'un accident de la route.

– Oui, mais là, vous étiez avec moi. Et Vendela du secrétariat. Il n'y avait aucun danger.

– Bien, répondis-je. (J'étais satisfait d'avoir obtenu un demi-aveu : Daniela savait quelque chose qui la rassurait.) Combien de fois es-tu allée à la cabane de Petra ?

– Deux fois, mais jamais la nuit.

– Donc tu savais que Petra y allait la nuit ?

– Oui. Pas au début, mais ensuite elle me l'a dit. Quand ses parents se disputaient.

– Est-ce que tu crois qu'elle y était le matin où elle a disparu ?

– Oui, répondit Daniela sans hésiter, mais je m'abstins de lui demander comment elle pouvait en être aussi sûre.

– Lorsque tu es allée à la cabane, poursuivis-je, as-tu vu si Petra avait un couteau, un petit canif ou quelque chose de ce genre ?

– Oui, elle avait un canif avec deux lames repliables. Une petite et une grande. Elle m'a raconté qu'elle l'avait dans sa poche quand elle allait à la cabane. C'était bien pour tailler des branches, éplucher des oranges et tout ça.

– Parfait ! C'est ce que nous pensions, mais nous voulions te poser la question pour en être sûrs. Il faut dire que tu es une experte quand il s'agit de Petra.

Daniela sourit de toutes ses dents.

– Et tu es également une spécialiste des mangas. Il y a bien beaucoup de bagarres dans ces histoires, non ?

– Oui, c'est vrai.

– Quand un héros de manga blesse un adversaire, par exemple un méchant, est-ce qu'il lui coupe une partie du corps comme les cheveux ou le nez, ou peut-être une oreille ?

Les yeux à demi fermés, je scrutai Daniela, mais elle ne réagit pas du tout à l'évocation de l'oreille. Elle se mordit simplement la lèvre et réfléchit. Puis elle retira ses chaussons et se mit debout sur le lit pour fouiller sur une étagère. Elle feuilleta divers mangas et finit par trouver un dessin un peu chaotique qu'elle me montra.

– Là, Nana coupe un bandit au cou et il saigne. La tête se détache presque. Ça compte bien comme une partie du corps, non ?

– Bien sûr, et en parlant de violences comme ça, nous avons retrouvé des choses dans la forêt qui nous donnent à penser qu'il y a eu une bagarre et que Petra y a participé.

Daniela se figea. Elle n'était pas au courant. Elle se laissa tomber en position assise et les ressorts du matelas grincèrent.

– Dans ce cas, il peut arriver qu'on ne remarque pas qu'on s'est cogné à la tête ou au ventre. On se comporte comme d'habitude, mais on peut avoir une hémorragie interne qui ne se déclare qu'après plusieurs jours. On peut même en mourir si on n'est pas soigné. Cela pourrait arriver à Petra, mentis-je.

Pour la première fois depuis plusieurs jours, Daniela semblait inquiète. Elle pâlit et s'humecta les lèvres du bout de la langue.

– Donc tu comprends que maintenant il est très important de retrouver Petra, car elle pourrait soudain tomber très, très malade. Et si une personne l'a aidée jusqu'à maintenant et a été une bonne amie pour elle, il vaudrait mieux qu'elle nous aide à trouver Petra. On n'est pas une bonne amie si on laisse sa copine tomber malade à cause de quelque chose de dangereux qui saigne de l'intérieur, si ?

Daniela acquiesça, puis se ravisa et secoua la tête : « Non, on n'est pas une bonne amie dans ce cas. »

– Alors je me demande si tu as la moindre idée de l'endroit où Petra pourrait être, poursuivis-je en la regardant droit dans les yeux.

Elle détourna la tête et frotta le couvre-lit bordeaux du dessus des doigts.

– Tu peux me le dire juste à moi, chuchotai-je. Personne d'autre n'a besoin de le savoir.

– Je ne sais pas, me répondit Petra dans un murmure.

– Je comprends que ça puisse être difficile quand on a donné sa parole, mais il est quand même plus important que ton amie ne tombe pas malade. La situation a changé et la promesse qui a été faite ne tient plus.

– Peut-être…, chuchota Daniela. (Puis elle marqua une longue pause.) Peut-être que Petra est quelque part.

– Quelque part à Forshälla ? (Daniela baissa les yeux.) Peut-être près d'ici ? Dans une cave, par exemple ?

– Pas dans une cave.

– Mais tout près. Où peut-elle être ?

– Dans la salle du quartier, chuchota Daniela, la tête baissée, si bien que ses mots furent presque inaudibles.

– Ici, près de l'immeuble, murmurai-je également aussi bas que possible.

Daniela releva le regard. Ses yeux étaient pleins de larmes qui se mirent à couler sur ses joues.

– Elle ne supporte plus de rester chez elle, parce que ses parents ne font que se disputer, déclara-t-elle d'une voix de plus en plus assurée. Je sais comment c'est, c'est affreux. Moi aussi, j'ai parfois entendu mon papa et ma maman crier la nuit ! Je me réveille, je transpire et…

Je m'assis sur le lit et passai un bras autour de Daniela qui sanglotait à présent.

– C'est bien, dis-je tout bas. Tu as fait du très bon travail. Tu as été une vraie amie pour Petra.

– Mais j'avais promis de ne rien dire !

– La situation a changé. Tu n'as rien fait de mal.

Daniela haussa les épaules et sanglota encore un peu. Au bout d'un moment, elle se calma, prit un mouchoir sur son bureau pour se moucher et s'assit sur la chaise de bureau. Je restai sur le lit.

– Maman dit qu'on devient laid quand on pleure, dit-elle en reniflant.

– Je ne crois pas que tu deviendras laide pour si peu. J'en connais beaucoup qui pleurent beaucoup plus.

– Pourquoi ça ?

– Parce que quelque chose les rend tristes. Ou peut-être qu'ils aiment bien pleurer, je crois que c'est le cas pour certains.

Sur ces paroles, je me mis à imiter quelqu'un pleurant et souriant tour à tour.

Daniela sourit alors également et se moucha une dernière fois.

– Au fait, repris-je, depuis combien de temps Petra est-elle dans la salle du quartier ?

– Le jour où vous êtes venus à l'école pour nous dire qu'elle avait disparu. Quand je suis rentrée de l'école, elle était dans notre cour. Elle m'a dit qu'il fallait qu'elle se cache chez moi, parce que ses parents se disputaient vraiment trop. Au début, j'ai pris les clés de la cave et je l'ai laissée dans notre box, mais c'était tellement poussiéreux que Petra n'arrêtait pas de tousser quand je lui ai apporté des sandwichs le soir. Alors j'ai pensé à la salle du quartier. Elle ne sert pas souvent et papa a les clés.

– Et tu lui as apporté à manger ?

– Bien sûr. Qui d'autre ?

– Alexander peut-être ?

– Certainement pas lui ! Il cafterait à maman !

– Dans ce cas, mieux valait que ce soit toi qui t'occupes de tout, déclarai-je.

Daniela croisa mon regard d'un air sérieux. Je la voyais à présent sous un jour différent : c'était une personne ingénieuse et téméraire qui s'était exposée à des représailles du monde des adultes pour aider une amie qui en avait vraiment besoin. Aurais-je fait la même chose ? Quelqu'un l'aurait-il fait pour moi ?

– Tu sais, Daniela, maintenant, il faut que nous allions voir Petra le plus rapidement possible. Je pense qu'il faut que nous parlions à ta maman de ton initiative.

– Mais tu m'as promis de ne pas le répéter !

– Bien sûr, mais la situation a évolué. Il faut que nous sauvions Petra.

Daniela regarda en direction de la fenêtre et réfléchit.

– Dis que c'est ton idée, s'exclama-t-elle. Ne dis pas que je t'en ai parlé !

Je réfléchis.

– Est-ce que Petra est déjà allée dans la salle du quartier ?

– Oui, pour mon anniversaire.

– C'est bon à savoir. Je vais faire ce que je peux. Maintenant allons-y.

– D'accord, répondit Daniela sur un ton résigné.

Je me levai et me dirigeai vers la porte, mais m'arrêtai, la main sur la poignée.

– Encore une chose. Est-ce que Petra t'a raconté quelque chose de particulier sur la raison pour laquelle elle devait se cacher ?

Daniela me considéra avec étonnement.

– Elle n'avait juste plus la force d'entendre ses parents se disputer.

J'ouvris la porte.

– Madame Karén, appelai-je.

Barbara sortit du séjour et vint dans le vestibule en compagnie d'Alexander.

– Daniela m'a été d'une aide précieuse, dis-je en essayant de rendre ma voix aussi chaleureuse que possible. En tant qu'amie avisée de Petra. Elle m'a raconté certaines choses, entre autres que Petra était un jour allée à la salle du quartier pour son anniversaire, et j'ai alors pensé que Petra pourrait s'y être cachée.

– Cachée ? Mais je pensais qu'elle avait été…, commença Barbara, avant de s'arrêter quand ses yeux se posèrent sur Daniela. Dans notre salle communale ?

– Elle pourrait s'y être introduite. Nous devons tout vérifier et vous avez les clés.

– Bien sûr, répondit Barbara en consultant sa montre. Mais là, nous avons déjà…

– Je dois malheureusement insister.

Barbara Karén soupira et gagna la cuisine. Par pure curiosité, je la suivis pour voir où étaient les clés. Elles pendaient à un crochet à l'intérieur d'un placard, facilement accessibles et soigneusement remises en place par Daniela.

Puis nous prîmes tous l'ascenseur, Barbara nous imposant le silence par son irritation aussi muette que manifeste. Elle poussa la porte d'un coup de coude et traversa la cour au pas de charge, tel un guide touristique qui mène résolument son groupe. Je marchai sur ses talons pour montrer que c'était moi, et non Daniela, la cause de tout ce dérangement. Daniela se trouvait juste derrière moi, suivie d'Alexander qui était le seul à trouver cette situation amusante.

La salle communale, un bâtiment bas aux murs clairs, ressemblait à un petit chalet à l'ombre des immeubles alentour. Barbara fut obligée d'essayer deux clés avec impatience avant de trouver celle qui ouvrit la serrure avec un petit déclic. Je posai alors la main sur la poignée.

– Si Petra est à l'intérieur, elle se sent vulnérable, expliquai-je. Mieux vaut que nous n'entrions pas en troupeau. Daniela peut entrer et il faut également que je le fasse.

Barbara haussa les épaules, mais Alexander protesta.

– Je n'ai pas le droit de venir avec vous ?

Une ébauche de sourire sur les lèvres, je le regardai et secouai la tête. Barbara s'était déjà détournée de la porte et avait croisé les bras sur la poitrine. Droite comme un I, elle signifiait qu'elle n'avait rien à voir dans ces idioties.

– Veuillez avoir la gentillesse de m'attendre, lui dis-je afin qu'elle ne disparaisse pas avec les clés et sa connaissance des lieux.

Daniela jeta un regard de biais à sa mère, puis entra en premier quand j'ouvris la porte. D'une main habituée, elle trouva un interrupteur sur la gauche et une lumière halogène grisâtre illumina une salle de taille moyenne remplie de meubles en bois et de tables aux plateaux bleu marine. Il y flottait une odeur de renfermé. Plus loin, sur la droite, on apercevait une cuisine, mais Daniela se dirigea directement vers une porte dans le coin gauche. Je posai la main sur son épaule.

– Attends un peu, chuchotai-je. Il ne faut pas que nous lui fassions peur. Frappe d'abord tout doucement et dis-lui que je suis de la police.

Puis je me ravisai. Si Petra avait tué Dunander, être trouvée par la police était la dernière chose qu'elle voulait. Elle pourrait devenir hystérique.

– Dis plutôt à Petra qu'il y a quelqu'un qui va la raccompagner chez elle.

Daniela se faufila jusqu'à la porte et frappa. La porte n'avait pas de serrure, mais elle savait qu'après avoir frappé, on attend.

Rien ne se produisit. Daniela me regarda par-dessus son épaule. Elle leva la main et m'interrogea des yeux pour savoir si elle devait frapper une seconde fois, mais la porte s'ouvrit alors de quelques centimètres. D'elle-même ou parce que quelqu'un avait ouvert de l'intérieur ?

Dans la pièce, il faisait sombre. Daniela se pencha en avant, mais je ne vis rien.

Puis la porte se referma. Daniela appuya sur la poignée et poussa avec son épaule, mais quelqu'un résistait de l'autre côté. Une vague de chaleur envahit ma poitrine : elle était vraiment là ! La porte s'ouvrait et se refermait, soumise à des forces opposées d'intensité égale. Je me hâtai d'avancer et poussai Daniela sur le côté aussi délicatement que possible. Ce n'était pas comme ça qu'il fallait faire, comme une intrusion violente. Elle n'eut pas peur, mais protesta :

– Petra ne veut pas ouvrir.

Je frappai et notai durant la courte pause que mes doigts produisaient un bruit plus sourd que ceux de Daniela.

– Petra, dis-je. Nous sommes venus pour te ramener chez toi. Tes parents sont très inquiets. Ils ne sont pas en colère contre toi, ils veulent juste que tu rentres à la maison.

– Tu es peut-être malade et tu ne le sais pas, ajouta Daniela.

Je poussai la porte avec précaution. Sans résistance, elle s'ouvrit sur une forte odeur d'air vicié. D'abord aveuglés par la pénombre, mes yeux s'accoutumèrent, et je vis… une cabane. Je crus d'abord à une association inconsciente avec celle de Petra dans la forêt, mais la pièce contenait bel et bien une cabane construite avec des couvertures tendues sur deux rangées de chaises. Je me souvins en avoir vu une semblable dans la chambre des garçons chez Mattias.

Lentement, j'ouvris la porte en grand afin d'éclairer la pièce assombrie par une couverture accrochée devant la fenêtre, et grâce à la lumière de la salle principale, je découvris une réserve où étaient entreposées quelques tables et une demi-douzaine de chaises empilées les unes sur les autres. Sur l'une d'elles, étaient posés un tas de feuilles manuscrites, un stylo à bille et une banane à moitié mangée. Je ne vis personne, mais il n'y avait pas d'autre issue. L'enfant devait se cacher dans la cabane.

– Bonjour, dis-je à voix basse. Je m'appelle Harald et j'ai parlé avec tes parents. Ils voudraient vraiment que tu rentres à la maison et ne sont pas en colère contre toi. Nous savons que ce qui est arrivé dans la forêt n'était pas ta faute.

– Comment vous pouvez le savoir ? demanda une petite voix de fillette un peu enrouée depuis le fond de la cabane.

C'était elle. Maintenant, c'était certain et je retrouvai mon calme professionnel.

– Nous avons…

Je pensais dire « retrouvé Nils », mais cela pouvait lui paraître trop culpabilisant. Elle savait sans doute qu'il était mort. Pendant le temps qu'elle avait passé seule ici, elle avait dû penser à ce corps gisant dans la forêt, la tête ensanglantée. Il fallait que je chasse cette vision de ses pensées.

– Nous utilisons un procédé qui s'appelle la technique de l'ADN. Nous analysons des choses dans un laboratoire, sous un microscope.

– Quoi comme choses ? Des empreintes digitales ?

– Oui, et d'autres indices.

– Tu regardes dans le microscope ?

– Non, lui non, intervint Daniela derrière moi. Parce qu'il y a d'autres gens au laboratoire !L'une des chaises de la cabane racla le sol et un petit visage ovale apparut dans l'interstice entre les couvertures.

– Je veux rentrer à la maison.

Petra rampa hors de la construction et se redressa, les yeux plissés, dans le halo de lumière de la porte. Elle ressemblait à sa photo sur la plage. Réhaussée de taches de rousseur, sa peau cependant paraissait pâle et ses yeux, lourds de sommeil. Elle ne présentait aucune blessure physique apparente. Ses vêtements étaient froissés et quelques taches de nourriture salissaient son pull rose orné d'un chat et d'un lapin.

Soudain, plusieurs images assaillirent mon cerveau : Petra projetée sur le bitume ; Petra sale et sans vie dans la forêt ; du sang entre les jambes, dans une cave ! Elles défilaient devant mes yeux. Comme elles n'étaient pas réelles, je pouvais les voir à présent. Elles pouvaient se présenter à moi.

Nous restâmes immobiles. J'aurais voulu serrer Petra dans mes bras, mais je déglutis et me ressaisis.

– On y va ou pas ? demanda Daniela.

Petra ne disait toujours rien. Je m'accroupis et la regardai dans les yeux.

– Bonjour, Petra. Tu vas pouvoir rentrer chez toi. Mais il faut d'abord qu'un médecin t'examine pour que nous soyons sûrs que tu vas bien. Il se pourrait que tu sois dénutrie.

– Dé-quoi ? s'enquit Petra.

– Tu n'as peut-être pas assez mangé.

– Je lui ai donné à manger, souligna Daniela. Je suis venue tous les jours.

– J'ai *mangé*. Je ne suis pas dé-machin, lança Petra d'une voix fluette mais ferme.

Elle fit glisser la couverture des chaises, révélant un matelas bleu et un tas soigneusement empilé de sachets de chips, de paquets de biscottes, de pots de yaourt et d'emballages de bonbons.

– J'ai mangé tout ça !

– C'est bien, mais maintenant je vais t'accompagner à l'hôpital afin qu'un médecin t'examine pour qu'on soit sûr que tout va bien. Ensuite, tes parents viendront te chercher avec des vêtements propres.

Petra considéra ses vêtements souillés et parut comprendre. Elle s'assit sur le matelas et entreprit de lacer ses baskets. Pendant ce temps, Daniela m'attira dans la salle.

– Est-ce que tu trouves qu'elle a l'air malade ? me demanda-t-elle, inquiète.

– Non, elle me semble en bonne santé, la rassurai-je. Un médecin va l'examiner juste par précaution.

Quand Petra émergea de la petite pièce, je la pris par la main et Daniela m'attrapa l'autre, puis nous sortîmes, tel un grand-père se promenant avec ses deux petites-filles un dimanche.

– Maman, cria Alexander quand nous apparûmes sur le perron.

Barbara, qui avait visiblement fait les cent pas dans la cour, se retourna et se figea. Faire les yeux ronds. Rester bouche bée. Ces expressions se peignirent sur son visage, littéralement. Puis elle s'avança vers nous, d'une démarche tout à coup un peu vacillante sur ses chaussures blanches à talons mi-hauts.

– Petra, ma puce, nous étions tellement inquiets ! s'exclama-t-elle en se mettant à genoux pour étreindre la fillette.

« Ne la contaminez pas avec de l'ADN étranger », eus-je envie de lui lancer, mais il était trop tard.

Comment gérer cette situation inhabituelle en l'absence de Sonja ou d'une policière ? Mettre Petra dans ma voiture et m'en aller me semblait inapproprié, presque comme un enlèvement.

– Madame Karén… Barbara, dis-je lorsqu'elle se releva. Petra doit être auscultée par un médecin. Accepteriez-vous de nous accompagner jusqu'à l'hôpital ?

– Oui, bien sûr, répondit-elle spontanément. Mais ses parents ne devraient-ils pas…

– Ils nous rejoindront là-bas. Nous prenons tout de suite ma voiture. Daniela et Alexander peuvent nous accompagner.

Je leur montrai le chemin. Les enfants tournaient autour de moi. Barbara prit Petra par la main, mais après quelques instants, j'entendis un cri strident derrière moi.

– Elle s'enfuit, hurla Barbara.

En me retournant, je vis Petra filer à toute allure et lui emboîtai le pas : pas encore une fois !

Elle s'engouffra dans la salle communale avant d'en ressortir presque immédiatement, sa liasse de feuilles serrées contre la poitrine. Barbara s'aperçut alors qu'elle avait oublié de la refermer à clé, ce qu'elle fit pendant que nous l'attendions.

– J'ai besoin de mes papiers, déclara Petra comme si cela allait de soi.

– Bien sûr, dis-je, las, en songeant que deux adultes avaient manqué de faire une crise cardiaque.

Sans quitter Petra des yeux, j'appelai Sonja pour lui apprendre la nouvelle et lui demander d'envoyer un technicien à l'hôpital, où elle nous rejoindrait ensuite avec les parents.

Environ une demi-heure plus tard, je me trouvais dans la salle d'attente avec la famille Karén pendant qu'un médecin examinait Petra et prélevait des échantillons pour notre enquête. Sonja arriva avec Tony et Stina, qui confièrent les vêtements propres à une infirmière, tandis qu'ils s'effondraient sur un banc. Tony passa un bras autour des épaules de Stina qui pleurait comme si on avait retrouvé sa fille morte.

Je m'avançai vers Sonja.

– Salut, me lança-t-elle. Alors Petra est ici maintenant ?

– Oui et apparemment en bonne santé. Le médecin procède à l'examen habituel pour déterminer s'il y a eu viol. Nous allons aussi récupérer ses vêtements et ses ongles.

– Bien, répondit Sonja en souriant de toutes ses dents. Mais comment la situation a-t-elle évolué si rapidement ?

Je me sentis gagné par son sourire et ne me fis pas prier pour lui relater les événements.

– Ce matin, il m'est venu à l'esprit qu'après sa crise de sanglots du premier jour, Daniela avait eu l'air étonnamment calme. J'ai deviné qu'elle savait que Petra allait bien et j'ai finalement réussi à lui faire dire que Petra s'était cachée dans une salle communale à Lysbäcken.

– Est-ce que tu penses qu'elle doit rentrer chez elle ? me demanda-t-elle tout bas en se rapprochant de moi.

– Qu'est-ce que tu veux dire ?

– Nous savons qu'elle s'est enfuie à plusieurs reprises de chez elle pour échapper à ses parents, poursuivit-elle en lançant un regard vers les Nilsson.

– Tu veux dire qu'elle devrait être prise en charge par les services sociaux ?

– C'est une possibilité.

– Mais peut-être traumatisante, objectai-je. Se retrouver directement dans un milieu étranger après avoir été éloignée de chez elle… Nous allons voir ce que dit le médecin. Toi et les autres, rentrez chez vous. Nous reprendrons le travail lundi.

– Et les journalistes ?

– Tu peux faire un communiqué.

– Ils voudront sans doute te parler.

– Je m'en fiche, m'exclamai-je. Tu parleras en notre nom à tous. Dis qu'un travail d'enquête acharné a permis de retrouver Petra en bonne santé. Dis les choses telles qu'elles sont : qu'elle a fugué et est restée cachée dans une salle communale pendant tout ce temps. Souligne également le fait qu'elle a besoin qu'on la laisse tranquille.

Sonja jeta un regard par-dessus mon épaule. Je me retournai et vis le médecin sortir en compagnie de Petra. Elle portait des vêtements propres et semblait en bonne santé. Elle tenait un sac en plastique blanc, contenant visiblement ses feuilles.

Tony l'aperçut et murmura quelque chose à Stina. Elle releva la tête en clignant des yeux, essuya ses larmes du revers de la main et se précipita vers Petra. Arrivée à son niveau, elle tomba à genoux et étreignit sa fille qui passa ses bras autour de son cou. Tony les rejoignit et lui caressa les cheveux.

– Petra, Petra, Petra, entendis-je Stina murmurer.

Le médecin, une femme d'une quarantaine d'années aux cheveux légèrement grisonnants qui s'échappaient d'une queue-de-cheval approximative, me prit à part pour laisser la famille tranquille.

– Comment les choses se présentent-elles ? demandai-je avec précaution.

– Bien dans l'ensemble, répondit le médecin à voix basse avant de se rapprocher et je perçus une légère mauvaise haleine. Petra ne présente ni blessure physique ni fièvre, mais son faible tonus musculaire et un estomac rétréci montrent qu'elle n'a pas mangé correctement. Elle n'a pas été violée, ni par voie vaginale ni par voie anale, et il n'y a aucune trace de sperme sur son corps. Nous avons donc juste prélevé ses ongles, me dit-elle en me tendant un petit sachet.

– Merci.

– Elle n'a pas été droguée non plus. Ses yeux et ses muqueuses sont normaux, mais il nous faut encore vérifier les échantillons sanguins. Sa tension est normale, mais sa glycémie est sans doute basse en raison de sa sous-alimentation. Par contre, elle n'est pas déshydratée. Son apport en liquide a été suffisant.

– Bien, mais que diriez-vous de son état psychique ?

– Taciturne, mais c'est compréhensible. Elle est fatiguée, évidemment. Elle n'est pas ouvertement traumatisée. On note quelques hématomes anciens qui ont commencé à jaunir sur ses avant-bras, mais ils ne sont pas très profonds. Quelqu'un l'a manifestement attrapée brutalement par les bras, comme les adultes le font parfois avec les enfants.

– Pensez-vous qu'elle ait besoin d'une prise en charge ?

– Pas chez nous pour le moment, mais il faut vraiment qu'elle voie un pédopsychiatre dans la semaine. Pour l'instant, le mieux est qu'elle puisse retourner dans un milieu où elle se sent en sécurité.

– Il n'y a pas de traces de maltraitance plus ancienne ?

– Vous voulez dire infligée par les parents ? répondit le médecin avec un détachement tout professionnel. Non, j'ai également examiné son squelette. Il est en bon état et je n'ai pas détecté de fractures ressoudées comme on en rencontre parfois chez les enfants qui ont eu des blessures non soignées. Elle ne présente pas non plus de sensibilité anormale à des endroits inhabituels, ce qui indiquerait des lésions internes, et son hymen est intact.

– Dans ce cas, il ne me reste plus qu'à vous remercier. C'est une bonne chose que vous ayez pu l'examiner si rapidement.

Le médecin m'adressa un sourire las, puis se tourna vers la famille Nilsson. Ils s'étaient relevés et Tony portait Petra. Elle avait passé les bras autour de son cou et serrait toujours son sac en plastique. Elle avait l'air contente. Voilà qui répondait à la question de savoir si elle devait rentrer chez elle ou être protégée de ses parents.

Stina s'avança vers le médecin qui lui dit manifestement la même chose qu'à moi. L'angoisse s'effaça de son visage et elle serra la main du médecin entre les siennes.

Comme Petra ne lâchait pas Tony, il fallait que je parle à Stina. Elle semblait plus calme à présent, mais je ne voulais quand même pas lui dire tout ce que je pensais d'elle et de Tony dans cette situation.

– Petra va bien, commençai-je, mais elle a besoin de manger et de dormir.

– Oui, on me l'a dit et j'ai de quoi préparer des spaghettis et des boulettes de viande, son plat préféré.

– C'est bien, mais ensuite il est important de ne pas vous mettre en colère contre elle et de ne pas lui poser trop de questions. Quoi qu'il soit arrivé, ce n'est pas sa faute. Il faut qu'elle se sente la bienvenue.

– Bien sûr ! Tony et moi en avons parlé à longueur de nuits. Nous avons décidé que si Petra revenait, nous ferions tout pour elle.

– Parfait ! Mais il faut quand même que nous tirions cette affaire au clair. Demain matin, il faudra que je parle à Petra et le mieux, c'est que je vienne chez vous. Est-ce qu'on peut convenir de 10 heures ?

Stina écarquilla les yeux.

– Il est important qu'elle n'ait pas le temps d'oublier, poursuivis-je. Ou qu'elle ne soit pas influencée par d'autres personnes dans ses réponses.

– Maman, lança Petra. On peut s'en aller maintenant ?

– Oui, ma chérie, j'arrive, répondit Stina.

Elle m'adressa un signe de la main, puis la famille Nilsson s'éloigna vers la sortie où ils retrouvèrent la famille Karén. Barbara et Stina discutèrent un moment ; elles paraissaient bien s'entendre.

Tandis que j'attendais qu'ils aient fini, je vis Liimatainen franchir les portes automatiques en toute hâte, la grosse sacoche en cuir noir des techniciens à la main. Je fus étonné, puis je compris : comme de toute façon, il travaillait sur le rapport écrit, contrairement à son habitude, il allait s'occuper lui-même de cette mission de routine. Je lui transmis les vêtements de Petra et le petit sachet contenant ses ongles. Tout en les déposant machinalement dans un compartiment de sa sacoche, il considéra Petra, comme s'il s'agissait d'une véritable curiosité, puis m'adressa un regard plein d'estime.

– Elle a l'air en bonne santé. Que s'est-il passé ?

– Elle s'est cachée dans une salle communale pendant tout ce temps, mais il nous reste beaucoup de choses à établir pour comprendre ce qui l'y a poussée. Nous avons donc besoin d'un rapport sur ses vêtements et ses ongles dès lundi matin.

Liimatainen nous considéra tour à tour, moi et Petra.

– D'accord, répondit-il en soupirant. Vous aurez un rapport pour 10 heures lundi. Mais il faudra que tu nous en dises un peu plus sur l'affaire. Au labo, nous avons…

– Bien sûr. C'est promis.

Il plaça les vêtements de Petra dans un grand sac qu'il sortit de sa sacoche, puis s'éloigna après m'avoir adressé un bref salut.

Je priai Sonja de raccompagner Petra et nous convînmes de nous réunir le lundi à 10 h 30. Je lui demandai au passage si elle voulait venir avec moi chez les Nilsson dimanche, mais elle avait promis à sa sœur qu'elles se verraient et avait déjà repoussé une fois. Elle semblait vraiment désolée, au moins autant que moi. Une sortie en tête à tête le dimanche ne m'aurait pas déplu.

Nous saluâmes Petra, toujours perchée dans les bras de Tony.

– Au revoir, Petra, lui dis-je. À demain.

Elle me fit signe de la main, puis la famille Nilsson s'en alla avec Sonja.

– Au revoir, lança Petra à Daniela et Alexander, le sac en plastique blanc se balançant par-dessus l'épaule de son père. On se voit à l'école lundi !

Sur un ton familier, comme lorsque des copains se croisent en ville un samedi après-midi. Comme si rien n'était arrivé.

Les Karén agitèrent la main jusqu'à ce que Petra ait disparu de leur champ visuel et je les rassurai sur la santé de la fillette. Daniela semblait contente. Tandis que je les raccompagnais, ils ne cessèrent de parler avec animation de « l'aventure » de Petra, pour reprendre l'expression de Barbara, pendant tout le trajet.

Mais mes pensées qui galopaient m'empêchaient presque de saisir le sens de leurs paroles. Quand ils furent rentrés chez eux, je restai dans la voiture, sur le parking de l'immeuble, à observer la salle du quartier. L'horloge sur le tableau de bord indiquait 14 h 25, en ce samedi après-midi. À peine une phase s'achevait-elle qu'une autre commençait dans ma tête. Pourquoi l'oreille avait-elle été tranchée ? Petra avait-elle vraiment tué Nils ou l'homme à la Toyota se trouvait-il également dans la forêt ? Traquait-il un autre enfant à présent ?

Pour autant, Petra était saine et sauve, je voulais quand même fêter ça. Je songeai à un repas au restaurant gastronomique de l'hôtel Forshälla Castle, mais c'était là que Henrik Ingves travaillait et c'était bien la dernière personne sur laquelle j'avais envie de tomber. Ce serait donc à nouveau « Volaille ou Poisson ». Il me restait juste assez de temps pour y arriver avant la fermeture du centre commercial.

À mon retour à la maison, rassasié et satisfait, je m'installai dans le canapé avec une bière et allumai la télé. Mais j'avais autre chose à faire : ouvrir le courrier des derniers jours resté sur la console du téléphone dans le vestibule. J'allai donc chercher le petit paquet et ouvris les enveloppes avec mon annulaire droit. Une facture de téléphone, une publicité pour une loterie, une facture d'électricité, un message concernant les nouvelles conditions de la distribution d'électricité.

Et une enveloppe blanche sur laquelle on avait écrit mon nom et mon adresse en lettres capitales anguleuses avec un stylo à bille bleu. Cela me parut désinvolte et j'étais plus dubitatif en l'ouvrant que pour les autres. Après en avoir sorti une feuille A4 blanche pliée en deux, je lus, tracé de la même écriture :

JE SAIS QUI TU ES.
PETRA EST LE CHÂTIMENT.

C'était une répétition du message que j'avais reçu par la poste après avoir arrêté Gunnar Holm l'année précédente. Il y figurait également JE SAIS QUI TU ES et, au verso, une photo où j'apparaissais, les traits tendus, mon pistolet braqué sur Gunnar.

Les choses en étaient restées là, car je n'en avais parlé à personne. Tous les policiers haut placés reçoivent des lettres anonymes agressives de temps à autre. L'auteur était de retour, mais assez bizarrement il ne disposait que d'une information déjà largement diffusée par la presse. Je retournai l'enveloppe. Elle avait été postée le jeudi alors que Petra était encore portée disparue et que le grand public supposait qu'elle avait été tuée. Lâche, mais efficace : si nous ne l'avions pas retrouvée, cette lettre m'aurait vraiment atteint.

J'étais néanmoins mal à l'aise de voir mon adresse personnelle exacte sur l'enveloppe étant donné que personne n'aurait dû la connaître, en dehors de mes plus proches collègues.

Est-ce que l'un d'eux… aurait pu prendre le cliché l'année précédente parce qu'il ou elle savait que je me trouverais sur la plage avec Gunnar ? Markus ou Hector ? Pas Sonja quand même ?

Non. Je rejetai ces pensées paranoïaques et allai me coucher.

Je marche dans la rue piétonne de Forshälla et j'ai l'impression qu'on est samedi. Il y a beaucoup de monde, mais tout est silencieux. La lumière du soleil tombe de biais et l'ombre imposante de la forteresse se dessine sur la rue. Je me promène en toute sérénité et détaille les marchandises dans les vitrines. Puis je remarque un homme loin devant moi. Il regarde autour de lui avec des mouvements de tête rapides et inquiets, comme s'il cherchait quelque chose. Je commence à le suivre, mais il continue à la même allure. Bien qu'il me tourne le dos, il semble avoir remarqué que je le file, car il maintient la distance entre nous. Au bout de la rue piétonne, il traverse devant le commissariat et s'engage sur un chemin qui mène à Lysbäcken. Nous arrivons sur la plaine et la distance entre nous s'accroît sans que je le perde de vue pour autant. Pour finir, il se détache très clairement et je comprends pourquoi : il s'est arrêté. Il s'est même carrément retourné vers moi et je commence à le reconnaître. Je me rapproche, m'avance jusqu'à lui et vois son visage… c'est comme me regarder dans le miroir. Il a revêtu mon apparence.

La boule de verre

Dimanche 7 octobre 2007

Le dimanche matin à 10 h 10, je sonnai chez les Nilsson. Tony m'ouvrit, douché de frais et les cheveux mouillés, et alla droit au but :

– Stina et moi avons discuté et nous estimons que vous ne devriez pas venir perturber Petra maintenant. Il faut qu'elle se repose.

– Je peux le comprendre, répondis-je, mais il y a une chose que vous ignorez. Lors de notre battue dans la forêt, nous avons trouvé un cadavre. Petra semble être un témoin important dans cette affaire. Elle ne pourra pas récupérer psychologiquement tant que cela n'aura pas été tiré au clair.

Tony, complètement immobile, hésita.

– Un instant, dit-il.

Il repoussa légèrement la porte et appela quelqu'un dans l'appartement. Par la fente, je vis Stina arriver dans le vestibule en robe de chambre à fleurs. Ils échangèrent quelques mots en chuchotant, puis Tony ouvrit à nouveau la porte pour me laisser entrer.

– Bonjour, me dit Stina, sur un ton à la fois poli et maussade.

– Bonjour. Je suis désolé, mais c'est nécessaire.

Je retirai mon manteau et fus introduit dans la cuisine où Petra était en pyjama.

– Salut Petra, lançai-je.

– Salut, répondit-elle sans paraître étonnée avant de continuer à manger ses toasts à la marmelade.

– Est-ce que je peux vous offrir un café ? s'enquit Stina.

J'acceptai et m'installai à la place libre à table. Stina me servit, puis s'assit mais ne mangea rien. Tony était resté sur le seuil, sans se soucier de sa tartine entamée laissée sur son assiette, tel un reproche qui m'aurait été adressé, moi qui avais interrompu le petit déjeuner familial.

Nous gardâmes le silence. Le toast craquait sous les dents de Petra et ma cuillère tintait dans la tasse. Le réfrigérateur bourdonnait et le grille-pain dégageait une odeur de brûlé.

– Comment vas-tu, Petra ? demandai-je.

– Bien, répondit-elle machinalement.

– Tu as bien dormi ?

– Oui.

– Elle a dormi douze heures, de 21 heures à 9 heures, compléta Stina. Et hier, elle a mangé deux assiettes de spaghettis avec des boulettes de viande. Tes joues ont retrouvé un peu de couleur, dit-elle en caressant les cheveux de Petra.

– C'est parfait, commentai-je.

Petra finit son toast et lécha la marmelade sur ses doigts. Stina lui demanda d'aller s'habiller et elle gagna sa chambre.

– Est-ce que vous avez eu beaucoup d'appels des médias ? demandai-je.

– Pas tant que ça, répondit Tony. Nous n'avons pas de ligne fixe et nous avons éteint nos portables après quelques appels plus qu'indiscrets. Ils ont sonné à la porte à plusieurs reprises, mais nous n'avons pas ouvert.

Tony et Stina remontèrent dans mon estime. Il y avait moyen de vendre leur histoire, mais ils préféraient protéger Petra. Ils étaient peut-être réellement sur le point de débuter une nouvelle vie.

– Qu'est-ce que c'est que cette histoire de cadavre ? m'interrogea Stina. Petra n'a sans doute rien à voir avec ça.

– Malheureusement, nous disposons d'indices qui indiquent le contraire.

– Cela semble incroyable, s'exclama Stina. Un cadavre, ici, à Nikolajbacken.

– Cela peut arriver ici comme n'importe où ailleurs, commenta sèchement Tony. Julia Dunander a bien été violée et tuée il y a quelques années.

– C'était autre chose, s'écria Stina. À force de se balader en s'exhibant…

Puis une pensée se fit jour dans son esprit.

– Ce serait donc ce cadavre qui aurait effrayé Petra au point qu'elle s'enfuie ?

– D'une manière ou d'une autre.

– Je comprends mieux alors, poursuivit-elle. C'est ça le problème, pas nous.

– C'est précisément ce que nous devons tirer au clair, esquivai-je, même si j'avais envie de lui envoyer une réplique bien sentie. Petra est un témoin important.

En prononçant ces mots pour la deuxième fois de la matinée, je me rendis compte à quel point ils sonnaient faux. Petra était plutôt suspecte.

– Est-ce que nous pouvons être présents ? s'enquit Stina.

– Il vaut mieux que je lui parle en tête à tête. Les enfants sont souvent perturbés en présence d'adultes.

Ça non plus, ce n'était pas tout à fait vrai. Ce que je pensais vraiment, c'était : Je veux qu'elle me raconte des choses qu'elle ne veut peut-être pas que vous sachiez.

Stina regarda Tony, qui haussa les épaules.

– Bon d'accord, déclara-t-elle.

Elle frappa à la porte de Petra, jeta un coup d'œil à l'intérieur, puis s'effaça. J'entrai et refermai la porte. La pièce était lumineuse et propre, mais elle n'avait pas encore été aérée. Petra était assise à son bureau. Elle portait un pantalon vert et un chemisier dans les mêmes tons orné d'un chat.

– Comme ta chambre est belle ! lançai-je. Est-ce que je peux te rendre visite pour parler un peu ?

Petra ne répondit pas, mais me regarda droit dans les yeux. Autant dans l'expectative qu'effrayée, me dis-je. Je me rendis compte qu'elle était sans doute apeurée à l'idée de raconter ce qu'elle avait fait, et en partie contente de pouvoir le partager avec quelqu'un. Elle était restée toute la semaine seule à ruminer et elle ne voulait pas parler à ses parents. À présent, elle pouvait évacuer un peu de pression et obtenir les réponses d'un adulte aux questions qui la tourmentaient. Je devrais pouvoir en profiter.

Je m'assis sur le lit.

– Je suis content de voir que tu vas si bien, commençai-je. C'était bon de retrouver ton lit ?

– Oui.

– Comment c'était de dormir dans la salle communale ?

– Ça allait. J'avais déjà dormi comme ça une fois, dans un gymnase, sur un matelas, pendant un tournoi de bandy.

– Comment as-tu eu l'idée d'y aller ?

– Au début, j'étais dans notre cave, mais je me suis dit qu'on allait m'y trouver. Ensuite, j'ai pensé à la cave de Daniela. Plus tard dans la journée, je suis allée la voir et elle était super contente parce qu'elle pensait que j'étais pleine de sang et morte. On est allées dans sa cave, mais il y avait trop de poussière, alors Daniela a eu l'idée que je pouvais me cacher dans la salle communale.

– C'était bien pensé. Mais si on revient à ce jour et à ce qui s'est passé plus tôt, tu es bien partie de toi-même tôt le matin ?

Petra baissa les yeux.

– Ça s'est passé comme ça ?

– Oui, répondit-elle d'une voix éteinte.

– Tu es allée à ta cabane. Quand as-tu commencé à la construire ?

Petra releva la tête.

– Cet été. J'ai lu un livre sur des enfants qui avaient des cabanes, même dans des arbres. J'en aurais préféré une comme ça, mais c'était trop difficile, alors j'en ai construit une par terre.

– Combien de fois tu y es allée cet été ?

– Tous les jours où il ne pleuvait pas. C'était super là-bas. Calme. Je mangeais des oranges et des bananes, et je lisais des mangas. Je pouvais me promener dans la forêt et la prairie, et en restant complètement immobile, des fois j'entendais un lièvre.

Elle se montrait de plus en plus enthousiaste à présent.

– Et tes parents ?

Petra lança un regard vers la porte, comme pour contrôler qu'elle était bien fermée.

– Ils pensaient que j'étais juste dehors en train de jouer ou de faire du vélo, répondit-elle à voix basse. En plus, ils dorment souvent pendant la journée et ils ne remarquent rien.

– Et ensuite tu as eu l'idée d'aller à la cabane tôt le matin aussi. Avec une lampe de poche.

Petra me considéra à nouveau.

– J'ai une lampe de poche qui éclaire assez pour aller dans la forêt et une autre plus petite pour lire dans la cabane.

– Tu y es souvent allée tôt le matin, mais tu rentrais toujours avant que tes parents ne se réveillent ?

– Oui.

– Mais la dernière fois, il s'est passé quelque chose, poursuivis-je. Quelque chose d'inhabituel et de désagréable, pas vrai ?

– Non, répondit Petra en regardant par la fenêtre. Rien de spécial. Il faisait juste un peu froid.

– Il n'y avait pas que le froid. Quelqu'un d'autre se trouvait dans la forêt.

Petra s'obstina à regarder dehors sans rien dire. Je dus recommencer avec un autre angle d'attaque.

– Tu te souviens qu'hier, nous avons parlé des indices que nous analysons au laboratoire ? Tu as sans doute remarqué que si tu prends un verre avec des doigts poisseux, tu y laisses des empreintes digitales. Dans notre laboratoire, nous pouvons aussi trouver des traces qu'on appelle ADN. Chaque fois que quelqu'un touche un objet, il perd de tout petits morceaux de peau qui sont différents pour chacun d'entre nous. C'est pour ça que nous pouvons affirmer que tu étais dans la forêt, près d'un homme qui y était étendu, parce qu'il y avait des traces de toi sur une pierre à côté de lui. Nous le *savons*.

Petra garda le silence et je vis que ses mains se crispaient sur le bord de sa chaise de bureau.

– Est-ce que tu sais qui était cet homme ?

– Nils, répondit Petra d'une voix faible, le regard toujours détourné.

– Exactement. Nils, ton entraîneur de bandy. Est-ce que vous vous étiez fixé rendez-vous dans la forêt ou à la cabane ?

Petra tourna rapidement la tête vers moi.

– Non, lâcha-t-elle, étonnée. On ne se voit qu'au gymnase. Il n'est jamais venu à ma cabane.

– Est-ce qu'il se pourrait qu'il t'ait suivie alors que tu t'y rendais ?

Petra haussa les épaules.

– Mais quand tu es revenue de la cabane, est-ce que tu l'as vu dans la forêt ?

– Oui.

– Est-ce que tu as vu une autre personne dans la forêt ?

Petra secoua immédiatement la tête d'un air résolu.

– Maintenant, il faut que tu saches que quoi qu'il soit arrivé dans la forêt, tout le monde comprend que ce n'était pas ta faute. Tu as juste fait ce que tu devais. Ça s'appelle la légitime défense et on a le droit de le faire. Tu saisis ?

– Oui.

– Surtout quand on le fait d'un seul coup, sans y avoir pensé avant. Par exemple, avec quelque chose qui se trouve là, comme cette lourde boule de verre sur ton bureau. Ou une pierre dans la forêt. Dans ce cas, tout le monde comprend qu'on n'a pas pensé à le faire, mais qu'on s'est juste défendu quand c'était nécessaire.

– Légitime défense, répéta Petra.

– Exactement. Peux-tu me montrer comment tu as fait ?

J'attrapai la boule de verre et la lui tendis. Elle la prit dans sa main droite, mais de la gauche, elle posa ma main par-dessus la sienne. Puis elle la lança sur le couvre-lit, si fort que les ressorts tressautèrent. Elle la reprit, puis frappa plusieurs fois de toutes ses forces, à deux mains, la mienne entre elles, de telle sorte que je sentais également la violence des coups.

– Je comprends, dis-je. Tu as frappé Nils. Et après, qu'as-tu fait ?

– Je me suis enfuie en courant.

Elle lâcha ma main et laissa la boule sur le lit.

– Tu as juste fait ce que tu devais, dis-je.

Petra acquiesça, la tête baissée.

– Juste une dernière chose et ensuite nous pourrons retourner auprès de ta maman et de ton papa. Il manquait une oreille à Nils. C'est toi qui l'as prise ?

Petra se tortilla et marmonna un « oui ».

– Où est-elle maintenant ?

– Je l'ai jetée dans la forêt.

– Que pensais-tu quand tu l'as prise ?

Petra détourna les yeux et haussa les épaules en reniflant.

J'eus peur qu'elle n'éclate en sanglots. Je m'abstins donc de l'interroger sur les mutilations dans les mangas. L'ablation de l'oreille n'avait en fait aucune signification.

Je restai silencieux un moment afin que Petra se calme avant que ses parents ne la voient à nouveau, mais également pour que je reprenne mes esprits. C'était vraiment inhabituel qu'un enfant de neuf ans tue un homme. En situation de légitime défense certes, mais quand même. Elle avait manifestement voulu que je participe à cette expérience terrifiante quand elle avait pris ma main pour bourrer de coups le couvre-lit.

J'aurais voulu lui adresser des paroles amicales, lui dire que je comprenais, mais Petra sortit un mouchoir d'un tiroir, se moucha et me lança un regard sans chaleur. « C'est fini maintenant ? » semblait-il demander. Je me levai, mais pensai à un autre détail.

– Dis, Petra, ce canif que tu emportais à la cabane, où est-il ?

Petra réfléchit.

– Il était dans ma poche quand je suis partie à la cabane. Il doit être dans les vêtements que le médecin a mis dans un sac en plastique. Hier, à l'hôpital.

– Dans ce cas, nous allons sûrement le trouver.

– Mais n'oublie pas qu'il est à moi, reprit Petra avec une étonnante détermination dans le regard, donnant un aperçu de sa façon de réagir dans une situation extrême.

Quand j'ouvris la porte, Petra se précipita auprès de Stina et lui demanda une tartine. J'allai rejoindre Tony dans le séjour et attendis que Stina revienne, laissant Petra dans la cuisine. Je leur révélai alors ce que je venais d'apprendre. Ils parurent comprendre le choc qu'avait pu subir leur fille et j'obtins d'eux la promesse qu'ils contacteraient l'infirmière scolaire dès le lundi afin qu'elle lui prenne un rendez-vous chez un pédopsychiatre.

– Malgré le dénouement heureux, cette expérience traumatisante doit être traitée de manière adéquate afin que Petra puisse grandir sainement, soulignai-je dans un style formel de policier qui sembla les impressionner.

Et j'ajoutai ce qui me tenait à cœur depuis longtemps :

– Et puis il y a ces disputes nocturnes. Je n'ai rien voulu dire avant, mais maintenant que Petra est de retour, il faut que vous vous rappeliez comment tout a commencé : avec vos sempiternelles querelles qui l'ont poussée à s'enfuir à la cabane. Je ne veux pas être obligé de revenir à Nikolajbacken pour la même raison !

Tony baissa les yeux, penaud, mais Stina répondit sur un ton offensé :

– Vous n'avez pas besoin de nous le dire ! Vous croyez peut-être que nous n'y avons pas pensé tout seuls ? Maintenant, c'est fini. Tony et moi avons beaucoup parlé ces derniers jours et tout sera différent désormais.

Tony marmonna quelque chose et releva les yeux.

– Et cette cabane, que devons-nous en faire ? demanda-t-il. Est-ce qu'elle peut continuer à y aller ?

– Ce sera au psychologue de le déterminer, décidai-je et Tony lâcha un grognement d'approbation.

Je rejoignis Petra dans la cuisine, devant une assiette vide, des miettes sur les lèvres. Je m'assis sur la chaise à côté de la sienne et lui pris la main.

– Demain, tu vas voir l'infirmière scolaire et ensuite tu auras rendez-vous avec quelqu'un à qui tu peux tout raconter. Quand on a vécu quelque chose de difficile, il faut en parler et après c'est plus facile. Tu comprends ?

– Oui, murmura Petra.

Nous nous dîmes au revoir et je sortis dans le vestibule. Stina resta à l'écart, mais Tony me raccompagna jusqu'à la porte et prit congé de moi en m'adressant un salut plein de dignité.

Dans la cour, le soleil brillait et je fis un détour par la forêt. Le parking et les immeubles étaient complètement entourés d'arbres et je sentais l'odeur de l'humus. N'eût été le bruit de la circulation sur la rocade, j'aurais pu me croire dans un no man's land. Nikolajbacken, un petit monde à part.

Maintenant que les soupçons à l'égard de Petra étaient confirmés, je commençai à songer à son avenir. Dans un premier temps, elle ferait des cauchemars et serait peut-être déprimée. À l'adolescence, elle pourrait devenir violente. Il en était ainsi de la quasi-totalité des criminels que j'avais rencontrés au fil des ans : enfants ou adolescents, ils avaient subi des violences et avaient eux-mêmes appris à répondre par la violence. Petra se mettrait peut-être en colère contre un petit ami lui réclamant une relation sexuelle ou un camarade qui se moquerait d'elle en public. Elle pourrait se mettre en rage contre son père parce qu'il serait ivre et agressif ou contre sa mère qui l'empêcherait d'aller à une fête. Dans de telles situations, une expérience ancienne pourrait être réactivée et peut-être empoignerait-elle un objet lourd – par exemple, une boule de verre massive contenant un beau paysage d'hiver.

Je retournai au parking et levai les yeux vers l'appartement de la famille. Les vitres brillantes réfléchissaient les nuages et dissimulaient tout ce qui se passait à l'intérieur. Je montai en voiture et pensai à Petra.

Ma position derrière le volant et la vue de la cour me rappelèrent le moment où je m'étais glissé dans la peau de l'homme à la Toyota. Nuit après nuit, il était resté assis là à épier les fenêtres et l'entrée de l'immeuble. Traquait-il Dunander ? Dans ce cas, il ne tarderait pas à se mettre en quête d'autres agresseurs sexuels, réels ou supposés, pour satisfaire son envie de vengeance.

Ou bien traquait-il Petra ?

Jusqu'à ce que nous le retrouvions, chaque appel pourrait signifier qu'une nouvelle personne avait été tuée ou avait disparu.

Je me rendis au supermarché sur Åbovägen et y déambulai longuement. Quand on a tout le temps, c'est reposant sans être ennuyeux de passer en revue toutes les marchandises puis les mettre dans son chariot. Je parcourus plusieurs rayons pour renouveler mon stock de conserves, de boissons et de détergents, même s'il m'arrivait souvent d'oublier ce que j'avais déjà à la maison. Pour le soir, j'achetai du poulet tout prêt accompagné de sauce thaï et constatai avec ravissement à la caisse que j'avais fait un shopping efficace de plus de 90 euros.

De retour chez moi, après avoir rangé mes courses, je m'aperçus que j'avais le ménage à faire. Du vivant d'Inger, nous le faisions tous les samedis, mais j'avais cessé de suivre cette routine. Je ne nettoyais que lorsque j'estimais en avoir le temps et le courage, mais j'étais agacé de voir la poussière s'accumuler. D'où vient toute cette poussière ?

J'étais à présent dans le canapé avec une bière et je me préparai mentalement à sortir l'aspirateur. Mais je me mis à penser à Marta. Comme elle n'avait pas d'enfants, j'étais moins souvent en contact avec elle qu'avec Mattias. Quand je me trouvais à Helsingfors, j'essayais de la voir, mais ce n'était pas toujours possible et un jour, j'avais compris après coup qu'elle ne m'avait pas rendu visite alors qu'elle était en ville pour une conférence économique à l'hôtel Forshälla Castle. Cherchait-elle à m'éviter ?

Je ne lui avais jamais posé la question, mais pas mal d'éléments semblaient l'indiquer. Mattias avait étudié la sociologie à l'Académie d'Åbo et rentrait un week-end sur deux les premières années tandis que Marta avait insisté pour suivre un cursus à Helsingfors alors qu'elle aurait pu devenir comptable plus près, à Åbo. Ensuite elle ne venait nous voir à Forshälla qu'une ou deux fois par an.

Cependant, après la mort d'Inger, Marta avait davantage veillé à me soutenir que Mattias. « Tu t'en sortiras bien, papa ? » m'avait-elle demandé alors que nous étions dans le séjour après l'enterrement. Les premiers mois, elle me téléphonait régulièrement, mais par la suite, quand elle avait compris que je saurais gérer les aspects pratiques de la vie quotidienne, ses appels s'étaient de plus en plus espacés. Je l'appelais également souvent, mais pour être honnête, c'était presque toujours pour lui demander comment on lavait les vitres ou préparait un gratin. Bien sûr, elle était ma fille adorée et j'avais beaucoup de bons souvenirs des années que nous avions passées ensemble : les fêtes de fin d'année en présence d'un père plein de fierté, les jours d'été à la plage où je lui apprenais à nager, et les conversations sur le sens de la vie lorsqu'elle traversait une crise existentielle au lycée. Je devais toutefois admettre que j'avais plus de mal à la comprendre que Mattias. Je n'avais jamais saisi pourquoi, quand elle était adolescente, elle s'enivrait sans en éprouver aucune joie et changeait de petit ami comme de chemise, ni pourquoi maintenant, à presque trente ans, elle ne voulait toujours pas fonder une famille.

Était-ce lié à moi ? Ces derniers temps, j'avais eu l'occasion de beaucoup penser aux relations entre parents et enfants. Que dirait un psychologue : « Marta Lindmark éprouve des difficultés à établir des relations de confiance avec des hommes en raison de sa relation distante avec un père absent » ?

J'errai pendant un certain temps entre le séjour et la cuisine, je repris une bière, puis je l'appelai.

– Ici Marta Lindmark.

– Bonjour Marta, c'est papa.

– Bonjour papa !

– Comment vas-tu ?

– Bien, merci. Je me suis reposée ce week-end et je vais peut-être aller au cinéma ce soir.

– Qu'est-ce que tu as l'intention d'aller voir ?

– Sans doute *Sous le soleil de Toscane*. On a bien besoin d'un peu de soleil par un temps pareil, répondit-elle en riant sans vraiment se contrôler.

– Il fait un temps de chien à Helsingfors ?

– Plus ou moins. Que peut-on attendre d'autre en octobre ?

– Oui, parfois on se demande pourquoi il a fallu que nos ancêtres migrent si loin au nord, tentai-je de plaisanter. Et sinon ?

– Rien de particulier. Juste beaucoup de travail.

– Et tu te plais toujours à Helsingfors ?

– Helsingfors est une ville de mer… une ville de merde, articula-t-elle lentement et je compris qu'elle avait bu.

– Aïe ! je ne savais pas que tu avais ce sentiment.

– Peu importe, Helsingfors est comme elle est.

– Oui, mais c'est ennuyeux si tu ne t'y plais pas.

– Qu'est-ce que tu veux dire ? siffla Marta. N'imagine pas que je vais revenir à Forshälla pour ça ! C'est hors de question.

– Non, ce n'est pas ce que je voulais dire.

– Quoi alors ?

J'étais maladroit. Je ne m'étais pas bien préparé à poser ma vraie question.

– Je comprends très bien que tu te sois installée à Helsingfors, mais il est clair que je me remémore parfois nos souvenirs d'avant, tous ensemble à Forshälla.

– Comme quoi ?

– La vie de tous les jours, les repas, les fêtes de Noël. Les choses que nous faisions ensemble : quand tu apprenais à nager, quand tu as joué de la flûte à bec à la fête de fin d'année. Mais je pense également que je n'étais pas souvent à la maison.

– Tu avais ton travail.

– Tu t'en souviens alors ?

– Bien sûr que je m'en souviens, s'écria-t-elle. Tu partais souvent en toute urgence le soir ou le week-end, quand tu n'étais pas dans ton bureau avec interdiction de te déranger. Mais pourquoi évoques-tu ces vieilles histoires sans intérêt ? C'est par rapport à une affaire sur laquelle tu travailles ?

– Comment ça ?

– Quand j'étais au lycée, je me suis rendu compte que lorsque tu m'interrogeais sur un sujet, ça avait un rapport avec une affaire sur laquelle tu travaillais. Parfois, j'avais l'impression que c'était la seule raison pour que tu acceptes de discuter de choses importantes avec moi.

– Vraiment ?

– Mais tu étais marié à ton travail ! Et peut-être que ton boulot faisait partie de ta famille.

– J'ignorais que tu pensais ça. C'était donc par protestation que tu as déménagé à Helsingfors juste après avoir obtenu ton diplôme ?

– Je vois, monsieur le commissaire a également décou… découvert ça, explosa Marta en réprimant un hoquet.

– Oui, tu as raison. J'ai toujours trop travaillé.

– C'est ce que maman pensait aussi ! On ne pouvait pas faire de projets comme une famille normale parce que nous ne savions jamais si tu serais à la maison.

– Et que disait Inger ?

– Ça l'attristait, mais en même temps elle avait l'habitude. Elle était résignée. On s'accommode de beaucoup de choses alors qu'on ne devrait pas… s'en accommoder.

Je restai silencieux et entendis Marta avaler une gorgée.

– Mais elle était loyale ! Elle ne te critiquait pas, si c'est ce qui t'inquiète, papa.

– Quand as-tu l'intention de venir ? poursuivis-je.

– Pour Noël, comme d'habitude, je suppose. Est-ce que Mattias vient avec les enfants ?

– J'imagine qu'il vient, oui… avec Lena et les enfants.

– Cette pétasse de « doctorante ». Dans ce cas, je ne sais pas si je…

J'entendis un grand bruit dans le combiné et un juron lointain.

– Je pensais plus à nous, à *la famille*, reprit Marta. Mais bien sûr que je viens, *Nooooël* est de retour ! Par contre, je ne viendrai pas avant.

– Je comprends.

– Tu sais ce que je me suis dit, papa ? déclara Marta d'une voix moins chargée. Je trouve que tu devrais sortir davantage, voir des gens.

– Comment ça ? Je suis au milieu de gens à longueur de temps. Il ne s'écoule quasiment pas un jour sans que je sorte pour…

– Mais tu devrais peut-être *rencontrer* quelqu'un, non ?

– D'accord, je vois ce que tu veux dire, répondis-je lentement.

– Je comprends que tu penses à maman, mais tu ne peux pas t'enterrer pour le reste de tes jours.

– Non, peut-être pas. Mais pour l'instant, je n'ai aucune envie de « rencontrer quelqu'un ».

– Bien sûr que si, lança Marta d'une voix stridente. Ce n'est pas bon pour toi de rester seul.

– Tu travailles demain ? m'enquis-je pour changer de sujet.

– Évidemment. Demain c'est lundi.

– Tu devrais peut-être te reposer un peu avant, non ?

– Comme si c'était la fin du monde que je boive un peu de vin ! C'est pas tes oignons, bordel ! Tu n'es pas mon… tuteur. Je suis une adulte.

– Bien sûr.

Nous nous répétâmes que nous nous verrions à Noël, puis nous raccrochâmes.

Cette conversation m'avait mis mal à l'aise. Je m'efforçais de ne pas la prendre trop à cœur. On en dit trop quand on est ivre.

Pourtant quelque chose me rongeait intérieurement. Quelque chose que Marta avait dit. « Marié avec ton travail » ? Je l'avais déjà entendu et je l'avais peut-être pensé moi-même. Qu'elle n'aimait pas sa belle-sœur ? Ce n'était pas une nouveauté.

J'y étais ! C'était que je ne devrais pas « m'enterrer ». Où avais-je déjà entendu ça ?

Je m'assis dans le canapé et tout en grignotant une tartine, cela me revint. Sonja avait prononcé ces mots quand elle avait vu l'autel de Dunander : qu'il s'enterrait dans son chagrin pour Julia. Cela ne m'était jamais venu à l'esprit avant : lui et moi étions semblables parce que nous avions tous les deux perdu notre épouse de manière prématurée et ne voulions pas « rencontrer quelqu'un » après. Je n'avais pas d'autel dans un placard, mais j'avais peut-être quelque chose de comparable en moi. Cela pouvait également dépasser la mesure.

Mais qui peut le dire ? Qui peut établir la véritable mesure de chagrin pour celui qui a perdu sa meilleure amie ?

Le bandy en salle

Lundi 8 octobre 2007

Mon arrivée au travail le lundi matin fut étrange. Beaucoup de mes anciennes affaires avaient été couvertes par la presse, mais je n'avais jamais suscité de telles réactions. Des connaissances qui d'habitude me saluaient à peine, me souriaient et me congratulaient dans les couloirs. Des commissaires d'autres services échangeaient quelques mots entre collègues, dans l'esprit « voilà comment nous autres les chefs réussissons ».

Trônait sur mon bureau un bouquet de roses accompagné d'un message de félicitations du chef de la police : c'était une grande première ! Je le déplaçai sur l'appui de la fenêtre et contemplai la plaine sur laquelle le soleil et les nuages alternaient sous l'effet d'un vent puissant. Les fleurs me firent penser à Inger à qui j'offrais de temps en temps des roses. Elle aurait été fière de moi et ses sentiments m'auraient à leur tour inspiré un certain orgueil. Désormais, j'avais juste l'impression de faire mon travail.

Quand j'arrivai dans la salle de réunion, l'atmosphère était détendue, presque folâtre, et je n'avais aucune envie de conduire une réunion formelle et standardisée.

– Comme vous le savez, commençai-je, Petra est de retour chez elle, saine et sauve, du moins sur le plan physique. Lors de la conversation que nous avons eue hier, elle m'a confirmé nos hypothèses sur ce qui s'était produit dans la forêt. Elle m'a montré comment elle avait frappé le crâne de Dunander en tenant la pierre des deux mains.

– L'homme à la Toyota avait-il quelque chose à voir dans cette histoire ? s'enquit Jarno.

– Pas d'après le récit de Petra. Il n'y apparaît pas du tout.

– Tu n'as pas l'air vraiment convaincu, me fit remarquer Sonja.

– Cette coïncidence entre la surveillance de l'homme à la Toyota et la mort de Dunander me trouble toujours, concédai-je.

– Cela pourrait signifier qu'il est en train de tramer quelque chose contre un autre enfant, suggéra Markus.

– Ou contre un pédophile supposé, soulignai-je. Il faut donc que nous tirions cette affaire au clair. Où en étiez-vous dans vos vérifications concernant les propriétaires de Toyota quand vous êtes rentrés chez vous samedi ?

– L'homme de vingt-deux ans qui avait accès à la voiture de sa mère a un alibi, commenta Anna.

– J'ai à nouveau mis la pression à Luopiainen, mais il n'en est rien sorti, déclara Jarno. Cette piste de la Toyota semble mener nulle part.

– Pas nécessairement, objecta Sonja face à cette critique de Jarno. Nous avons une dizaine de zones d'ombre dans lesquelles des gens ne nous ont pas répondu ou n'ont pas d'alibi. Cela fait autant de pistes potentielles. En outre, nous avons tous remarqué qu'ils font preuve d'une étonnante nervosité face à nos questions et ne voulaient pas être contactés sur leur ligne fixe ou au travail, mais uniquement sur leur portable.

On frappa à la porte.

– Entrez, lançai-je.

Liimatainen apparut, vêtu de sa blouse blanche.

– Je me suis dit que vous voudriez être informés des résultats des analyses sur les vêtements de Petra, annonça-t-il en posant ses documents sur la table.

– Oui, volontiers. Assieds-toi.

Liimatainen était plus timide que lorsqu'il portait la tenue des « hommes en blanc ». Il s'assit et me regarda.

– Nous avons examiné les vêtements de Petra et avons trouvé des taches de sang de Dunander sur son anorak. Sinon rien de particulier. De l'humus sur ses chaussures et son jean, et diverses taches de nourriture sur son pull. Nous avons été particulièrement attentifs à d'éventuelles traces d'ADN étranger, mais les seules que nous ayons détectées appartiennent à sa mère. Le plus intéressant était le canif qui se trouvait dans la poche de son anorak. Il est muni d'une petite lame plate et une plus grande à dents.

Il marqua une pause et regarda autour de lui.

– Et vous y avez retrouvé l'ADN de Dunander à cause de l'oreille, suggéra Markus.

– Non, s'exclama Liimatainen en soignant son effet. Nous ne l'avons *pas* trouvé, alors que la lame n'avait pas été nettoyée récemment. Nous y avons découvert des petites particules de brindilles, de pelures d'orange et de colle à papier, mais pas d'ADN.

– Petra pourrait avoir utilisé le couteau contre Dunander, l'avoir essuyé puis s'en être à nouveau servi pour autre chose dans la salle communale, avança Jarno.

– Ce serait envisageable, poursuivit Liimatainen avec excitation, mais quand nous avons examiné la plaie sur la tête de Dunander, nous avons remarqué qu'il était impossible qu'elle ait été causée par ce couteau. Elle résulte d'une seule entaille faite par un couteau à la lame relativement longue et sans dents. Avec la petite lame il faudrait au moins trois mouvements pour détacher l'oreille avec des petits à-coups visibles entre chaque coupure, et comme je vous l'ai précisé, la plus grande est dentée et aurait provoqué une plaie aux bords irréguliers. Le couteau de Petra n'est pas celui qui a été utilisé pour prélever l'oreille de Dunander !

– Je le savais bien ! s'exclama Hector sans se contrôler avant de baisser les yeux, confus.

Liimatainen nous considéra, les yeux brillants, et nos mines déconfites le réjouirent certainement. Moi, en tout cas, j'avais l'impression d'avoir du coton dans la tête et le visage blême. Tout le monde resta silencieux pendant un certain temps.

– C'est une autre personne qui a tranché l'oreille de Dunander, souligna à nouveau Liimatainen, avec plus de retenue, comme si notre réaction l'avait effrayé. Le couteau que vous recherchez a une lame régulière et assez tranchante qui doit mesurer au moins quinze centimètres. Il pourrait s'agir d'un couteau de la marque Mora. Et celui qui s'en est servi avait des gestes assurés. Il a fait une seule incision et a tranché l'oreille avec un mouvement continu et décidé.

– Est-ce que tu veux dire comme un chirurgien ? demanda Sonja.

– Non, il n'est pas du tout nécessaire d'être aussi adroit, répondit Liimatainen. Mais cela requiert une détermination et une force dont un enfant n'est pas capable, car le cartilage de l'oreille offre une certaine résistance. Pour un adulte, en revanche, il suffit d'être relativement habitué à manipuler des couteaux et de ne pas être douillet.

– Bon… eh bien merci pour ces informations, déclarai-je. Tu nous laisses un compte rendu écrit ?

– Bien sûr, le voici, dit Liimatainen en se levant. (Il le déposa sur la table devant moi.) Bonne chance !

Après son départ, j'ouvris la fenêtre. Nous avions beau ne pas être enfermés depuis longtemps, l'atmosphère semblait soudain pesante.

– Est-ce que Petra a catégoriquement nié qu'il y ait eu quelqu'un d'autre dans la forêt ? s'enquit Sonja au bout d'un moment.

– Oui, confirmai-je sur un ton un peu bourru. Elle a vraiment été claire sur ce point.

– Peut-être n'a-t-elle jamais vu l'autre homme, suggéra Hector. Il n'est peut-être arrivé sur place qu'après, quand il a commencé à se demander où était passé Dunander.

– Pour ensuite couper l'oreille du cadavre, commenta Anna sur un ton légèrement caustique. Ça ne colle pas.

– Il se trame peut-être quelque chose à Nikolajbacken, avança Jarno. N'avait-on pas coupé les cheveux de madame Dunander quand elle a été tuée, dans cette enquête sur laquelle toi et Gunnar Holm avez travaillé il y a quelques années ?

Markus sursauta en entendant soudain le nom de Gunnar.

– Oui, répondis-je après une courte pause. Les cheveux de Julia Dunander avaient été coupés.

– Quel est le rapport ? demanda Markus avec impatience.

– Tout est différent maintenant s'il y avait une troisième personne dans la forêt, expliqua Sonja à voix basse. Il se pourrait que Petra se soit… trompée sur plusieurs points.

Jarno allait dire quelque chose, sans doute ironique, sur mon entretien avec Petra, mais Sonja ne se laissa pas interrompre.

– L'homme à la Toyota fait à nouveau partie du tableau, poursuivit-elle, et c'était manifestement Nils qu'il traquait. Dans cette perspective, le meurtre antérieur est également intéressant.

– Il faut que je rencontre à nouveau Petra, déclarai-je.

– Est-ce que tu veux que je t'accompagne ? s'enquit Anna.

– Je pense qu'il vaut mieux que j'essaie d'abord seul. J'ai un assez bon contact avec elle. Mais à ton avis, est-il préférable que je me rende à son école ou que j'attende qu'elle soit rentrée chez elle ?

Anna réfléchit.

– Si elle t'a caché des informations lorsque tu l'as interrogée chez elle, ce serait plus judicieux de la voir dans un autre endroit. Dans le même milieu, elle risque de rester sur son ancienne position.

– Bien. Je vais à l'école pendant que vous continuez à travailler sur la piste de l'homme à la Toyota, dis-je avant de me hâter de sortir.

Arrivé dans mon bureau, je m'effondrai sur le siège le plus proche de la porte. Petra m'avait trahi – tel était mon premier sentiment. Elle avait nié la présence d'une troisième personne dans la forêt, mais elle avait menti et m'avait ridiculisé devant mes collègues parce que je l'avais crue. J'avais honte de mes sentiments – qu'un enfant *m*'ait fait du mal – mais j'étais quand même irrité. À présent il fallait que je lui mette davantage la pression pour qu'elle me dise la vérité. Elle n'allait pas m'avoir une deuxième fois.

À peine une heure plus tard, j'avais eu le temps de me calmer et je me trouvais dans le bureau du directeur de l'école de Petra. Je n'avais pas eu besoin d'aller la chercher dans sa classe, car son institutrice m'avait aidé à la trouver à la fin de la pause déjeuner.

– Bonjour Petra.

– Bonjour.

Son visage était ouvert, mais il y avait une certaine inquiétude dans ses yeux.

– Tu es déjà venue dans cette pièce ?

Elle secoua la tête.

– Moi oui. J'y ai parlé avec Daniela et Aila la semaine dernière. En fait, tu es à la même place que Daniela. Comment vas-tu ?

– Bien.

– Quel effet ça fait d'être de retour à l'école ?

– Ça fait plaisir, répondit-elle avec un petit soupir et une expression plus impatiente.

– Bon, il s'agit de deux ou trois choses que nous devons encore éclaircir. Comme tu le sais, les adultes doivent parfois s'occuper de choses très ennuyeuses et compliquées.

– Oui, je sais. Les factures, par exemple.

– Exactement. Ça, tes parents doivent s'en occuper, et nous, les policiers, devons écrire des rapports pour expliquer en détail à nos chefs ce qui s'est passé lors d'une affaire.

– Je comprends.

– Tu te souviens que je t'ai parlé d'indices et d'empreintes digitales, et comment nous pouvons voir ce qui s'est passé à un endroit ? Nous avons examiné ton couteau et nous avons compris qu'il ne pouvait pas avoir servi à couper l'oreille de Nils. Ça a été fait avec une lame plus grande et alors nous nous sommes demandé s'il appartenait à une autre personne qui était présente dans la forêt.

Petra se tut et baissa les yeux.

– Tu sais, qui que ce soit, nous allons l'attraper. Il ne peut pas te faire de mal. Si Nils était dans la forêt et voulait te faire du mal…

Petra releva soudain les yeux et me défia du regard.

– Nils n'a rien fait de mal. Il était gentil.

– En temps normal, Nils était gentil, mais cette fois-là, dans la forêt, il n'était pas comme d'habitude et il t'a attrapée, non ?

– Non, pas du tout ! Nils était toujours super gentil, quand on s'entraînait au bandy et… toujours, répliqua Petra, si furieuse que des petites larmes commencèrent à briller au coin de ses yeux.

– Mais si tu as dû faire quelque chose dans la forêt, c'était bien Nils qui…

– Non, ce n'était pas Nils.

– Mais alors il y avait quelqu'un d'autre dans la forêt ?

Petra s'essuya les yeux des deux paumes.

– Celui qui était avec Nils, poursuivis-je, que faisait-il ?

– Je ne sais pas.

Je réfléchis et regardai par la fenêtre. Petra lâcha les accoudoirs et glissa ses mains sous ses cuisses. Je repris depuis le début.

– Tu lis des histoires, des mangas et ce genre de choses. Et tu en écris. On va faire comme si c'était l'une de ces histoires sur une petite fille qui, par exemple, s'appellerait... Pernilla et qui aurait une cabane dans la forêt. Peut-être que tu peux me raconter de cette manière, comme quand tu écris, non ?

– Peut-être.

– Afin que nous comprenions que Nils n'a rien fait de mal. Mais l'histoire ne doit raconter que des choses qui se sont réellement passées, tu comprends ?

– Oui.

– On commence comme ça : une petite fille qui s'appelait Pernilla.

– Une petite fille qui s'appelle Nana, m'interrompit Petra.

– Une petite fille qui s'appelle Nana est allée à sa cabane un matin de bonne heure, en octobre. Elle avait emporté une lampe de poche et un nouveau manga pour le lire dans sa cabane.

– Et une banane, ajouta Petra.

– Et une banane. Exact. Quelle est la suite de l'histoire ?

Petra ferma les yeux, puis après quelques instants, entama son récit d'une voix chantante.

– Nana a lu le manga dans sa cabane, puis elle est repartie dans la forêt parce qu'il commençait à être tard. À l'endroit où le chemin tourne, elle a entendu un bruit sur le côté, dans la forêt. Elle a éclairé avec sa lampe de poche et elle a vu les jambes d'un homme étendu sur le sol. Elle pensait que c'était sa chute qui avait fait du bruit, mais elle a alors entendu un bruit plus rapide quand quelqu'un d'autre est sorti d'entre les arbres. Il a attrapé le bras de Nana et sa lampe est tombée par terre.

Petra s'arrêta comme au milieu d'une récitation, mais elle garda les yeux fermés. Peut-être avait-elle adopté ce protocole dans la salle communale pour pouvoir gérer ses émotions. Je demeurai immobile pour ne pas la perturber.

Cela fonctionna. Petra prit une rapide inspiration, puis elle poursuivit :

– L'autre a attrapé le bras de Nana très fort et, en colère, il lui a chuchoté qu'elle espionnait et qu'on ne doit pas espionner, et après il l'a entraînée dans la forêt. Là, il a dirigé sa propre lampe de poche vers l'homme couché par terre. L'un des côtés de sa tête était couvert de sang, mais Nana a quand même vu qui c'était. Elle s'est mise à crier, mais l'homme qui la tenait a plaqué sa main sur sa bouche, il portait des gants. Il l'a soulevée jusqu'à ce que ses pieds ne touchent plus le sol et il lui a dit qu'il la tuerait si elle criait. Alors elle n'a plus rien dit, mais il a quand même gardé la main sur sa bouche. Ensuite, il s'est mis à genoux et il faisait la même taille que Nana, mais elle ne pouvait pas le voir à cause du noir, parce que la lampe de poche n'éclairait que le bas. Après, il l'a forcée à se mettre à genoux et il a appuyé ses mains entre ses gants et une grosse pierre rugueuse. Il a cogné avec la pierre sur la tête de l'homme allongé jusqu'à ce qu'elle soit complètement fracassée et encore plus en sang. On ne pouvait plus voir qui c'était. Il a frappé trois fois et les mains de Nana accompagnaient ses mouvements et elle a senti le crâne craquer. Tout était silencieux, mais elle hurlait à l'intérieur de sa tête. « Voilà, a dit l'homme en lâchant sa main. Maintenant, tu l'as tué. Si tu parles de ça à quelqu'un, tu te retrouveras en prison. » Ensuite, il a pris un couteau, il a coupé l'oreille de l'homme, il l'a frottée contre la main de Nana et il a refermé ses doigts dessus. C'était poisseux. « Voici la preuve que c'est toi qui l'as fait. Elle va rester sur ta main. » Puis il a relevé Nana et il lui a dit de rentrer chez elle en reprenant sa lampe qui était encore sur le sol. En la poussant vers le sentier, il lui a soufflé tout bas dans l'oreille : « Souviens-toi. Ne dis rien ! »

Le récit de Petra s'arrêta là et elle ouvrit les yeux. Elle baissa le regard, puis poursuivit d'une voix plus normale :

– Mais l'homme n'était pas au courant de la légitime défense. Que Nana devait faire quelque chose pour se défendre.

Petra avait-elle inventé toute cette histoire, comme les enfants peuvent avoir un copain imaginaire sur lequel ils se déchargent de leurs bêtises ? Inventait-elle n'importe quoi pour ne pas avoir à parler de ce que Nils voulait lui infliger et de ce qu'elle lui avait fait ? Mais Petra leva calmement les yeux vers moi, le regard plein d'assurance. Elle semblait avoir raconté sérieusement et pas comme un enfant fantasque.

– Cet autre homme, est-ce que tu l'as reconnu ?

– Quel homme ?

– Celui dont tu m'as par… Je veux dire : est-ce que Nana avait déjà vu cet homme avant ?

– Non.

– Est-ce qu'elle a vu son visage ?

– Non, il était dans le noir.

– Est-ce qu'elle a reconnu sa voix ?

– Non. Il chuchotait tout le temps.

– L'autre homme, celui qui était étendu sur le sol, est-ce qu'il a ouvert les yeux ?

– Non, il ne bougeait pas du tout.

– Et il était déjà blessé avant les coups avec la pierre ?

– Il avait déjà été frappé, mais pas beaucoup. Nana pouvait encore voir son visage.

– Et après ?

– On ne voyait presque plus son visage parce qu'il était fracassé et plein de sang.

– Et ensuite : l'oreille. Comment l'homme l'a-t-il coupée ?

– Il avait un couteau dans un étui noir. Quand il l'a sorti, la lame a brillé dans la lumière de la lampe, mais après il y avait du sang dessus quand il a coupé l'oreille.

– Et qu'est-ce que Nana a fait avec l'oreille ?

– Elle s'est enfuie en courant et elle a attendu que l'homme ne la voie plus. Là, elle a jeté l'oreille loin dans la forêt. Elle ne voulait pas la garder. C'était dégoûtant.

– Est-ce que Nana se souvient d'autre chose de la forêt ?

– Non.

– Qu'est-ce qu'elle a fait après ?

– Elle s'est enfuie encore plus loin.

Il ne me restait plus qu'une question.

– Quelle était la couleur de la plaie que l'homme avait avant les coups avec la pierre ?

– Elle était marron et un peu noire.

– Et quelle était la couleur du sang qui coulait quand la pierre touchait sa tête ?

– Ça ne coulait pas beaucoup, c'était plus comme de la purée ou de la confiture. Et c'était presque marron. Juste un peu rouge.

Petra se tortilla pour se couler lentement au bas du siège. Elle voulait s'en aller et je ne tenais pas à lui mettre davantage la pression. Il y avait un risque qu'elle commence à inventer des détails qu'elle pensait que je voulais entendre.

– Merci, Petra. Tu comprends bien que tu n'as rien fait de mal ? C'est l'autre homme qui a tout fait et nous allons l'attraper. Tu n'as pas à avoir peur.

– Je comprends.

– Est-ce que tu veux rentrer chez toi ou retourner en classe ?

– Retourner en classe.

Je l'y raccompagnai et priai l'institutrice de garder un œil sur elle au cas où l'inquiétude la gagnerait.

– Vous avez de nouvelles informations inquiétantes ? me demanda-t-elle quand elle me suivit dans le couloir.

– Toute cette histoire est évidemment pénible pour Petra, mais je pense que c'était un soulagement pour elle de pouvoir en parler. Et puis elle va consulter un psychologue, non ?

– Bien sûr, confirma l'institutrice. Nous avons pris un rendez-vous en urgence. Sa mère va l'y accompagner dans une heure.

– Parfait. Merci beaucoup.

– Merci à vous, répondit-elle en me souriant. Nous sommes tous tellement heureux que Petra soit de retour.

Je parcourus les couloirs vides et sortis dans la cour silencieuse. Le temps était à nouveau couvert, peut-être allait-il pleuvoir. Je restai longuement assis dans la voiture à réfléchir à l'histoire de Petra.

Elle semblait impossible à inventer : la fausse agression contre un homme déjà mort, cette idée grotesque avec l'oreille. Il était plus probable que Petra ait menti la première fois parce qu'elle craignait de se retrouver en prison. Puis la notion de légitime défense l'avait amenée à considérer la situation sous un jour nouveau. Une fois qu'elle l'avait assimilée, elle avait osé tout raconter en se réfugiant derrière le personnage de Nana.

Et puis, elle m'avait dit la vérité dès le départ… avec la boule de verre ! Lorsqu'elle avait pris ma main pour en frapper le lit. C'était moi qui avais mal interprété son geste : Petra ne voulait pas simplement que je sente l'effet que produisaient les coups ; sans un mot, mais de manière précise, elle m'avait montré ce que l'autre homme l'avait forcée à faire sur le corps sans vie de Dunander.

Et puis le sang. Presque n'importe qui inventant une telle histoire aurait déclaré que Dunander avait abondamment saigné quand la pierre le heurtait et quand on lui avait coupé l'oreille. Peu d'adultes et quasiment aucun enfant n'auraient compris que si Dunander était déjà mort, il n'aurait pas saigné beaucoup. Un peu de sang pouvait s'écouler, mais il serait pour la plus grande partie visqueux et d'une teinte tirant sur le marron, précisément comme Petra l'avait dit. Par ailleurs, elle avait parlé d'un couteau dans son étui noir, tout à fait comme ceux de la marque Mora, le modèle sur lequel Liimatainen avait parié. Si elle avait tout inventé, elle aurait plutôt parlé de son canif ou d'un couteau de ce type.

Je démarrai à l'instant précis où les enfants se répandaient bruyamment dans la cour. Je réussis à éviter la cohue, franchis le portail et bifurquai vers le centre, un peu affamé parce que j'avais sauté le déjeuner, mais je m'en fichais. Petra n'avait tué personne et je n'avais à nouveau qu'un criminel adulte à gérer, le meurtrier de Nils Dunander. Il allait se trouver confronté à un adversaire à sa mesure.

– Il est 15 h 12, le lundi 8 octobre 2007. Nous tenons une réunion selon les règles habituelles et l'enregistreur tourne. Que savons-nous ? Que croyons-nous ? Désormais, nous en savons pas mal. Petra a modifié son récit de la manière suivante : Nils Dunander ne lui a rien fait. Elle s'était rendue dans sa cabane et quand elle est revenue, elle l'a vu, gisant immobile dans la forêt, le crâne enfoncé. Un autre homme qu'elle n'a pas reconnu ni bien vu se trouvait sur place. Avec sa main, il l'a forcée à frapper la tête de Dunander plusieurs fois afin qu'elle se sente coupable de meurtre. Il a également sorti son couteau, a coupé l'oreille de Dunander et l'a fourrée dans la main de Petra afin qu'elle se sente encore plus coupable. Elle s'en est débarrassée en la jetant plus loin dans la forêt. Ensuite, les choses se sont manifestement déroulées comme elle nous l'avait indiqué avant.

– C'est une histoire étrange, mais elle concorde avec tous les faits : le couteau qui n'était pas celui de Petra et la présence de l'homme à la Toyota qui, plus que jamais, est davantage qu'une coïncidence improbable.

– En outre, nous avons enfin une explication plausible pour l'oreille.

– Que Petra se soit ensuite enfuie correspond également au mode de pensée des enfants : ils endossent facilement la culpabilité d'actes commis par des adultes à proximité d'eux.

– Il reste cependant étrange qu'elle soit tombée sur la scène de crime par pur hasard.

– Ce n'est pas inconcevable. Comme nous l'avons constaté lors de la battue, le sentier est la seule voie d'accès dans cette forêt dense. Tous ceux qui s'y déplaçaient cette nuit-là ne pouvaient que se croiser.

– Donc si Petra dit la vérité cette fois-ci, qu'est-ce que son récit nous révèle du meurtrier ?

– S'il s'agit de l'homme à la Toyota, il a la patience d'attendre dans sa voiture nuit après nuit, mais il peut également faire preuve d'un tempérament explosif si nécessaire.

– Et il a une conscience. Le mieux pour lui aurait été d'éliminer le témoin potentiel, Petra, mais il ne l'a pas fait. Il se contente de lui faire peur et prend le risque qu'elle l'identifie plutôt que de tuer un enfant.

– S'il ne tue pas Petra et ne l'enlève pas, il ne s'agit sans doute pas d'un pédophile. Mais s'il s'agit d'un chasseur de pédophiles qui traque Dunander, pourquoi n'est-il pas armé et le tue-t-il avec une pierre trouvée par hasard dans la forêt ?

– Il a un couteau.

– Certes. Mais pourquoi ne l'utilise-t-il pas au lieu de frapper avec une pierre ?

– Cela ne prouve rien. Il pourrait avoir été renversé par Dunander sans s'y attendre et avoir mis la main sur une pierre dont il aurait simplement fait une arme improvisée.

– Pourquoi parlons-nous sans cesse de pédophiles ? Nous n'avons aucune preuve que Dunander en voulait à Petra. Il a pu été tué pour un tout autre motif.

– Et lequel ?

– Ça peut être n'importe quoi. Un acte s'inscrivant dans le contexte de criminalité qui prolifère à Nikolajbacken. Dettes de jeu, activités liées à la drogue…

– Notre principale piste reste quand même que Nils Dunander a été tué par un chasseur de pédophiles, car cela expliquerait qu'ils se soient tous les deux trouvés dans la forêt le jour précis où Petra est sortie. Sinon nous devons imaginer que quelqu'un voulait du mal à

Nils pour une raison indéterminée et que c'est un hasard que Petra ait été dans la forêt à ce moment-là.

– Comment fait-on la différence ? Comment identifie-t-on un chasseur de pédophiles ?

– Parce que lui-même a été victime d'abus sexuels dans son enfance et qu'il veut à présent se venger sur tous les pédophiles.

– Mais Petra a déclaré que Nils avait toujours été gentil et qu'il n'avait pas de telles tendances.

– Peut-être pas. Mais il pourrait néanmoins avoir été pris pour un pédophile à cause de son travail avec des enfants et de son comportement étrange après la mort de son épouse.

– Une personne qui aurait elle-même perdu un enfant.

– Quoi ?

– Une autre manière de devenir chasseur de pédophiles serait d'avoir soi-même perdu un enfant qui aurait été enlevé. Cette personne voudrait alors se venger sur tous les pédophiles.

– Johan Selenius ! C'est notre seule affaire d'enlèvement d'enfant au cours des dernières années. Comment est le père ?

– Je l'ai rencontré une fois, quelques mois après la disparition de Johan. Il était bouleversé, désespéré, brisé. Difficile de dire s'il serait capable d'être violent. La mère semblait plus costaud.

– Petra n'a-t-elle pas décrit un *homme* dans la forêt ?

– Bien sûr, mais elle ne l'a pas bien vu et il chuchotait. Ce pourrait être la tactique employée par une femme pour avoir l'air d'un homme.

– Selenius. Ce nom me semble familier.

– Nous avons mentionné Johan plusieurs fois.

– Non, d'une autre manière. Voyons voir… oui, j'y suis ! Selenius, Harriet. Elle possède une Toyota Corolla marron et fait partie de ceux que nous n'avons pas réussi à contacter.

– C'est la meilleure !

– Est-ce que ce sont les mêmes Selenius ?

– Oui, je me souviens des prénoms dans le dossier d'enquête : Stig et Harriet.

– La Toyota est un indice probant. Il faut que nous les interrogions.

– En tout cas, je ne veux pas être présent. J'étais leur référent au moment de la disparition de Johan et j'aurais l'impression de les trahir si je commençais maintenant à…

– D'accord, je m'en occupe.

– Je peux t'accompagner.

– Non, j'y vais seul afin que ça n'ait pas l'air d'une mobilisation importante. Histoire de faire preuve d'un peu plus de tact au cas où ils seraient innocents. Pendant ce temps, ou demain, il va falloir que vous poursuiviez les investigations dans ce domaine, les recoupements entre les propriétaires de Toyota et les victimes connues de pédophiles ou leurs proches. Peut-être est-ce le bon groupe. Continuez également à faire des recherches sur Dunander : dettes de jeu, toxicomanie, ennemis.

À 18 heures, je mangeai des boulettes de viande dans une brasserie à la sortie de la ville, puis je me rendis chez les Selenius, à Sarvskoga, huit kilomètres à l'est. Je n'y étais allé qu'une seule fois, car avant, les affaires d'enlèvement d'enfant assimilées à des actes pédophiles relevaient de la brigade des mœurs. Après la disparition de Johan Selenius, toutes les affaires graves d'enfants disparus nous avaient été confiées, à nous la criminelle, mais dans ce cas, il était trop tard et notre enquête n'avait abouti à rien.

Le pavillon de plain-pied était conforme à mes souvenirs, toujours d'un blanc bien visible sous l'éclairage du réverbère malgré la nuit tombante. Je me garai devant, dans la rue, mais restai dans la voiture pour essayer de me représenter ce que le couple Selenius avait enduré quand Johan avait disparu au cours d'une sortie scolaire dans la forêt toute proche : l'angoisse, les recherches dans les bois, les nuits sans sommeil, les appels sans cesse renouvelés pour se tenir au courant des dernières nouvelles. La première battue quand il y avait encore de l'espoir, puis l'annonce fatidique que l'enfant n'était plus dans la forêt et qu'aucun indice n'avait été relevé. Quelqu'un avait manifestement réussi à l'attirer à l'écart du groupe sans être repéré par le personnel enseignant ou ses camarades qui ramassaient des pommes de pin dans les broussailles touffues.

Johan n'avait que trois ans. Il en aurait eu quatre à présent.

Même dans ma tête, c'étaient des images d'épouvante qui défilaient quand je songeais à ce qui lui était probablement arrivé. Pour Stig et Harriet, l'année qui venait de s'écouler avait été une torture ininterrompue. Comment vit-on avec ça ? Comment trouve-t-on la force ?

En se jetant dans le travail, Stig dans une banque et Harriet en tant que directrice du personnel de la commune, si ma mémoire était bonne. Ou peut-être en retournant son agressivité contre un autre pédophile, réel ou imaginaire, si le véritable coupable restait hors d'atteinte.

De mon point de vue d'enquêteur, le plus judicieux aurait été de les tromper. Leur dire que nous avions eu des problèmes avec des Toyota volées… non, avec des Toyota qui avaient disparu avant d'être remises en place si bien que leurs propriétaires n'avaient souvent pas signalé l'incident. Et que maintenant nous vérifiions auprès de tous les propriétaires de Toyota pour avoir une vue d'ensemble. Mais pourquoi moi, un commissaire, me serais-je occupé d'une telle mission de routine qui relevait des attributions d'un simple agent ? Je pourrais dire que c'est parce que j'étais au courant de leur situation difficile, que c'était par égard pour eux.

Cela aurait été la meilleure manière de les prendre au dépourvu, mais je décidai de ne pas mentir ouvertement au couple Selenius, après tout ce qu'ils avaient subi.

En traversant le jardin, je constatai qu'il était encombré de branches non ramassées et envahi de feuilles mortes en putréfaction. Ce fut Harriet Selenius qui m'ouvrit et je notai immédiatement qu'on fumait à l'intérieur de la maison. L'année précédente, elle avait de longs cheveux blonds, mais désormais ils étaient coupés court et ramenés en arrière. Son visage était blême et dénué de tout maquillage. Elle portait un tailleur-pantalon marron rehaussé d'une ceinture argentée qui me rappelait surtout celui bleu marine que Sonja mettait parfois. Ses mouvements rapides quand elle se déplaçait dans la maison m'évoquèrent également Sonja.

Stig était dans le séjour, vêtu d'une chemise blanche et d'un pantalon sombre, les yeux cernés, le teint livide. Ses cheveux bruns, trop longs, pendaient en paquets. Il s'était rasé à la va-vite et il restait des plaques de poils autour de sa mâchoire.

Nous nous installâmes dans un canapé aux coussins particulièrement mous recouverts d'un tissu gris clair rêche. Une grande photo de Johan, tout sourire, le regard pétillant, était posée sur la bibliothèque.

Je déclinai une boisson et Harriet alluma une cigarette.

– Merci d'avoir accepté de me recevoir si rapidement, commençai-je.

– Vous avez eu de la chance de me trouver, déclara Stig d'une voix tendue. Je passe beaucoup de temps à notre chalet. Je l'ai aménagé pour qu'il soit habitable l'hiver.

Dans ce cas, il ne devait sans doute plus travailler à la banque, pensai-je.

– Vous avez des enfants ? poursuivit Stig.

– Oui. Deux qui sont adultes et deux petits-enfants. Mais je n'ai pas la prétention de vraiment pouvoir comprendre.

– Merci, répondit Stig avant de se caler à nouveau dans son fauteuil.

– Vous avez peut-être des nouvelles ? me demanda Harriet.

– Que voulez-vous dire ?

– Vous avez bien quelque chose à nous dire, puisque vous venez ici, quelque chose au sujet de Johan !

– L'enquête est toujours en cours, répondis-je, mais pour le moment, nous n'avons rien de nouveau.

– « L'enquête », marmonna Stig entre ses dents avant de détourner les yeux. Vous appelez ça comme ça ?

– Je croyais que les recherches pour retrouver Petra Nilsson allaient apporter des éléments nouveaux, reprit Harriet. Que c'était pour ça que vous vouliez nous voir. Il pourrait s'agir du même criminel, non ?

– Comme vous l'avez sans doute su, Petra a été retrouvée en bonne santé après une fugue.

– Cela n'empêche pas que celui qui a pris Johan puisse être impliqué ! Il doit y avoir de nouvelles pistes.

– Nous ne le pensons pas. Toutes les informations n'ont pas été publiées dans les médias, mais notre piste actuelle est différente.

– Comment cela ?

– Je ne peux pas vous le révéler, mais nous nous intéressons à ceux qui ont enduré une tragédie comme vous.

– Que voulez-vous dire ?

– Avez-vous entendu parler de Nils Dunander ?

– Ce nom me semble vaguement familier, répondit Harriet.

– Julia Dunander, son épouse, a été tuée dans la forêt de Nikolaj il y a trois ans, leur rappelai-je.

– Tout à fait, je me souviens maintenant, déclara Harriet. Son mari avait été soupçonné du crime, du moins c'est ce que les médias suggéraient. De plus, il est un peu suspect qu'il entraîne de jeunes enfants au bandy en salle.

Stig releva la tête et dévisagea sa femme.

– Comment sais-tu cela ? s'enquit-il.

– Comme je l'ai dit, je me souviens des articles dans les journaux, expliqua-t-elle.

– Je ne pense pas que le bandy en salle y ait été mentionné, fis-je observer. Ce n'est qu'après la mort de sa femme que Dunander a commencé à exercer cette activité.

Harriet se tut et regarda par les grandes baies vitrées donnant sur le jardin.

– Alors comment le savez-vous ? poursuivis-je.

– Oui, exactement, s'exclama Stig. Comment le sais-tu ? Est-ce que tu as quelque chose à voir avec Dunander ?

– Non, répondit Harriet en plantant son regard dans le mien.

Je reconnus cette attitude que j'avais observée dans tant d'interrogatoires : le regard franc et direct qui montrait que ce point précis était véridique, mais qu'une question connexe devait être dissimulée.

– Mais quelqu'un a épié Dunander dans une Toyota Corolla sombre et vous avez justement une voiture marron foncé de cette marque, répliquai-je sur un ton d'une grande fermeté.

– Elle est à mon nom, mais c'est Stig qui l'utilise. Elle se trouve généralement au chalet. Elle y est également maintenant. Nous sommes rentrés hier soir avec notre autre voiture.

Je tournai les yeux vers Stig, qui était complètement perdu.

– Je ne sais… je n'ai rien à voir avec Dunander. Je passe le plus clair de mon temps au chalet. La Toyota reste dans la cour. Cela fait plusieurs mois à présent.

Ses yeux écarquillés d'étonnement semblaient vraiment sincères.

– Mais *vous*, vous savez quelque chose, dis-je en me tournant à nouveau vers Harriet. Ce serait bien que vous en parliez.

– Je le pense également, intervint Stig. Est-ce que c'est quelque chose que tu m'as caché ?

– Que savez-vous ? insistai-je. Expliquez-moi pourquoi je ne devrais pas vous coffrer tous les deux !

Stig me lança un regard effrayé et comprit que j'étais sérieux. Puis il posa la main sur l'avant-bras de Harriet et lui adressa un regard implorant.

– Harriet, qu'est-ce que tu as fait ? Je ne peux pas me retrouver dans une cellule, je n'en aurai pas la force ! Parle !

Elle se tourna vers lui et, d'une voix calme, en détachant les syllabes comme si elle s'adressait à un enfant, elle raconta :

– C'était en décembre l'année dernière, quand le travail de la police n'aboutissait à rien. J'ai contacté un détective privé parce que je ne pouvais pas rester les bras croisés. Je ne voulais pas te le dire pour ne pas te donner de faux espoirs. Le détective m'a fourni un bref rapport où il décrivait ses investigations, restées sans résultat, ainsi que quelques clichés d'endroits déserts. Une liste d'agressions sexuelles commises dans les parages et les coupables possibles. Dunander y figurait, en tant que mari de Julia, qui avait été victime d'un crime à connotation sexuelle. Le détective y mentionnait qu'il entraînait des enfants au bandy en salle, mais qu'il n'avait trouvé aucun élément suspect particulier.

– Mais pourquoi n'as-tu rien dit ? J'aurais pu t'aider, répliqua Stig d'une voix de fausset.

– Toi ! Tu ne fais rien. Tu te contentes de te cacher au chalet, éructa Harriet en repoussant son bras.

Stig baissa la tête.

– Que suis-je censé faire ? demanda-t-il.

Harriet se calma et lui tapota le genou.

– C'est bon, Stig. C'est bon.

– Je pensais que ce n'était pas un problème que je sois au chalet. Nous en avons parlé.

– C'est bon, Stig. Nous devons tous les deux nous en sortir à notre manière. Et en tout cas, nous sommes toujours ensemble, dit-elle tout bas en prenant sa main.

Sans la lâcher, elle se tourna vers moi.

– Nous n'avons vraiment rien à voir avec Dunander, déclara-t-elle d'un ton assuré. Même si je commence à me demander si nous n'aurions pas dû. Vous êtes là à me poser des questions sur lui juste après la disparition de Petra Nilsson. Est-ce l'homme au sujet duquel vous avez lancé un avis de recherche ?

Je ne répondis pas, mais songeai au trouble non déguisé de Stig et à la volonté de Harriet de parler de Dunander, bien plus qu'un meurtrier ne l'aurait sans doute souhaité. Ils semblaient prouver leur innocence, chacun à sa manière.

– L'affaire Petra Nilsson n'est pas liée à la vôtre, déclarai-je résolument. Vous ne devez pas commencer à fouiner là-dedans.

– Mais à peine un an plus tard, il se produit un événement similaire dans cette petite ville ! Il n'y aurait quand même rien d'illicite à enquêter sur les liens, lâcha Harriet.

– Est-ce que vous l'avez fait ? m'enquis-je. Avez-vous engagé un détective privé cette fois-ci aussi ?

– Non, répondit Harriet. Mais j'y ai songé. Cela ne pourrait pas faire de mal, si ?

– Oh que si, rétorquai-je avec colère. Vous pourriez détruire des indices. Faire obstruction à une enquête de la police !

– Mais cet homme que vous recherchez, insista Harriet. Vous avez dit qu'il était parti avec Petra !

– Cette hypothèse a été invalidée. Ils ne sont jamais partis ensemble.

– Pourquoi vous exprimez-vous de façon si étrange, intervint Stig en se penchant vers moi. Il y a quelque chose que vous ne nous dites pas. Nous avons le droit de savoir !

Je pris une profonde inspiration et réfléchis.

– Dunander est mort, annonçai-je, pour voir leurs réactions.

Ils furent tous les deux sincèrement étonnés. Stig parut également un peu effrayé.

– Je ne vais pas vous déranger plus longtemps, conclus-je avant de me lever.

Harriet me raccompagna.

– Pourriez-vous saluer les parents de Petra de ma part ? J'ai souffert avec eux.

Je ne promis rien. Harriet Selenius me tapait sur les nerfs.

La chevelure

Mardi 9 octobre 2007

Cette nuit-là, je dormis mal. Quand, à l'aube, je me rendis aux toilettes pour la troisième fois, j'éteignis le réveil. Il fallait que je dorme pour retrouver des forces. Les autres savaient de toute façon ce qu'ils avaient à faire, ils pouvaient commencer sans moi.

Cette décision m'apaisa. Je m'affalai dans le lit. À présent que je n'avais plus à attendre la sonnerie, je pouvais dormir.

Ce n'est qu'après le déjeuner que j'arrivai au commissariat. Je passai immédiatement la tête dans le bureau de Sonja pour convenir d'une réunion à 14 h 30. Dans mon bureau, je me plantai devant la fenêtre et observai la plaine et le ciel couvert. Les voitures s'écoulaient de Lysbäcken, phares allumés, mais seule la surface de ma conscience enregistrait leur présence. Dans les tréfonds de mon cerveau, je sentais une résistance, une chose anthracite et recroquevillée qui refusait de voir et de penser. Mon esprit ne semblait pas totalement réveillé après cette nuit agitée. Je pensai à Mattias qui, au cours de ses premières années d'école, était somnambule et pouvait interagir avec son environnement tout en étant complètement absent.

À 14 h 30, seuls Sonja, Anna et moi étions dans la salle de réunion et nous dûmes attendre les trois autres. Dix minutes plus tard, nous les entendîmes parler et rire à l'autre bout du couloir.

– Le gang des mecs, commenta Anna d'un ton mordant.

Puis ils entrèrent, apportant le froid et une légère odeur de moisissure sur leurs blousons qu'ils balancèrent sur les chaises libres.

– Désolés d'être en retard, s'excusa Jarno au nom du groupe. Nous avons pris un café en ville. Nous nous sommes accordé une pause bien méritée.

Je n'avais pas la force de chercher querelle et préférai donc livrer un bref compte rendu de ma visite au couple Selenius.

– Donc tu ne penses pas que l'un des deux soit l'inconnu à la Toyota ? me demanda Anna.

– Non. Stig est bien trop faible et ils semblaient tous les deux sincèrement étonnés de la mort de Dunander. Il faut donc que nous continuions nos recherches. Qu'avez-vous appris au cours de la journée ?

Sonja sortit un document imprimé et nous lut un rapport dans le style officiel.

– Pour ce qui est des recoupements entre les propriétaires de Toyota et les victimes d'agression sexuelle, nous n'avons trouvé que des affaires concernant des personnes majeures : deux femmes violées et une harcelée. Il faut dire que les victimes connues de pédophiles ne sont pas nombreuses dans le secteur, même si leur nombre réel est sans doute élevé. Nous n'avons trouvé aucun propriétaire de Toyota parmi les membres de leurs familles. Exception faite des Selenius, bien sûr. En ce qui concerne des victimes de pédophiles plus anciennes et désormais adultes, les statistiques sont encore plus maigres et en partie non informatisées. Nous n'avons découvert que deux cas, mais soit ils n'ont pas de voiture, soit elle est d'une autre marque.

– Nous en sommes donc au même point qu'hier, fit remarquer Hector. Nous n'avons aucune preuve directe que l'affaire ait un lien avec la pédophilie, ni avec le propriétaire de la Toyota.

Il se tut, comme pour attendre les critiques, mais puisque personne ne prenait la parole, il poursuivit :

– Il me semble donc que nous devrions réfléchir dans une autre direction. N'est-il pas frappant que l'épouse de Dunander ait été tuée il y a quelques années dans la même forêt que lui ? Peux-tu nous en dire un peu plus sur cette affaire ? s'enquit-il en se tournant vers moi.

– Bien sûr. La nouvelle version de l'histoire de Petra rend le lien intéressant.

Penché en avant, je pris plusieurs inspirations profondes pendant que mon esprit recherchait les détails de cette ancienne affaire :

– Julia Dunander était donc l'épouse de Nils. Ils étaient mariés depuis environ cinq ans, mais n'avaient pas d'enfant. Julia était une très belle femme qui attirait l'attention, notamment par son impressionnante chevelure blonde aux nuances légèrement rousses assez rare, si épaisse qu'elle encadrait son visage et son crâne comme un nuage sans être particulièrement longue. Presque tous ceux à qui nous avons parlé après le meurtre ont souligné qu'ils trouvaient étrange qu'un homme aussi terne et banal que Nils ait pu avoir une telle beauté pour épouse, mais l'explication était apparemment qu'ils se connaissaient depuis l'école.

Tout en parlant, je m'aperçus que la masse grise à l'intérieur de mon cerveau commençait à se dissiper. Je bus quelques gorgées d'eau et poursuivis :

– En tout cas, ce déséquilibre entre époux créait un sentiment d'insécurité chez Nils. Il ne pouvait pas s'empêcher de remarquer que Julia produisait beaucoup d'effet sur les hommes. Il était tout simplement jaloux, comme nous l'ont indiqué de nombreuses personnes qui le connaissaient et comme il l'a lui-même reconnu pendant son interrogatoire. Mais peut-être n'était-ce pas fondé, car nous avons eu beau interroger les connaissances de Julia à de nombreuses reprises, aucune n'a jamais fait la moindre allusion à un amant. Un soir de l'automne 2004, Julia, qui était coiffeuse et esthéticienne, est rentrée tard, après avoir fait une permanente, et a pris un bus express qui passe par la bretelle de la voie rapide de l'autre côté de la forêt de Nikolaj. Des passagers l'ont identifiée et nous avons donc pu établir qu'elle avait été agressée vers 22 h 45. Elle avait visiblement emprunté le sentier qui fait le tour de la forêt pour rentrer chez elle, mais elle avait été accostée et attirée au milieu des arbres, violée et étranglée. Ses cheveux avaient ensuite été coupés au ras du crâne de telle sorte qu'elle était presque chauve quand nous l'avons retrouvée.

– Y avait-il des indices ? s'enquit Anna.

– Non, aucun témoin après le trajet en bus et pas d'indice matériel. Le meurtrier avait utilisé un préservatif et il portait probablement un bonnet pour ne pas perdre de cheveux. En outre, plusieurs des ongles de Julia étaient cassés. Elle s'était débattue et avait essayé de griffer son agresseur, mais il n'y avait pas d'ADN sous ses ongles. L'assassin portait sans doute des gants et peut-être même un masque. Autant d'indices prouvant que le coupable s'était préparé dans les moindres détails. Il était aussi équipé de ciseaux, car les cheveux ont été coupés de manière nette, et d'un contenant pour les récupérer, car il ne restait que quelques mèches de Julia sur place.

– Il avait donc choisi sa victime, fit observer Sonja.

– Manifestement. Aucune autre attaque au hasard d'un fétichiste des cheveux n'a eu lieu avant ou depuis, ce qui confirme l'hypothèse.

– Qui pouvait savoir qu'elle rentrerait tard ce soir-là ? demanda Jarno.

– Primo, Nils bien sûr, poursuivis-je. Il l'attendait et a contacté la police dès minuit en ne la voyant pas arriver. Secundo, quelqu'un qui l'avait vue repartir au travail vers 19 heures – en effet, elle était rentrée chez elle pour dîner après sa journée de travail normale. Tertio, quelqu'un qui guettait sa sortie du salon de coiffure. Il pourrait s'agir de n'importe qui, car elle était très connue en ville pour sa chevelure et comme propriétaire du « Salon de Julia ». Cette personne aurait pu la suivre dans le bus. Ni le chauffeur ni les autres passagers ne se souvenaient si quelqu'un d'autre était descendu à l'arrêt Nikolajskogen.

– Sous quel angle avez-vous abordé l'enquête ? m'interrogea Markus.

– C'est Gunnar Holm et moi qui étions chargés de l'affaire à l'époque et nous nous sommes avant tout intéressés à Nils Dunander. Il aurait pu tuer Julia par jalousie en maquillant son crime en agression sexuelle. Son comportement était bizarre pendant l'interrogatoire, même si cela pouvait être dû au chagrin et au choc. Notre autre piste était évidemment les violeurs connus dans le secteur. L'un d'eux avait harcelé Julia quelques mois auparavant dans la rue piétonne et elle avait déposé une plainte auprès de nos services. Mais il avait un alibi pour ce soir-là. Deux autres n'avaient pas d'alibi confirmé, mais leurs agressions précédentes avaient été commises de manière spontanée alors qu'ils étaient en état d'ébriété et rien dans leur attitude au cours d'interrogatoires prolongés n'est venu alimenter nos suspicions. Nous avons alors creusé du côté des agressions sexuelles moins graves et nous sommes tombés sur une personne intéressante : Henrik Ingves, qui avait failli être condamné pour harcèlement sexuel. La partie adverse avait retiré sa plainte et il n'y avait donc pas eu de procès, mais un collègue de la brigade des mœurs qui se souvenait de l'affaire nous avait informé qu'Ingves s'était révélé avoir de nombreux liens avec le monde du porno. Notamment avec « Toute la nuit », ici en ville, et avec différents clubs à Helsingfors. Il habitait – et habite toujours – le bâtiment C, qui se situe juste derrière les entrées A et B où vit Petra Nilsson. De là, on ne peut pas surveiller la porte du bâtiment A, mais Ingves aurait pu voir Julia partir au travail soit sur le sentier qui traverse le parc, soit sur le grand parking par lequel on passe pour aller chez lui. Par ailleurs, il n'avait pas d'alibi et il s'est montré étrangement railleur et fuyant pendant son interrogatoire, mais il n'a rien révélé de concret. Ces pistes ne nous ont donc conduits nulle part.

– Avez-vous recherché les cheveux de Julia ? s'enquit Sonja.

– Bien sûr. En dernier recours, c'était le seul élément vers lequel orienter nos recherches. On peut supposer qu'un meurtrier qui se donne autant de mal pour se procurer cette chevelure doit la conserver quelque part. Nous avons donc procédé à des perquisitions chez Dunander, chez Ingves, chez le type qui s'appelait Asikainen et chez beaucoup d'autres. Nous avons cherché dans des caves, des greniers, des voitures, des bateaux et des chalets. Nous avons trouvé des tas de choses, comme des objets volés pour la plus grande joie des collègues du banditisme, mais pas de cheveux. On peut imaginer que l'assassin les a détruits dans un moment de panique, mais il est plus probable qu'ils brillent de tout leur lustre dans une cachette.

– Afin qu'il puisse les regarder et les toucher de temps en temps, intervint Anna.

– J'y réfléchis depuis hier, déclara Sonja. Supposons que le meurtre de Nils ait un lien avec Julia. Dans ce cas, il y a en principe deux possibilités. Le meurtrier de Julia frappe à nouveau parce qu'il a une dent contre toute la famille Dunander, mais il attend que l'enquête sur le meurtre de Julia soit supposée close pour se sentir plus assuré. Le corps est retrouvé dans la même forêt soit parce que cela lui apporte une satisfaction symbolique, soit parce qu'il a déjà agi dans le secteur avec succès. Son agressivité envers la famille s'exprime par une profanation du cadavre, dirigée cette fois-ci contre l'oreille. L'autre possibilité est que quelqu'un ne s'aperçoit que maintenant – ou pense s'apercevoir – que Nils a tué sa femme et veut la venger. Le caractère vengeur du meurtre est exprimé par le fait qu'il est perpétré dans la même forêt et cela expliquerait également que Dunander n'ait pas porté de manteau. On aurait pu aller le chercher chez lui, comme pour une exécution officielle, pour l'emmener de force dans la forêt dans la tenue qu'il avait sur lui à ce moment-là.

– Mais il ne s'est rien passé depuis longtemps dans l'affaire Julia Dunander, fis-je remarquer. Comment quelqu'un aurait-il pu récemment apprendre une information déterminante que nous ignorons ?

Sonja n'avait pas de réponse à cette question, mais Anna eut une idée :

– Imaginez que quelqu'un ait clairement exprimé ses soupçons à l'égard de Nils Dunander dès le départ, mais qu'il ait ensuite dû attendre pour ne pas se trahir sur-le-champ. Y avait-il quelqu'un comme ça pendant l'enquête ?

– En fait, non, répondis-je. Julia avait une sœur qui habitait à Salo, mais semblait plutôt triste pour Nils. Un jour, je les ai vus ensemble dans notre salle d'attente et à la manière dont ils se soutenaient mutuellement, je me suis dit qu'ils allaient former un couple, uni par le chagrin. Cela s'est déjà produit dans l'entourage de victimes de meurtre. Apparemment, il n'en a rien été, mais la sœur ne paraissait pas du tout amère envers Nils. Aucune personne normale n'est assez soupçonneuse pour imaginer que ce que nous considérons comme le crime d'un agresseur sexuel anonyme puisse en réalité être le fait d'un parent proche.

– Mais quelle est la signification de la surveillance depuis la Toyota ? demanda Hector.

– Dans un tel scénario, ce n'est pas facile à déterminer, convint Sonja. Celui qui s'en prend à Nils est sûr de son fait et il n'a donc pas besoin de l'épier. Cependant rappelons-nous que la présence de l'homme à la Toyota pouvait être fortuite.

Je révélai alors l'information que je n'avais pas encore mentionnée.

– En parlant de ça : ma visite chez le couple Selenius a ouvert une nouvelle piste, quand Harriet a admis avoir embauché un détective privé. Tant que nous songions à des pédophiles, nous n'y avons pas pensé, car ils ne peuvent avoir pour complices que d'autres pédophiles. À présent, nous devrions envisager la possibilité que l'homme à la Toyota soit un détective privé payé pour surveiller Dunander.

– Intéressant, commenta Jarno. Sa présence démontrerait que le mobile du meurtre pourrait être n'importe quoi d'*autre* que la pédophilie.

– N'oublions pas qu'il pourrait s'agir d'une femme, souligna Anna. Les détectives privés sont souvent des femmes, car certaines épouses qui soupçonnent leur mari d'infidélité leur font davantage confiance qu'à leurs collègues masculins.

– Mais jusqu'où irait un détective, selon vous ? demanda Markus. Se pourrait-il qu'il ou elle soit un tueur à gages ?

– Aucun de ceux que je connais ne va aussi loin, répondit Jarno. Mais sinon, il existe de tout, de l'employé qui respecte scrupuleusement la loi à la petite frappe qui serait prête à pas mal de choses contre de l'argent. Cependant, je n'ai jamais entendu parler de meurtre commis par l'un d'eux. Un bon détective est différent : patient, rusé et assez intelligent pour découvrir des indices dans les fichiers officiels, les relevés de carte bancaire et de banque, et ce genre de choses.

– Il a également des connaissances techniques, fit remarquer Sonja. Il est, par exemple, capable de se servir de matériel d'écoute et d'un appareil photo muni d'un téléobjectif.

– Exactement, dis-je pour que la discussion ne s'enlise pas sur ce point. Ce serait toutefois intéressant si nous découvrions des détectives connus parmi les propriétaires de Toyota.

– Ils utilisent souvent leur véhicule personnel, afin de ne pas être identifiés comme détectives, si quelqu'un les voit pendant qu'ils sont en planque et appelle le registre des immatriculations, rappela Jarno.

– Bon à garder en mémoire, commentai-je. Il nous faudra parcourir les listes pour voir si un nom nous est familier.

Sonja sortit, puis revint quelques instants plus tard avec une liasse de documents que nous fîmes circuler pour voir les commentaires qu'ils suscitaient. Jarno brilla par sa connaissance étendue du terrain et Anna se révéla également avoir une grande expérience, tandis que Sonja et Hector restèrent plus en retrait. Markus resta d'abord silencieux et distant jusqu'à ce qu'il ait l'idée d'aller chercher un annuaire comportant une liste complète des agences de détectives privés dans le secteur qu'il compara avec la liste des propriétaires de Toyota.

Ce travail était motivant et nous le poursuivîmes jusqu'à 20 heures. Nous commandâmes des pizzas et même Hector et Anna restèrent après avoir appelé chez eux. Au final, nous découvrîmes que deux détectives possédaient une Toyota Corolla de couleur sombre, soit à titre personnel soit au nom de leur entreprise : deux nouvelles pistes à explorer le lendemain.

Après être rentré chez moi, je reçus un appel tardif de Mattias. Le midi, il s'était rendu dans un centre commercial à Åbo et Joakim avait soudain disparu. Pris de panique, Mattias s'était lancé à sa recherche avec l'aide des vigiles et de la police équipée de porte-voix, mais sans résultat. Pour finir, au bout d'une bonne heure, ils avaient retrouvé Joakim derrière un kiosque de fleuriste, à un endroit où ils avaient déjà cherché. Il était sain et sauf et même pas perturbé. Il manifestait plutôt cette étrange insouciance dont peuvent faire preuve les enfants de trois ans. « C'est rigolo ici. »

Jonas, par contre, avait bien évidemment été bouleversé par l'inquiétude de son père pendant les recherches et Mattias était encore en état de choc pendant notre conversation. Il me demanda ce qu'on était censé faire dans une telle situation. Je lui répondis qu'il avait réagi de manière appropriée en appelant tout de suite à l'aide. En dehors de ça, on ne pouvait pas faire grand-chose d'autre que de coudre un émetteur GPS dans les vêtements des enfants pour ensuite suivre le signal à l'aide d'un appareil de localisation. Mattias allait réfléchir à cette possibilité.

J'avais donc eu un petit aperçu de ce qu'était la vie de Stig et Harriet Selenius. Je me couchai, mais ne trouvai pas le sommeil. Je me relevai et écoutai les *Variations Goldberg* au casque, pour m'imprégner de leur sérénité et de leur pureté.

Le joggeur

Mercredi 10 octobre 2007

Le mercredi, en fin d'après-midi, je me garai dans une rue, devant un immeuble de deux étages gris sans prétention. Une plaque apposée sur la façade annonçait :

ANTONSSON
Agence de détectives privés

J'entrai d'abord dans la cour, ma sacoche à la main. Dans la lumière du crépuscule, le sol semblait boueux et parsemé de plaques d'herbe, faiblement éclairé par une ampoule nue solitaire suspendue au-dessus de la porte d'un réparateur de télés. Et là, entre une Volvo et un vélo rouillé, il y avait une Toyota Corolla, d'un gris si foncé qu'elle semblait presque noire dans la pénombre. Je comparai le numéro de la plaque avec ma liste issue du registre des immatriculations et trouvai la concordance. Puis je regagnai la façade de l'immeuble et sonnai.

Dans un premier temps, il ne se produisit rien, puis j'entendis des pas descendre l'escalier. Il y eut à nouveau un moment de silence, et la porte finit par s'ouvrir sur un homme d'une quarantaine d'années presque chauve. Il était de taille moyenne, avait un visage anguleux et rasé de près ainsi que des sourcils broussailleux. Son expression était à la fois bienveillante et un peu irritée. Je l'avais peut-être dérangé au milieu de son repas.

– Bonsoir. En quoi puis-je vous être utile ?

– Bonsoir. Je suis le commissaire Harald Lindmark de la police de Forshälla. J'ai besoin de vous parler.

Antonsson resta immobile, le regard fixe, surpris, mais peut-être également circonspect. Ce n'est qu'à cet instant que je m'aperçus que de son point de vue, je pouvais être un imposteur. Mais quand j'entrepris de lui présenter ma plaque, il sortit de sa paralysie.

– Le commissaire Lindmark, oui, bien sûr. C'est une visite inattendue, se ressaisit-il avant de m'inviter à entrer. Excusez-moi de ne pas vous avoir reconnu tout de suite.

– Aucune importance. Je suis toujours heureux de pouvoir me déplacer incognito.

Pendant que nous parlions, Antonsson m'avait introduit dans son bureau dont l'odeur de bois flottait jusque dans le couloir. Simple, mais fonctionnel et agréable. Un plancher laqué sans tapis, un bureau sombre avec deux chaises de chaque côté. Des bibliothèques remplies de dossiers et une toile représentant la forteresse de Forshälla.

– Que me vaut cette visite à notre petit établissement ? s'enquit-il une fois que nous fûmes assis. S'agit-il d'une prise de contact de routine avec les détectives privés du secteur ?

– Non, il s'agit d'un développement de l'affaire Petra Nilsson. Nous pensons en effet que vous pourriez nous apporter des informations importantes.

– Je ne comprends pas. Petra a fait une fugue d'elle-même et s'est cachée. Je n'en sais pas davantage sur cette affaire que ce qui a été rendu public par les médias.

– Mais vous avez effectué une mission de surveillance à Nikolajbacken.

Antonsson me dévisagea. Il semblait se demander si je savais quelque chose ou si c'était juste un coup de bluff.

– Je n'ai pas à vous rendre de comptes. Toutes nos activités s'inscrivent dans le cadre de la loi.

– Nous savons cependant qu'une Toyota Corolla se trouvait sur le parking devant l'immeuble de Petra toutes les nuits jusqu'à il y a environ une semaine. Nous avons votre numéro d'immatriculation.

Tandis que les mots résonnaient dans mes oreilles, je me disais que la formulation de ma dernière phrase était judicieuse. Littéralement vraie, elle pouvait être mal interprétée et signifier que nous avions la preuve que c'était précisément la voiture d'Antonsson qui se trouvait à Nikolajbacken.

– Je ne comprends toujours pas, répondit Antonsson sans parvenir à dissimuler une certaine inquiétude.

Il tendit la main discrètement sous son bureau et j'entendis une sonnerie retentir à l'étage supérieur.

– Nous voulons savoir qui faisait l'objet de votre surveillance à Nikolajbacken et nous avons de bonnes raisons de vous poser la question ! Petra n'est pas la seule à y avoir disparu, il y a également un homme, comme vous l'avez sans doute su par les médias.

– Je pensais que cette affaire avait perdu sa pertinence quand vous aviez retrouvé Petra saine et sauve.

– Non, pas du tout. Il reste de nombreuses zones d'ombre.

La porte derrière moi s'ouvrit et je vis du coin de l'œil une forme vêtue de noir se glisser dans la pièce.

– Voici Gerda, mon épouse, annonça Antonsson en faisant un geste de la main dans sa direction. Nous sommes également associés.

Je me levai et lui serrai la main. Mme Antonsson, grande et relativement large d'épaules, avait elle aussi la quarantaine. De longs cheveux teints en blond encadraient son visage aux formes harmonieuses, mais un bronzage artificiel exagéré et une expression dure dans ses yeux bleus la rendaient moins attirante qu'elle n'aurait pu l'être. Elle s'assit et je poursuivis.

– Je veux donc savoir qui vous épiiez quand vous étiez garés nuit après nuit à Nikolajbacken jusqu'à il y a environ une semaine.

Les époux Antonsson échangèrent un regard et elle comprit immédiatement sa position.

– Nous n'avons pas à révéler des informations confidentielles concernant nos clients, répliqua-t-elle sèchement.

Je sortis alors de ma sacoche un magnétophone à piles. Chaque bruit semblait amplifié dans le silence de la pièce : le léger choc de l'appareil sur le bureau, le déclic métallique quand je le mis en route, le bourdonnement de la bande avant que ne se fasse entendre une voix féminine.

– Je n'aurais peut-être pas dû venir, ce que j'ai à vous dire paraît tellement vague…

– Nous sommes disponibles pour toutes sortes d'enquêtes, sans a priori, répondit la voix de Ragnar Antonsson. Ce qui compte, c'est ce qui est important pour le client.

– Bon, il se trouve que nous sommes mariés depuis six ans, poursuivit la femme, de plus en plus énervée. Dans l'ensemble, notre mariage est heureux et nous avons deux merveilleux enfants, mais ces derniers temps, il s'absente souvent et il ne me dit pas ce qu'il fait. Il prétexte devoir faire beaucoup d'heures supplémentaires et rencontrer des clients aux heures qui les arrangent – il est importateur de matériel de bureautique qu'il revend à des sociétés. Mais quand j'appelle à son travail, sur la ligne fixe, la plupart du temps, il n'est pas là et il prétend parfois avoir oublié à quel restaurant il est allé avec son client, comme s'il ne voulait pas que je puisse vérifier. Nous avons eu de nombreuses disputes à ce sujet et je n'ai plus la force de supporter cette incertitude.

– Vous n'êtes pas seule, répondit la voix étonnamment amicale de Gerda Antonsson sur la bande. Beaucoup de gens sont dans cette situation et nous sommes habitués à les aider.

– Très bien, déclara la femme, plus calme. Je voudrais donc que vous trouviez ce que Lage fait le soir et le week-end. Que vous le filiez.

– Cela fait partie de notre métier, lui assura Ragnar Antonsson. Mais pour faire du bon travail, nous avons besoin de certaines informations : une photo, le nom complet, le numéro de sécurité sociale, le modèle de sa voiture et sa plaque d'immatriculation, si possible son numéro de carte bancaire et les adresses où il se rend régulièrement. Cela ne pose sans doute pas de problèmes.

– Non, mais il y a une chose à laquelle j'ai pensé, répondit la femme sur un ton hésitant. Comme je vous l'ai dit, Lage dirige une petite société d'import et elle n'est pas très rentable. Il est donc également possible qu'il soit impliqué dans quelque malversation pour que nous nous en sortions sur le plan financier. C'est pour ça que je suis si inquiète de venir vous voir. D'un côté, il est peut-être infidèle et dans ce cas, c'est bien fait pour lui, mais de l'autre, il cherche peut-être à me protéger en me dissimulant ses difficultés économiques et… ses tentatives non conventionnelles pour les résoudre dans l'intérêt de la famille. La question que je me pose est donc la suivante : si vous le surveillez et que vous vous apercevez qu'il a des activités illégales, êtes-vous obligés de prévenir la police ?

– Nous appliquons des règles de stricte confidentialité pour toutes les affaires de nos clients, la rassura Gerda Antonsson.

– Donc même si vous apprenez que Lage trempe dans quelque chose qui pourrait être criminel, je serais la seule à en être informée ?

– Oui, répondit Ragnar Antonsson sans la moindre hésitation.

J'éteignis le magnétophone. Pendant que nous écoutions, Ragnar avait essayé de se lever pour protester, mais mon expression autoritaire l'avait convaincu de se tenir tranquille. Gerda n'avait pas détaché les yeux du magnétophone, les mains crispées sur les accoudoirs de son siège.

– C'est vous qui avez réalisé cet enregistrement ? Vous nous avez placés sur écoute ? me demanda Ragnar, interloqué, en regardant autour de lui en quête d'un micro caché. Vous n'en avez pas le droit !

– Non, c'est elle qui l'a fait, observa froidement Gerda. Celle qui est venue plus tôt, puis est juste repartie comme ça. Je t'avais bien dit qu'elle avait quelque chose de louche !

– Peu importe comment j'ai obtenu cet enregistrement, répliquai-je sur un ton plus ferme. L'important, c'est que je l'ai et qu'il prouve que vous dirigez une entreprise qui ne s'en tient *pas* à la loi. Vous n'avez en aucun cas le droit de garder un crime secret.

– Ce n'était pas une affaire normale, m'assura Ragnar. C'était un cas très particulier. Et puis, il ne s'est rien passé, puisque cette femme n'a pas voulu faire appel à nos services.

– Nous avons néanmoins la preuve que vous êtes prêts à dissimuler un crime et nous pouvons vous poursuivre pour ça.

Nous restâmes tous silencieux.

– Sauf si vous nous aidez d'une autre manière, poursuivis-je. Nous avons besoin de savoir qui vous surveilliez quand vous étiez garés à Nikolajbacken.

Les époux échangèrent un regard, puis Ragnar me répondit :

– Nous promettez-vous que vous ne vous servirez pas de cet enregistrement ?

– Oui.

– Quelles garanties avons-nous ? s'enquit Gerda sèchement.

– Ma parole, rétorquai-je tout aussi brutalement. Si vous nous fournissez assez d'informations, je n'aurai pas à transmettre cet enregistrement. C'est moi qui en décide. Le procureur n'a pas encore été informé de cette affaire. Donc, qui surveilliez-vous ?

Après une brève pause, Ragnar répondit à voix basse :

– Un homme qui s'appelle Nils Dunander.

– Qui était votre commanditaire ?

– Ça, je ne peux pas vous le dire.

– En quoi consistait votre mission ?

– Comme d'habitude : filer Dunander, noter toutes ses activités, qui il rencontrait et rédiger un rapport.

Les époux se regardèrent et en voyant Gerda hausser les épaules, Ragnar sortit un dossier du grand tiroir du milieu. Je le parcourus rapidement : tous les faits et gestes de Dunander avaient été consignés depuis la mi-août, avec des pointages qui montraient quand il sortait de chez lui, à quelle heure il arrivait à son travail, quand il rentrait ou se rendait au gymnase pour les entraînements de bandy.

– Comme vous pouvez le constater, il ne se passait pas grand-chose dans sa vie, observa Ragnar. Dunander se déplaçait de manière régulière entre son domicile, la société de transport et le gymnase, en effectuant parfois un détour rapide pour faire ses courses ou un jogging dans la forêt.

Ragnar me tendit une liasse de clichés qui témoignaient de la même routine.

– Il ne voyait jamais personne ? demandai-je.

– Seulement au travail ou au gymnase, répondit Gerda. Jamais à d'autres endroits et pour autant que nous ayons pu le constater, pas chez lui non plus.

– Comment pouvez-vous savoir qu'une personne qui est entrée dans son bâtiment ne lui a pas rendu visite ?

– Nous ne pouvons l'affirmer avec certitude, mais nous avons appris à repérer les habitants de l'entrée A et si une personne étrangère entrait, nous surveillions les fenêtres de Dunander au cas où la lumière s'allumerait ou s'éteindrait et si quelqu'un y apparaissait. Nous n'avons jamais noté le moindre changement et il ne semble pas que quelqu'un soit entré chez lui.

– Et concernant Petra ?

– Nous l'avons bien sûr vue entrer dans le bâtiment B plusieurs fois, répondit Gerda. Par contre, elle ne s'est jamais rendue dans celui de Dunander. Ils se saluaient quand ils se croisaient dans la cour et s'arrêtaient parfois pour parler, mais jamais plus d'une minute.

– Comment vous paraissaient-ils dans ces moments-là ?

– Elle semblait contente et lui amical. Rien de particulier.

– Est-ce que votre commanditaire vous avait fourni des informations ? Une autre personne que vous auriez dû plus particulièrement avoir à l'œil ?

– Pas une personne, mais un endroit, intervint Ragnar. Nous devions surtout surveiller si Dunander se rendait dans un endroit inattendu. Dans ce cas, nous devions le suivre pour constater qui s'y trouvait, prendre des clichés et éventuellement emporter ce qui paraissait « intéressant et compromettant ». Ce sont les mots employés par notre commanditaire.

– Dunander s'est-il rendu dans un lieu intéressant ?

– Non. Nous en sommes certains. Nous ne l'avons jamais perdu de vue.

– Mais il n'avait pas de voiture. Comment avez-vous procédé ?

– Nous le suivions toujours dans notre véhicule, même quand il marchait ou prenait son vélo. C'est trop risqué de se déplacer à pied. Si la cible saute soudain dans une voiture, on se retrouve le bec dans l'eau. Nous le suivions à pied uniquement lorsqu'il se dirigeait vers la forêt, car il n'y a pas de chemin carrossable à cet endroit.

– Où allait-il dans ces cas-là ?

– Soit il la contournait pour rejoindre l'arrêt de bus sur la bretelle de la rocade, soit il faisait son jogging, en survêtement bleu, sur le sentier qui traverse le parc.

– Vous n'étiez que deux pour le surveiller ?

– Oui. Nous sommes une entreprise familiale. Nous nous débrouillons en nous relayant toutes les douze heures. C'est fatigant à la longue, mais c'est la vie pour les petits entrepreneurs.

– Lequel d'entre vous se trouvait sur place la nuit de la disparition de Petra, entre le lundi 1er et le mardi 2 octobre ?

– Nous n'y étions plus. Le samedi précédent, on nous a demandé de mettre un terme à la surveillance, de rédiger notre rapport final et de transmettre notre facture de solde.

– Il faut que je le vérifie avec votre commanditaire.

– Ce n'est pas possible, déclara Gerda. Nous devons respecter la confidentialité, c'est la base de toute notre entreprise.

– Mais vous ne m'avez rien donné ! Selon vous, Dunander ne faisait rien, mais ensuite il disparaît – justement lorsque, comme par hasard, vous avez cessé de le surveiller après six semaines de filature. Cela ne suffit pas pour que je prenne une décision en votre faveur, soulignai-je en désignant le magnétophone.

– Il y a encore une chose, reprit Ragnar d'une voix lente. Comme il ne se passait pas grand-chose avec Dunander, au bout d'un moment, nous avons commencé à noter les autres mouvements à Nikolajbacken. Cela nous semblait utile à savoir.

Pour un éventuel chantage, pensai-je.

– Et une chose que nous avons alors notée, c'est qu'une autre voiture effectuait des allées et venues sur le parking du bâtiment C. Une Saab noire avec des baguettes latérales grises. Nous avons également relevé son numéro d'immatriculation, mais nous ne nous sommes pas renseignés sur le nom de son propriétaire.

– Ce véhicule pourrait tout simplement appartenir à l'un des habitants de cette entrée, rétorquai-je.

– C'est ce que nous pensions également, mais parfois, quand Dunander s'enfonçait dans la forêt et que nous étions obligés de le suivre à pied, nous avons remarqué un homme d'une cinquantaine d'années à l'intérieur. Nous avons pris des notes précises à ce sujet.

Il fouilla dans un autre tiroir et en sortit quelques feuilles manuscrites.

– Voyons voir. En tout et pour tout, nous avons repéré neuf fois la Saab sur le parking avec cet homme au volant au cours de nos six semaines de surveillance. Presque chaque fois que nous sommes passés par là. En outre, elle était souvent sur le plus grand parking.

– Vous voulez dire que cet homme épiait un habitant du bâtiment C ?

– On dirait bien.

– C'est intéressant, mais toujours pas suffisant, déclarai-je.

– Mais nous avons la plaque d'immatriculation de la Saab, répéta Ragnar. (Il l'inscrivit sur un morceau de papier qu'il me tendit.) Vous pouvez vérifier.

– Bien, commentai-je en le glissant dans mon portefeuille. Il me faut néanmoins insister pour connaître le nom de votre commanditaire.

– Nous ne pouvons pas vous le donner. Cela minerait la confiance de nos clients.

Je restai silencieux un instant.

– Dunander est mort, annonçai-je ensuite sans émotion. On l'a tué.

Je n'avais pas balancé cette bombe au hasard. Les Antonsson, étonnés, demeurèrent d'abord impassibles, mais peu à peu l'inquiétude quant aux éventuelles implications de cette nouvelle donnée gagna leurs visages. Je renforçai l'effet en exprimant tout haut leurs sombres pressentiments.

– De mon point de vue, les choses se présentent de la manière suivante. Vous surveillez Dunander pendant des semaines et informez un commanditaire de tout ce qu'il fait. Ensuite, il est tué et je n'ai aucune preuve que vous n'étiez pas présents quand cela s'est produit, quoi que vous affirmiez sur la fin de votre mission. Pour moi, soit ce meurtre était l'aboutissement de votre mission et c'est vous qui l'avez commis, soit vous avez transmis des informations qui ont poussé votre commanditaire à le perpétrer. Dans ce cas, vous êtes coupables de complicité. Dans tous les cas, vous êtes les principaux suspects de ce meurtre.

– Nous n'en savions rien, m'assura Antonsson avec une peur non feinte dans le regard. La dernière fois que nous avons vu Dunander, le samedi après-midi, il retournait à son appartement tout à fait normalement, un sac de provisions à la main.

– Sur ce point, je n'ai que votre parole. Les affirmations de meurtriers potentiels ! J'ai besoin du nom de votre commanditaire.

Ragnar et Gerda échangèrent un regard résigné. La dureté avait disparu des yeux bleus de Gerda et les commissures de ses lèvres avaient pris un pli amer.

– Je ne peux pas vous le donner, répondit Ragnar à voix basse.

– Alors je vais être obligé de vous arrêter sur-le-champ.

– Non, ce que je veux dire, c'est que nous ne *connaissons* pas le nom de notre commanditaire. Nous avons communiqué de manière anonyme.

– Si c'est une nouvelle dérobade…

– Non, c'est la pure vérité, me jura Ragnar. (Gerda marmonna la même chose.) Nous ferons tout ce que nous pouvons, à présent que nous savons que Dunander a été tué. Mais nous n'*avons* pas le nom de notre commanditaire.

– Qu'avez-vous alors ?

Ragnar sortit un dossier du tiroir inférieur du bureau.

– Tout a commencé quand nous avons reçu cette lettre, dit-il en ouvrant une grande enveloppe marron. Elle contenait des informations sur Dunander et une requête de surveillance vingt-quatre heures sur vingt-quatre, mais aucun renseignement sur le commanditaire. Quelques jours plus tard, une personne utilisant un modificateur de voix nous a appelés et nous avons accepté cette mission. Nous avons reçu une somme d'argent et on nous téléphonait environ une fois par semaine. C'est ainsi que nous livrions nos rapports avant de recevoir un nouveau paiement.

– Sur quel poste vous appelait-on ?

– Toujours sur celui du bureau, répondit Ragnar en désignant l'appareil gris posé devant lui. Nous pouvons également répondre dans notre appartement, à l'étage du dessus. L'un d'entre nous était toujours là, à se reposer, pendant que l'autre assurait la surveillance.

– Quelle impression vous a fait le commanditaire ? Comment parlait-il ?

– C'est moi qui ai pris le plus d'appel et j'ai eu le sentiment qu'il pouvait s'agir d'une femme, répondit Gerda. Je ne sais pas pourquoi, car la voix était modifiée, mais quelque chose dans ses intonations sonnait comme une façon féminine de parler.

– Et l'accent ?

– Normal.

– Qu'est-ce qui intéressait particulièrement cette personne ?

– Où Dunander s'était rendu ; s'il avait fait un détour inhabituel par rapport aux lieux qu'il fréquentait habituellement ; si nous étions sûrs de ne jamais l'avoir perdu de vue. C'était le mot d'ordre : « Vous ne devez pas le lâcher des yeux. »

– Est-ce que c'est arrivé ?

– Dans l'ensemble, non, répondit Ragnar. Mais quand il courait, il pouvait arriver que nous le perdions. Nous n'osions pas le suivre de trop près, de crainte qu'il ne nous repère.

– Mais il n'a jamais échappé à notre surveillance plus d'un quart d'heure environ, ajouta Gerda.

– Et notre commanditaire avait insisté sur le fait que nous ne devions en aucun cas prendre le risque d'être repérés, surenchérit Ragnar. Il fallait donc que nous nous montrions extrêmement prudents. Nous changions entre autres de voitures. Le plus souvent, je prenais la Toyota la nuit tandis que Gerda se servait de notre Volvo vert foncé le jour.

– Selon vous, dans quelles dispositions votre commanditaire était-il à l'égard de Dunander ?

– Que voulez-vous dire ?

– Paraissait-il agressif ou protecteur ?

– Plutôt agressif, me semble-t-il, répondit Gerda. Comme si Dunander ne devait pas s'en tirer. Mais c'est difficile à déterminer. Ses paroles étaient assez neutres, pas de mots révélateurs comme « ce salaud ». Il disait simplement « Dunander » ou « il ».

– Pas « Nils » ?

– Pas que je me souvienne, répondit Gerda et Ragnar confirma.

– Comment réagissait votre commanditaire quand vous n'aviez rien de particulier à lui raconter ?

– Il nous interrogeait sur les faits et gestes de Dunander, m'indiqua Ragnar. Comme pour s'assurer que nous le surveillions vraiment. Mais sinon il nous disait que ça pourrait prendre du temps et que nous devions faire preuve de patience. On aurait dit qu'il voulait nous encourager.

– Comment était-ce la dernière fois, quand il a été mis fin à votre mission ? Essayez de vous souvenir du plus grand nombre de détails possible.

– C'est moi qui ai pris l'appel, déclara Gerda. Le commanditaire n'était nullement mécontent de nous. « Vous avez fait du bon travail, mais à présent vous pouvez arrêter. » C'était plus ou moins ses mots. Je lui ai demandé pourquoi, mais la seule réponse que j'ai obtenue, c'est que ce n'était plus nécessaire.

– Et vous êtes certains que c'était le samedi 29 septembre ?

– Absolument. Nous notons toutes les prises de contact, m'expliqua Ragnar en me tendant une liste répertoriant la date et l'heure d'une demi-douzaine d'appels.

– D'après ce document, vous avez parlé à votre commanditaire le 25 septembre. Quelles informations lui avez-vous transmises ce jour-là ?

Ragnar feuilleta dans ses papiers.

– Au cours de la semaine qui venait s'écouler, nous avions observé les mêmes allées et venues que d'habitude, dit-il tout en lisant. Dunander s'était aussi rendu au centre commercial où il avait acheté une paire de chaussures et un certain nombre de produits dans une droguerie. Il avait fait du jogging, plus qu'à l'accoutumée, presque chaque jour.

– Votre commanditaire savait-il que Dunander échappait parfois à votre surveillance, quand il courait ?

– Oui. Il avait posé la question à peu près à mi-parcours de notre mission. Il semblait s'être rendu compte du problème que posait la surveillance dans la forêt. Et nous l'avons admis en toute honnêteté, tout en soulignant que ces pauses étaient toujours très courtes.

– Ce rapport final que vous avez mentionné, comment l'avez-vous remis ?

– Nous avons reçu des instructions nous demandant de le placer dans un sac en plastique que nous devions déposer à une heure précise, tard le soir, dans l'un des containers bleus où la commune entrepose le sable pour le traitement des trottoirs. Celui qui se trouve au parc de Gripenberg. Nous y avons également récupéré les paiements dans une pochette plastique. Le solde nous serait versé par la suite, mais nous pouvions l'oublier si le commanditaire avait l'impression que nous espionnions celui qui venait récupérer le sac. Nous nous sommes donc abstenus et tout s'est déroulé comme prévu.

– Ce qui signifie que vous avez fourni toutes les informations dont vous disposiez, avez reçu tous les paiements qui vous étaient dus et n'avez pas la moindre idée quant à l'identité de votre commanditaire ?

– Oui, c'est ça, m'assura Gerda. Maintenant, nous vous avons tout dit. Alors pour ce qui est de cette femme qui est venue…

– Il faut que je vérifie les renseignements que vous m'avez donnés, répliquai-je sur un ton bourru. J'emporte une copie de votre rapport final.

Devant leur expression dubitative, je me fis plus ferme.

– Nous pourchassons un meurtrier et si vous ne coopérez pas de manière inconditionnelle, nous vous collerons une accusation de complicité de meurtre sur le dos.

Pour finir, j'obtins tout ce dont j'avais besoin. Le stratagème de la fausse cliente jouée par Sonja pour pousser les Antonsson à tenir des propos compromettants en présence du micro caché avait fonctionné. C'était à la limite de l'incitation illégale au crime et je m'étais ensuite indubitablement livré à du chantage, mais c'était pour la bonne cause.

La soupe de pois au lard

Jeudi 11 octobre 2007

Au cours de la matinée du jeudi, les nouvelles pièces à conviction furent examinées, mais elles n'apportèrent pas de nouveaux éléments. L'enveloppe et la pochette plastique que les Antonsson avaient reçues étaient vierges de toute empreinte digitale en dehors des leurs. Quant aux appels, ils provenaient d'un portable non identifié fonctionnant avec une carte prépayée. Pour finir, il ne resta plus que le morceau de papier sur lequel était inscrit le numéro d'immatriculation de la Saab noire, qui n'en était que plus intéressant, surtout lorsqu'il apparut que cette voiture appartenait à une de mes vieilles connaissances.

Kurt Nuotio. Je me souvenais bien de lui. Dans les années soixante-dix, nous avions usé les bancs de l'école de police en même temps, jusqu'à sa bruyante expulsion pour une affaire de vol. Au fil des ans, j'avais de temps à autre eu des nouvelles : il avait travaillé comme vigile dans un restaurant d'Helsingfors, il avait fondé une société de surveillance à Lahti, mais avait fait faillite quelque temps après, puis il était arrivé à Forshälla où il avait ouvert une agence de détectives. Il y accomplissait visiblement un travail efficace. Le service chargé des cambriolages m'avait révélé que lorsqu'ils avaient épuisé toutes les ressources consacrées à une affaire, « Nuotio Investigations » avait parfois réussi à retrouver la trace de biens précieux pour le compte d'un propriétaire ou d'une compagnie d'assurances. D'un autre côté, on soupçonnait également Nuotio de devoir ses succès aux promesses qu'il faisait aux receleurs et aux cambrioleurs de ne pas les dénoncer. « Il doit savoir », m'avait dit un jour un collègue frustré, à la cantine, au sujet du vol spectaculaire d'un tableau, tout en tournant ses spaghettis sur sa fourchette.

L'agence de Nuotio se trouvait en centre-ville, au deuxième étage du centre commercial sur la rue piétonne. Des locaux modernes et lumineux avec une sympathique réceptionniste rousse et le café gratuit dans la salle d'attente. Un vestiaire où je fus invité avec courtoisie à retirer mon manteau, un banal couloir de bureau où je fus guidé jusqu'à la pièce du fond. Étonnamment spacieuse, il n'y flottait presque aucune odeur et elle disposait d'une vue dégagée sur la rue piétonne, d'un grand bureau en bois clair et des fauteuils gris sous un tableau abstrait dans les tons pourpres.

Kurt était derrière son bureau, calé contre le dossier de son siège ; il portait un costume noir, mais décontracté, une chemise blanche et une cravate qui était coupée au lieu d'être en pointe. Ses cheveux bruns légèrement grisonnants étaient coiffés en brosse et ses lunettes avaient d'épaisses branches noires très tendance.

Ce n'est que lorsque la réceptionniste eut refermé la porte derrière moi que Kurt réagit à ma présence.

– Harald Lindmark, déclara-t-il d'une voix ironiquement pompeuse. Le grand Harald Lindmark vient à moi.

Je m'assis sans y avoir été invité.

– Oui, j'ai quelques questions.

– Que penses-tu de mon établissement… chouette, non ?

– Oui, c'est très soigné.

– Et assez grand. Tu sais que j'ai cinq employés ? Une secrétaire, comme tu l'as constaté, et quatre détectives. Eux et leurs familles vivent grâce à moi.

– Non, je l'ignorais, mais j'ai entendu parler de tes succès dans le domaine des œuvres d'art.

– Oui, on peut le dire ! Tout le monde ne peut pas se vanter d'avoir retrouvé un Matisse et de l'avoir restitué en parfait état.

– Non, vraiment pas.

– C'est ce que j'apprécie dans ce boulot. Bien sûr, il y a beaucoup de merde, des coucheries à droite à gauche, mais parfois on accomplit vraiment quelque chose quand on localise des biens volés ou qu'on retrouve la trace d'une personne disparue. Contrairement à toi, Harald. Quand tu arrives sur place, tout est déjà trop tard. Une personne est morte et tu n'y peux rien.

– C'est vrai. Mais les criminels doivent être punis. Et parfois, nous arrêtons bel et bien un meurtrier qui aurait pu faire d'autres victimes.

– Et là, il s'est révélé être un policier ! Quelle débâcle pour toi et toute la profession ! Gunnar Holm, un tueur à gages avec au moins deux victimes sur la conscience. Lui, ton collègue depuis des décennies !

– Oui, c'était vraiment une sale affaire, répondis-je calmement. Mais nous avons également retrouvé un enfant disparu.

– La petite Petra Nilsson, oui. Mais elle n'était même pas vraiment disparue, contrairement à beaucoup de mes cas, que j'ai retrouvés jusqu'en Australie.

Elle était dans une salle communale, ici, en ville, et il vous a fallu une semaine pour vous en rendre compte ! Pendant ce temps, vous avez enchaîné les avis de recherche bâclés. Une fois, la fillette était seule, la fois d'après, en compagnie d'un homme, et…

– Cette affaire présente certaines complications que nous n'avons pas rendues publiques, l'interrompis-je résolument. C'est la raison pour laquelle je suis venu.

Kurt se pencha en arborant un petit sourire en coin et me laissa parler. J'étais un client qui avait besoin de se sentir encouragé à se confier.

– Nous savons que ta Saab se trouvait à Nikolajbacken au moment de la disparition de Petra.

Son sourire se fit plus crispé tandis qu'il attendait la suite. Mais j'attendis également : allait-il nier, en espérant que nous ne faisions que bluffer, ou carrément prétendre que sa voiture avait été volée ? Il se pencha à nouveau en arrière, inclinant son dossier presque jusqu'au sol, les yeux fixés au plafond. Cela lui laissa quelques secondes de répit pour peser le pour et le contre. Puis il se redressa rapidement et planta son regard dans le mien.

– Oui, c'est exact sans l'être tout à fait. Quand elle a disparu, nous n'étions plus là.

– Tu étais toi-même dans la voiture ?

– Oui, parfois.

– Pour surveiller quelqu'un ?

– Bien sûr. Mais c'est confidentiel. Cela n'avait rien à voir avec Petra.

– C'est à moi d'en juger.

– Qu'est-ce que tu veux dire ? Je t'ai indiqué que nous n'étions plus sur place, le mardi où elle a disparu, insista Kurt.

– Oui, c'est ce que tu m'as *affirmé*. J'ai besoin de preuves.

– Je n'ai pas à prouver quoi que ce soit. Si nous avons fait quelque chose de mal, c'est à *toi* de le prouver. C'est ainsi que cela fonctionne dans un tribunal, au cas où tu l'aurais oublié.

– Bien sûr, dis-je en lui adressant un petit sourire.

Je sentis un début de rire me chatouiller le diaphragme. Face à une telle attitude, je n'allais pas abattre la carte de la mort de Dunander comme atout.

– Combien de temps êtes-vous restés sur place ?

Kurt se contenta de sourire.

– Qui était votre commanditaire ?

Kurt continua de sourire.

– Dans ce cas, c'est tout pour cette fois-ci, déclarai-je avant de quitter la pièce.

À la réception, je pris mon manteau sur mon avant-bras, puis je sortis, mais je me ravisai en descendant l'escalier. Je revins sur mes pas et demandai à la réceptionniste si un autre détective pouvait me recevoir. Elle parut dubitative, mais quand je lui montrai ma plaque de police, elle appela quelqu'un et trente secondes plus tard, un homme d'une trentaine d'années de taille moyenne et à l'imposante carrure se présenta à l'entrée du couloir. Mis à part ses longs cheveux châtains ramenés en arrière, sa tenue vestimentaire et son apparence en faisaient presque une copie plus jeune de Kurt Nuotio. Même costume, quoique assorti d'une cravate bleu marine au bout arrondi. Des lunettes étroites à branches marron foncé. Il me tendit la main et je perçus une odeur douceâtre d'après-rasage.

– Jari Soisalo. Allons dans mon bureau.

Il m'introduisit dans la deuxième pièce du couloir, beaucoup plus petite que celle de Kurt, dépourvue de fauteuils et meublée d'étagères en bois clair remplies de nombreux dossiers bien classés.

Je lui présentai ma carte de police et lui révélai mon nom.

– Bien sûr. Nul dans le métier n'ignore qui vous êtes, répondit Soisalo.

– Je viens juste de discuter avec Kurt Nuotio de la mission de surveillance que vous avez accomplie à Nikolajbacken. Il m'a dit qu'il y avait parfois lui-même participé, mais qu'il avait également été relayé par d'autres. En faisiez-vous partie ?

– Oui, répondit Soisalo sur un ton hésitant, tandis qu'il s'efforçait manifestement d'évaluer ce que Nuotio avait pu dire.

– Et vous épiiez bien quelqu'un du bâtiment C ?

– Oui.

– Quand avez-vous mis un terme à cette surveillance ?

– Je ne me souviens pas exactement.

– Est-ce que vous vous rappelez l'avis de recherche concernant Petra Nilsson ?

– Oui, évidemment.

– Travailliez-vous toujours à Nikolajbacken quand il a été émis ?

– Comme je vous l'ai indiqué, je ne me souviens pas.

– Je pense que vous vous souvenez très bien ! Ce n'était pas une petite affaire à Forshälla et la plupart des gens se rappellent ce qu'ils faisaient quand ils ont appris la disparition de Petra.

– Comme je vous l'ai dit…

– Je ne vous pose pas la question pour le plaisir. Vous surveillez l'endroit précis où Petra Nilsson et une autre personne disparaissent, installé dans une

Saab noire. Voilà qui est au plus haut point pertinent pour une enquête policière en cours dans laquelle vous semblez être impliqué.

– Non, vraiment pas. Lorsqu'ils ont disparu, d'abord la fillette et ensuite l'homme, nous avions cessé la surveillance. Oui, maintenant, je m'en souviens. Les choses se sont déroulées ainsi.

– Quand y aviez-vous mis un terme ?

– Le samedi d'avant.

– En êtes-vous certain ?

– Oui, c'est moi qui ai reçu les dernières instructions nous demandant de mettre fin à la mission et de rédiger notre rapport final. Cela me revient à présent. C'était le samedi en début d'après-midi. Je me trouvais dans l'une de nos autres voitures tandis que le chef était dans la Saab.

– De quels types de véhicules s'agit-il ?

– D'une Opel et d'une Volvo.

– Qui avait assuré le poste avant vous ?

– C'était le chef, dans la Saab. Il était de nuit.

– C'est-à-dire ?

– De 22 heures à 8 heures. Ensuite, j'ai pris le relais, mais comme je vous l'ai dit, le chef m'a ordonné de cesser la surveillance vers 13 h 30.

– Il vous a lui-même appelé pour vous indiquer que la mission était terminée ?

– Oui.

– Qui en avait décidé ainsi ?

– Le commanditaire bien sûr, répondit Soisalo, étonné.

– Et qui était-ce ?

– Ça, je l'ignore. C'était le chef qui était en contact avec lui. C'est souvent le cas.

– Qui surveilliez-vous ?

– C'était… Il faut d'abord que j'en réfère à mon chef.

– Non ! Il s'agit d'un meurtre !

– Qui a été tué ?

Je gardai le silence quelques instants, puis décidai d'abattre mon atout.

– L'homme disparu pour lequel nous avons également lancé un avis de recherche. Il s'appelait Nils Dunander et habitait dans l'immeuble d'à côté.

– Je comprends, mais il faut malgré tout…

– Non, vous n'allez pas le faire, répliquai-je en haussant la voix. Si vous vous précipitez dans le bureau de votre chef, cela aura l'air d'un complot, comme si vous deviez en permanence vous consulter pour vous mettre d'accord sur vos mensonges. Dans ce cas, vous deviendrez les principaux suspects dans une affaire de meurtre ! Je vous pose la question en tant que commissaire responsable de l'enquête sur l'assassinat de Nils Dunander : qui surveilliez-vous ?

Soisalo marqua un temps d'hésitation et prit un élastique sur son bureau.

– Je peux vous emmener au commissariat sur-le-champ, si cela vous paraît préférable. Qui ?

Soisalo baissa les yeux et entortilla l'élastique autour de ses deux mains.

– Henrik Ingves, répondit-il à voix basse.

– Depuis combien de temps l'épiiez-vous ?

– J'ai été intégré à l'équipe en septembre. Je crois que la mission avait commencé à la mi-août.

– Et que deviez-vous vérifier ?

– Où Ingves se rendait. Voir dans quel genre d'endroit, quand il n'était pas à son domicile, au travail ou chez sa petite amie.

– Mais encore ?

– Voir s'il y avait quelque chose d'intéressant sur les lieux où il se rendait.

J'avais envie de l'inculper pour infraction à la loi, mais je choisis de ne pas pousser la stratégie de la confrontation trop loin.

– Et avez-vous repéré de tels endroits ?

– Tout dépend ce qu'on entend par là. Un certain nombre de restaurants, un club de strip-tease.

– « Toute la nuit ».

– Précisément.

– Quoi d'autre ? poursuivis-je.

– Je ne l'ai pas vu moi-même, mais j'ai lu dans le rapport qu'Ingves s'était rendu au château de Sörensen. Vous savez, la grande propriété sur Åbovägen.

– Qu'est-ce qu'Ingves y avait fait ?

– Je ne sais pas, personne ne le sait. On ne peut pas entrer pour poser la question. Sörensen est… un personnage important à Forshälla. Mais Ingves y était resté longtemps. Notre détective l'avait attendu dans sa voiture, à l'extérieur, pendant plus de deux heures.

– Quand était-ce ?

– Il y a peut-être un mois. Mais écoutez-moi ! Je comprends que vous ayez une affaire à résoudre, mais ce n'est pas notre politique de…

D'un geste de la main, je l'invitai à se taire pour pouvoir réfléchir quelques instants.

– Votre chef utilise-t-il toujours la Saab noire pour les missions de surveillance ?

– Oui, c'est son véhicule personnel. Les autres appartiennent à la société. Quand il participe à une surveillance, nous le relayons toujours dans une autre voiture. Nous autres pouvons en partager une en changeant juste de vigie.

« Vigie ». Comme tiré d'un livre d'enfants sur les pirates des sept mers. Je réfléchis à nouveau, si longtemps que Soisalo eut envie de faire une observation.

– Il n'y a aucun complot de notre part. Nous avons tout simplement effectué une mission de surveillance en respectant le cadre légal.

– Bien sûr. Je le crois volontiers, mais vous pourriez être des témoins importants. Avez-vous vu Dunander alors que vous étiez sur place vingt-quatre heures sur vingt-quatre ?

– C'est possible, s'il habitait dans le secteur, mais nous ne connaissions pas son nom.

– Autre chose ?

– Les gens vont et viennent évidemment. Pas mal de personnes avaient l'air louches, vous savez comment c'est à Nikolajbacken. Et sur l'autre parking, nous avons vu une Toyota gris foncé et une Volvo vert bouteille avec souvent quelqu'un à bord.

– Je comprends, dis-je en me levant.

Soisalo me suivit jusqu'à la porte pour à nouveau me serrer la main. C'est alors qu'une idée me vint.

– Ne dites à personne que Dunander est mort.

– Il faut que je rapporte notre conversation à mon chef, sinon je perdrai mon emploi.

– D'accord, mais veillez à garder ça pour vous !

– Oui, sans problème. Et qu'une chose soit bien claire, dit-il en rapprochant son visage du mien. J'ai collaboré.

Ce n'est qu'à cet instant que je m'aperçus à quel point il ressemblait à Markus. Adulte, fort et non dénué de talent, mais encore puéril. Je lui donnai cette assurance d'adulte dont il avait besoin et je fus à deux doigts de lui tapoter l'épaule.

En rejoignant ma voiture dans le parking du centre commercial, j'appelai immédiatement pour obtenir un mandat de perquisition. Je me rendis ensuite à « Volaille ou Poisson ». M'installer dans le local sombre presque vide, mais chargé d'atmosphère, pour lentement déguster la délicieuse soupe de pois au lard qui faisait la réputation du restaurant, tout en réfléchissant tranquillement, me procura un bon moment de détente.

Pourtant, je n'aurais pas dû y aller. Alors que j'allais sortir, je tombai nez à nez avec Britta Holm, l'épouse de Gunnar. Durant le procès de son mari, nous avions pu nous éviter au milieu de la foule, de même que lorsque nous nous apercevions parfois dans la rue. Mais là, elle se retourna devant le vestiaire à l'instant précis où je m'apprêtais à récupérer mon manteau. Nous nous retrouvâmes soudain face à face, à un mètre de distance.

Il n'existe aucune règle de convenance dans une telle situation. Que dire à un vieil ami de la famille qui a coffré son mari pour meurtre ? Si cela avait été injuste, elle aurait pu être en colère, mais de la manière dont les choses s'étaient présentées, elle pouvait difficilement exiger de moi que je ferme les yeux sur un double meurtre uniquement au nom de notre vieille amitié. Et moi, qu'étais-je censé dire ? « Désolé » ?

Nous échangeâmes un « bonjour » distant, rien de plus, puis elle passa à côté de moi, les traits crispés. Il y avait un peu plus de gris qu'avant dans ses cheveux ondulés, mais elle était bronzée et se tenait le dos droit, grande et souple comme toujours, mesurant à peine quelques centimètres de moins que Gunnar. Je me demandai s'ils étaient toujours mariés.

Deux heures plus tard, nous disposions du dossier de l'agence Nuotio sur Ingves, où il y avait néanmoins un trou concernant le dernier tour de garde de Kurt dans la nuit du vendredi 28 au samedi 29 septembre. C'était le moment déterminant, celui où il s'était passé quelque chose qui avait conduit le commanditaire à mettre un terme à tout le dispositif parce que l'objectif de la surveillance avait été atteint.

Nous avions également transféré la Saab de Kurt au commissariat afin que les techniciens l'examinent, mais le plus intéressant était le système GPS que je leur fis démonter pour qu'ils me l'apportent dans mon bureau. En combinant des cartes informatisées avec un repérage de la position de la voiture par satellite, il indique précisément au conducteur comment se rendre d'un endroit donné à une destination souhaitée. Mais ce que beaucoup ignorent, c'est que toutes ces positions sont également enregistrées, aussi peut-on ensuite reconstituer l'itinéraire emprunté par le véhicule.

Jarno dut m'aider à lire les données. Après quelques manipulations infructueuses, il parvint à accéder à la mémoire et nous pûmes visualiser les déplacements de la voiture minute par minute. Dès 19 heures, nous avions fini et nous savions où nous rendre le lendemain.

Justice

Vendredi 12 octobre 2007

Le vendredi après-midi, j'étais de retour de notre expédition et je me trouvai à nouveau face à face avec Kurt Nuotio, cette fois-ci dans notre salle d'interrogatoire. Sonja, qui en savait à présent autant que moi sur l'affaire, était assise à mes côtés. Nous nous étions mis d'accord sur une stratégie.

Kurt portait le même costume que la veille, mais on lui avait confisqué sa cravate avant son passage en cellule où je l'avais laissé mariner depuis le matin. Ses yeux brillaient de défiance, mais les commissures de ses lèvres étaient plus tirées vers le bas que la veille.

Lindmark : Interrogatoire de Kurt Nuotio, le vendredi 12 octobre 2007, au commissariat de Forshälla, 14 h 11. Outre Kurt Nuotio sont présents le commissaire Harald Lindmark et la vice-commissaire Sonja Alder. Veuillez avoir l'obligeance de décliner votre nom complet ainsi que vos date et lieu de naissance.

Nuotio : Kurt Edvard Nuotio, né à Jakobstad, le 5 avril 1951.

Lindmark : Vous savez que vous avez la possibilité d'être assisté par un avocat pendant cet interrogatoire ?

Nuotio : Oui et je me réserve le droit de le faire, mais je veux d'abord savoir ce que vous avez à me reprocher.

Alder : Quelle est votre profession ?

Nuotio : Je suis détective privé et directeur général de ma société « Nuotio Investigations », ici, à Forshälla. Dans ce cadre, l'un de mes collaborateurs a appris qu'un homme du nom de Nils Dunander avait été tué. Je suppose que ceci est la raison pour laquelle j'ai été arrêté et je suis sûr de pouvoir démontrer que je n'ai rien à voir avec cette affaire. Notre surveillance concernait Henrik Ingves, comme vous le savez déjà.

Alder : En effet, nous le savons et nous sommes particulièrement intéressés par la nuit entre le vendredi 28 et le samedi 29 septembre 2007. Qui assurait la surveillance d'Ingves à ce moment-là ?

[Pause.]

Nuotio : C'était moi.

Alder : Et qu'avez-vous observé cette nuit-là ?

Nuotio : Cela ne regarde que moi et mon mandataire. Cela n'avait rien à voir avec Dunander.

Lindmark : C'est nous qui en décidons et nous avons besoin de votre aide pour déterminer ce qui s'est passé à Nikolajbacken.

Nuotio : Pourquoi vous aiderais-je ? Je suis un entrepreneur privé.

Lindmark : Tu adoptes la mauvaise attitude.

Nuotio : Dans le cadre de mes investigations, je me suis aperçu de nombreuses choses étranges dans les enquêtes policières. Si le grand public savait…

Alder : Nous en savons long sur vos déplacements au cours de la nuit en question, entre le vendredi et le samedi.

Nuotio : Je filai Ingves. Tous mes déplacements éventuels sont liés à cette mission.

Alder : S'est-il rendu quelque part et avez-vous eu à le suivre avec votre Saab ?

Nuotio : Ce sont mes affaires.

Lindmark : Mais Kurt, tu ne fais qu'aggraver ta situation en refusant de collaborer. Cette situation peut sans doute s'arranger pour peu que tu joues cartes sur table.

Alder : Vous avez donc suivi Ingves en voiture cette nuit-là ?

Nuotio : Cela est parfois nécessaire dans le cadre d'une mission de surveillance.

Alder : Et où êtes-vous allé ?

Nuotio : Je n'ai pas à vous le dire.

Alder : Non, vous n'avez pas à le faire, car nous le savons déjà. Vous vous êtes rendu à un chalet situé dans la forêt sur le territoire de la commune d'Euraåminne.

Nuotio : Comment pouvez-vous sav…

Alder : Nous en possédons des preuves incontestables.

Lindmark : Mieux vaudrait pour toi, Kurt, que tu nous racontes tout et que tu te montres prêt à collaborer. Sinon, nous autres policiers pourrions être amenés à croire n'importe quoi et qui sait où cela pourrait te mener. Nous pourrions, par exemple, avoir l'impression que ce chalet t'appartient.

Nuotio : Non, ce n'est pas le cas ! C'est le chalet d'Ingves. Je l'y ai suivi.

Alder : Et que s'y est-il passé ?

Nuotio : Rien de particulier. Il y est entré et j'ai attendu qu'il en ressorte.

Lindmark : Combien de temps y est-il resté ?

Nuotio : Je ne sais pas. Je n'ai pas consulté l'heure.

Lindmark : Tu n'as pas regardé l'heure ? Mais n'es-tu pas censé rapporter les faits et gestes de l'objet de la surveillance pour ton employeur et notamment son emploi du temps ?

Nuotio : Cela varie d'une mission à l'autre.

Lindmark : Mais à peu près combien de temps es-tu resté là-bas ? Une demi-heure ? Une heure ? Deux heures ?

Nuotio : Peut-être une heure.

Alder : Nous savons que vous y êtes resté deux heures et demie. Comment expliquez-vous cela ?

Nuotio : Je ne vous crois pas ! Vous bluffez et cherchez juste à me piéger. C'est bien les méthodes de la police.

Lindmark : Nous ne faisons rien de tel. Nous avons juste lu les données de ton GPS. Il montre que tu es parti pour le chalet à 22 h 20 et que tu y es resté entre 23 h 22 et 01 h 48.

Nuotio : C'est possible. Je ne me souviens pas très bien.

Alder : Cela fait déjà plusieurs fois que vous faites obstruction et que vous nous livrez de fausses informations ! Cela constitue un délit en soi et cela donne par ailleurs le sentiment que vous nous cachez quelque chose de répréhensible.

Nuotio : Ce n'est pas exact. Je m'efforce simplement de ne pas divulguer les résultats confidentiels de cette filature, par égard pour mon commanditaire.

Lindmark : Mais tu dois comprendre que pour nous, tout cela commence à paraître très étrange. Nils Dunander a été tué. Tu as surveillé son quartier pendant des semaines et à peine quelques jours avant, tu t'es bizarrement rendu à un chalet perdu dans la forêt. Nous avons du mal à considérer que ce soit un hasard. Nous cherchons à établir un lien.

Nuotio : Mais je vous ai dit que c'était uniquement parce qu'Ingves s'y était rendu.

Lindmark : De notre point de vue, rien ne le prouve. Tout ce que nous constatons, c'est que tu es allé à un chalet soigneusement caché qui n'apparaît dans aucun registre du cadastre. Cela ressemble à une cachette. Pour être plus précis : cela ressemble à *ta* cachette et nous devons nous demander ce que tu cherches à cacher.

Nuotio : Mais entrez donc dans ce maudit chalet et vous verrez qu'il appartient à Ingves et qu'il n'a rien à voir avec moi ! Son ADN est sans doute partout.

Lindmark : C'est impossible.

Alder : Le chalet a brûlé.

Nuotio : Quoi ?

Alder : Quelqu'un l'a récemment incendié avec de l'essence. Nous l'avons constaté ce matin en nous rendant sur place. Il ne reste aucune trace permettant d'établir à qui il appartenait. La seule indication que nous ayons est que vous y êtes allé et que vous auriez pu y mettre le feu au cours de votre visite secrète au milieu de la nuit. Sans doute pour dissimuler quelque chose de grave. Pourquoi sinon brûler son chalet ?

Nuotio : Mais il n'était pas à moi, je vous l'ai dit !

Lindmark : Maintenant, tu commences peut-être à saisir comment nous voyons les choses. Quand nous additionnons deux et deux, c'est toujours sur toi que nous retombons : tu effectues une mission de surveillance à Nikolajbacken où Nils Dunander est tué ; au beau milieu de la nuit, tu te faufiles jusqu'à un chalet qui brûle dans des circonstances suspectes ; lorsque nous t'interrogeons, tu te comportes comme un banal criminel en ayant sans cesse recours à des échappatoires et à des demi-mensonges. On dirait que tu as voulu dissimuler un acte criminel en brûlant des preuves et en tuant Dunander qui détenait peut-être des informations.

Nuotio : Non, non, non ! C'est complètement faux. C'est Ingves qui avait quelque chose à cacher.

Lindmark : Maintenant, je te suggère de te ressaisir, de boire un peu d'eau et de nous raconter dans les détails ce qui s'est passé au chalet. C'est la seule attitude qui puisse te sauver. Plus de dérobades !

[Longue pause. Bruit de verres s'entrechoquant.]

Lindmark : Vas-y tout en douceur et raconte-nous tout depuis le début. Le vendredi soir, tu te trouves donc dans ta Saab et tu surveilles Henrik Ingves jusqu'à ce qu'il s'en aille en voiture. Que se passe-t-il après ?

Nuotio : Je le suis. Il traverse la ville et se dirige vers la campagne pour finalement bifurquer sur un sentier forestier isolé. Là, je suis obligé d'éteindre mes phares pour éviter qu'il ne me repère, mais je garde les yeux sur ses feux arrière afin de voir les courbes du chemin. Quand il s'arrête, je conduis à l'aide d'une lampe de poche jusqu'à une clairière pour qu'il ne voie pas ma voiture au moment de repartir. Puis je me faufile le long du chemin, je trébuche et manque de me fouler la cheville. J'arrive quand même jusqu'au véhicule d'Ingves et je repère de la lumière au loin. Elle émane d'un petit chalet. Je me cache sur sa droite, à bonne distance du chemin et j'attends.

Lindmark : Que se produit-il ensuite ?

[Courte pause.]

Nuotio : Ingves reste à l'intérieur environ une demi-heure. Je n'ose pas m'approcher pour regarder ce qu'il fait. Le silence est complet et je ne veux pas prendre le risque de faire craquer une brindille sur le sol.

Lindmark : Et après. Quand Ingves ressort ?

Nuotio : La lumière s'éteint. Ingves s'éloigne un peu et il règne un tel silence dans la forêt que je l'entends jeter de l'eau. Puis il retourne à sa voiture, effectue quelques manœuvres pour faire demi-tour et s'en va.

Alder : Est-ce qu'il a remarqué votre présence ?

Nuotio : Il n'en a pas montré signe. Il n'a pas crié « Hé ! » ou braqué le faisceau de sa lampe de poche vers la forêt, comme il l'aurait fait dans ce cas.

Alder : Mais il aurait pu voir votre voiture sur le chemin du retour.

Nuotio : J'ai également vérifié en repartant. J'ai éclairé avec ma lampe en imitant le halo des phares, mais ma voiture dans la clairière restait invisible depuis le chemin. Et Ingves se serait sans doute arrêté s'il avait soudain repéré une voiture dans la forêt, alors qu'il s'est éloigné sans marquer de pause. Je sais filer quelqu'un sans me faire remarquer.

Lindmark : Mais après son départ, qu'as-tu fait ?

[Pause.]

Nuotio : Je suis entré dans le chalet. Vous devez comprendre que ma mission consistait à contrôler les endroits inattendus où Ingves se rendait, afin de vérifier s'ils contenaient quelque chose d'intéressant. Ce n'était pas une véritable habitation, plutôt une espèce de remise avec un sol en terre. Pas d'électricité, juste une lampe à pétrole.

Alder : Avez-vous dû forcer une serrure pour entrer ?

[Pause.]

Alder : Votre réponse doit être audible sur l'enregistrement.

Nuotio : Oui, j'ai été obligé de briser un cadenas avec des outils que j'avais dans ma voiture. Mais, comme je vous l'ai indiqué, c'était une simple remise.

Lindmark : Ce n'est pas un problème. Nous nous moquons de la manière dont tu es entré. Qu'y avait-il à l'intérieur ?

Nuotio : Juste une table, un tabouret et un grand coffre en bois. Ce dernier contenait des couvertures, du combustible pour la lampe, des allumettes et un grand écrin. Il était apparemment asiatique et joliment sculpté, à la différence de tous les autres objets dans le chalet qui étaient rustiques.

Lindmark : Et dans l'écrin ?

Nuotio : Je l'ai posé sur la table et je l'ai ouvert à la lueur de ma torche, car je ne voulais pas allumer la lampe à pétrole. Il contenait quelque chose emballé dans un tissu pelucheux vert foncé qui brillait à la lumière. En dépliant l'étoffe, j'ai vu quelque chose qui brillait encore plus : des cheveux blonds ou roux. Une grande quantité, comme une perruque. Mais on aurait dit de vrais cheveux. Il y avait également une enveloppe qui contenait une dizaine de clichés. Des photos d'une femme, un peu floues, comme si elles avaient été prises de loin, peut-être à Nikolajbacken, à en juger par l'arrière-plan.

Alder : Avez-vous reconnu la femme ?

Nuotio : Non. Étant donné la mauvaise qualité des photos, il est difficile de dire si elle pourrait être identifiée autrement que par sa chevelure blonde.

Lindmark : Qu'as-tu fait des cheveux et des clichés ?

Nuotio : Vous devez vous rappeler que j'ai fait tout cela pour un commanditaire qui aurait pu avoir besoin de ces éléments. C'est précisément ce qu'on nous avait demandé de faire. Alors je les ai emportés.

Alder : Vous avez tout pris ?

Nuotio : Pas l'écrin ou quoi que ce soit de valeur. Juste les cheveux et les photos. Je les ai mis dans un sac en plastique dont je m'étais muni.

Alder : Et où sont-ils à présent ?

Nuotio : Je les ai transmis à mon commanditaire.

Alder : Comment cela ?

Nuotio : Nous avions convenu d'une forme de contact, au cas où nous découvririons une information importante. Je l'ai donc contacté et j'ai déposé le sac dans un container bleu dans un parc.

Lindmark : Au parc de Gripenberg ?

Nuotio : Comment le savez-vous ?

Lindmark : Et qui est ton commanditaire ?

Nuotio : Je l'ignore. Nous étions payés en liquide au même endroit et lorsqu'il appelait, il utilisait un modificateur de voix.

Alder : Quelle était la forme de contact dont vous aviez convenu ?

Nuotio : Comme aucun numéro de téléphone ne m'avait été communiqué, nous avions convenu d'un signal : je devais allumer une lampe dans mon bureau qui donne sur la rue piétonne. Je l'ai fait la nuit même quand je suis revenu à l'agence pour mettre ces objets en sécurité. Le samedi matin à 10 h 30, j'ai reçu un appel en réponse au signal et je lui ai alors raconté dans les grandes lignes ce que je viens de vous relater.

Alder : Comment a réagi votre commanditaire ?

Nuotio : En déclarant plus ou moins : « C'est exactement ce que j'attendais. » Il ou elle était extrêmement satisfait. Il m'a indiqué de mettre un terme à la surveillance et qu'un dernier paiement assorti d'un bonus allait nous être versé.

Alder : Qu'avez-vous fait du sac ?

Nuotio : Conformément aux instructions du commanditaire, j'ai attendu jusqu'au soir et je l'ai déposé dans le container bleu, où j'ai également trouvé le liquide. J'y ai aussi placé des clichés du chalet. J'ai oublié de vous le préciser : j'avais un appareil photo, mais comme j'avais besoin du flash, je n'ai pas osé l'utiliser pendant qu'Ingves était encore sur les lieux. Par contre, après son départ, j'ai pris des clichés dans le chalet comme à l'extérieur. Je les ai toujours et je peux donc vous prouver que les cheveux venaient de là et que le chalet était intact quand je l'ai quitté. Ce n'est pas moi qui l'ai incendié !

Lindmark : Ton commanditaire s'est-il à nouveau manifesté ?

Nuotio : Non, aucunement. Il a, de toute évidence, obtenu ce qu'il voulait.

Lindmark : As-tu la moindre idée de qui il pouvait s'agir ?

Nuotio : Non. J'y ai réfléchi, mais non. Il n'est d'ailleurs pas rare que nos clients veillent soigneusement à préserver leur anonymat, même si aucun n'était allé si loin. Mais je respecte cette volonté. Je n'espionne pas les gens avec des afficheurs de numéro ou ce genre de gadgets. Dans notre branche, il faut savoir se montrer discret, du moment qu'on touche ses honoraires.

Lindmark : As-tu également réfléchi aux cheveux et aux clichés ?

Nuotio : Il s'agit sans doute d'un souvenir, peut-être d'une histoire de cœur. Presque toutes les missions qui nous sont confiées par des particuliers concernent des histoires d'amour ou de jalousie, même s'ils ne veulent pas toujours le reconnaître. Je me suis dit qu'Ingves avait peut-être eu une liaison secrète dont quelqu'un voulait avoir la preuve. Dans ce cas, il pourrait s'agir de sa petite amie, mais comme elle est infirmière, je ne sais pas si elle aurait eu les moyens de se payer nos services sur une si longue durée.

Alder : Souhaitez-vous ajouter quelque chose ?

Nuotio : Non. J'ai été totalement honnête. J'ai pleinement collaboré. Et comme je vous l'ai indiqué, je peux vous fournir les photos du chalet.

Alder : Nous les récupérerons volontiers. Où est votre appareil photo ?

Nuotio : Je peux m'en occuper tout de suite. Nous avons une imprimante photo au bureau.

Lindmark : Tu vas devoir demander à un de tes collaborateurs de s'en occuper. Toi, tu restes avec nous pour le moment. Il faut que nous vérifiions tes informations. Ici s'achève l'interrogatoire de Kurt Nuotio. Il est 15 h 18.

Un agent vint chercher Kurt, tandis que nous restâmes dans la salle d'interrogatoire.

– Voilà qui n'est pas rien ! s'exclama Sonja.

Elle montrait rarement sa surprise, mais là elle ne pouvait se contenir.

– En effet, convins-je. Je n'en attendais pas tant.

– Est-ce que tu le crois ? Tu le connais, après tout.

– Je l'ai connu il y a trente ans, à l'époque où c'était un type malsain. Je ne peux pas juger de son tempérament actuel, mais son histoire est si étrange qu'elle peut difficilement être inventée de toutes pièces. La seule autre possibilité est qu'il ait lui-même fait tout ça et qu'il veuille faire porter le chapeau à Ingves.

– Mais dans ce cas, pourquoi mentionnerait-il les cheveux ? objecta Sonja.

– Tu as raison. Il lui suffirait d'admettre qu'il avait une planque secrète, mais qu'il a voulu s'en débarrasser. Là, il crée pour ainsi dire gratuitement un lien avec l'ancienne affaire, ce qui serait vraiment funeste pour lui s'il était le meurtrier d'alors.

– Tu crois qu'il s'agit de cela, que ce sont les cheveux de Julia Dunander ? s'enquit Sonja.

– Je ne vois pas ce que ça pourrait être d'autre. Une somptueuse chevelure rousse… Qui d'autre l'aurait et qui d'autre que le meurtrier qui l'a coupée l'aurait emportée ? Et nous soupçonnions Ingves dès le départ, de même que Dunander. Par ailleurs, c'est exactement ce que nous supposions : le meurtrier les conserve quelque part, c'est un souvenir chargé d'érotisme.

– Il faut que nous arrêtions Ingves.

Je réfléchissais encore et ne répondis pas.

– Mais pourquoi a-t-on incendié le chalet ? poursuivit Sonja. Nuotio pourrait l'avoir fait pour effacer les traces de son effraction.

– Ou Ingves lui-même, quand il s'est rendu compte que quelqu'un y était entré.

– Comment aurait-il pu le savoir ? Est-ce que tu crois qu'il a osé y retourner, à seulement quelques jours d'intervalle ?

– Il y a un lien ici, observai-je. Le commanditaire qui a obtenu ce qu'il voulait et a mis un terme aux missions de surveillance de Nuotio et des Antonsson le samedi après-midi. Mais qu'est-ce qu'il a fait des cheveux et des photos ?

– Il s'en est servi pour faire chanter Ingves, suggéra Sonja. Cela expliquerait qu'Ingves soit retourné au chalet pour détruire les traces ADN qu'il y avait laissées lors de toutes ses visites, à présent que quelqu'un était au courant de l'existence de sa cachette.

– Dans ce cas, qu'est-il arrivé au maître chanteur ? demandai-je.

– Sans doute rien. Le chantage peut continuer même si le chalet a été détruit.

– Mais qui a tué Dunander ? poursuivis-je. Il peut difficilement avoir été d'abord le commanditaire, puis le maître chanteur. Ce serait absurde de demander aux Antonsson de le surveiller.

– Il a peut-être également été menacé par le maître chanteur et il l'aurait rencontré dans la forêt. Ils se seraient disputés et il aurait été tué.

– Tu veux dire que lui et Ingves auraient tué Julia ensemble et que quelqu'un l'aurait appris en les faisant surveiller tous les deux ?

– Est-ce totalement inconcevable ?

Je réfléchis.

– Peut-être pas. Nils Dunander était terriblement jaloux, mais trop faible et trop attaché à Julia pour la tuer. Par contre, Ingves aurait pu agir pour son compte en ajoutant le viol et la coupe des cheveux comme manœuvre de diversion ou comme expression de sa propre personnalité malade. Ce n'est pas impossible. Proches voisins, ces deux-là auraient pu être en contact, même si nous n'avons détecté aucun lien après le meurtre. Il faut dire que nous n'avons pas approfondi cette question. Personne n'a songé que le coupable n'était peut-être pas *l'un des deux*, mais *les deux*.

– En tout cas, il faut que nous arrêtions Ingves. Et que nous procédions à une perquisition chez lui et à une nouvelle chez Dunander. Pour y rechercher des preuves de chantage. La dernière fois, nous n'avons cherché que des cartes et des projets de voyage, car à ce moment-là, nous pensions qu'il était parti avec Petra.

– Il faut avant tout que nous mettions la main sur le commanditaire.

– Comment ? demanda Sonja. Nous n'avons aucun moyen de le contacter maintenant.

– Il faut que nous établissions un contact.

En rentrant chez moi, je vis des moutons de poussière sur le paillasson. Cette fois, je ne m'autorisai aucune excuse. Je posai le courrier sur la console du téléphone et, à peine déshabillé, je sortis l'aspirateur. Je le passai dans tout l'appartement pendant une demi-heure, je poursuivis avec une serpillière mouillée là où la poussière avait formé une fine couche gris argenté. Je pris une douche, puis déambulai en peignoir pour inspecter le résultat.

Je m'installai ensuite dans le canapé avec une bière et le courrier du jour. Un nouveau billet de loterie, une facture pour la redevance audiovisuelle, des points bonus et des coupons de réduction, ainsi qu'une enveloppe blanche que je reconnus.

J'envisageai d'abord de la jeter sans l'ouvrir, mais ma curiosité l'emporta. Qu'est-ce que l'auteur aurait trouvé cette fois-ci, après son infortuné coup d'épée dans l'eau, quand il ou elle avait prétendu que l'enlèvement de Petra était un châtiment qui m'était destiné ?

Un seul mot était inscrit au stylo à bille sur la feuille :

JUSTICE !

L'atout

Samedi 13 octobre 2007

Lindmark : Interrogatoire d'Henrik Ingves au commissariat de Forshälla, le samedi 13 octobre 2007, à 10 h 47. Outre Henrik Ingves, est présent le commissaire Harald Lindmark. Veuillez avoir l'obligeance de décliner votre nom complet ainsi que vos date et lieu de naissance.

Ingves : Henrik Rollo Ingves, né à Åbo, le 12 novembre 1965.

Lindmark : Je sais que vous ne vous appelez pas « Rollo ». Ceci est un interrogatoire officiel.

Ingves : Bon, d'accord. Henrik Rickard Ingves. Mais je veux également protester officiellement contre ce nouveau harcèlement policier. Je n'ai rien dit au sujet de notre précédente rencontre, et je souhaiterais à présent me plaindre que vous, Harald Lindmark, avez envahi mon appartement pour le fouiller comme un fou furieux la semaine dernière.

Lindmark : Vous m'y avez autorisé.

Ingves : Bien sûr. Et vous m'avez donné votre accord pour que je vous photographie. J'ai plein de clichés de vous, trempé de sueur, la cravate de travers et les cheveux en bataille, fouinant dans mes penderies et dans ma cave. Étant donné que vous continuez à me harceler, j'ai bien envie de diffuser ces photos sur la toile. Ou alors je pourrais les envoyer au journal local. Ce serait sympa : le principal commissaire de la criminelle du secteur a l'air d'un barbare tandis qu'il recherche dans des tiroirs de bureau une fillette qui se trouve en sécurité dans une salle communale.

Lindmark : Nous ne pouvions pas le savoir. C'était une situation d'urgence.

Ingves : Oui, vous vous étiez imaginé qu'elle avait été enlevée, cette pauvre… Petra. Vous pensiez qu'elle était ligotée et bâillonnée chez un pédophile qui pouvait à sa guise sortir son machin et l'enfoncer en elle. Dans ses nombreux orifices étroits. Voilà ce que vous imaginiez, Harald, pendant que vous fouilliez, pas vrai ? C'étaient ces fantasmes qui vous donnaient cette force frénétique.

Lindmark : Ce sont *vos* fantasmes. Ils vous correspondent, à vous et à votre vision du monde.

Ingves : Son petit corps et ses membres fragiles. Vous ne croyez pas qu'une fillette qui a entendu ses parents de l'autre côté de la cloison se demande comment ce serait si c'était elle…

Lindmark : La ferme !

Ingves : Mais, Harald, pourquoi êtes-vous tellement à fleur de peau ? Nous sommes de vieilles connaissances après toutes nos conversations au sujet de Julia Dunander. De longues discussions approfondies. Vous aimiez sans doute ça aussi : parler d'une femme qui avait été violée et tuée. Je crois que ce genre de choses vous excite ! C'est sans doute pour ça que vous êtes devenu policier, c'est l'alibi idéal pour vous vautrer dans toute la fange du monde.

Lindmark : Là, il s'agit de vous, pas de moi.

Ingves : Que me voulez-vous cette fois-ci ? Vous avez fini par retrouver Petra après tous vos fantasmes délirants de fugue ou d'enlèvement ou Dieu sait quoi encore. Parfois, je me demande vraiment ce que vous faites réellement de nos impôts. Et pendant tout ce temps, Petra était sous votre nez, dans un quartier chic de Forshälla.

Lindmark : Oui, nous avons retrouvé Petra, grâce à un véritable travail d'enquête approfondi. Vous n'y êtes pour rien ! Mais il reste beaucoup d'éléments à éclaircir.

Ingves : Je veux bien le croire, vu votre efficacité… Mais en quoi cela me concerne-t-il ?

Lidmark : Vous aviez un chalet près du rivage à Euraåminne.

[Pause.]

Lindmark : Que répondez-vous à cela ?

Ingves : *No comment.*

Lindmark : Quoi qu'il en soit, nous savons que c'est bel et bien le cas et que vous l'avez incendié.

Ingves : Ah bon !

Lindmark : Pourquoi avez-vous fait ça ?

Ingves : Quoi donc ?

Lindmark : Incendier le chalet.

Ingves : Supposons que j'aie eu un chalet ou une simple remise qui méritait à peine le nom de chalet et supposons que j'y aie mis le feu. Quelle importance ? C'est comme de brûler quelques feuilles dans son jardin.

Lindmark : C'est bien plus grave que cela. Cela a créé un risque d'incendie dans la forêt.

Ingves : Absolument pas. J'ai pris mes précautions. La remise était accolée à une falaise. Le feu ne pouvait pas se propager.

Lindmark : Vous reconnaissez donc avoir incendié le chalet ?

Ingves : Oui, vous le savez de toute façon. Je suppose que l'incendie était visible de loin et qu'un témoin vous l'a signalé.

Lindmark : Et si je vous dis que vos frasques ont abouti à un feu de forêt ?

Ingves : Dans ce cas, vous mentez ! Si un incendie s'est produit, votre témoin devrait pouvoir vous confirmer qu'il ne s'est pas déclenché là.

Lindmark : Laissons cela de côté pour le moment. Mais vous n'avez pas répondu à ma question : pourquoi avez-vous incendié ce chalet ?

Ingves : Sans raison. Je m'en étais juste lassé. Une telle broutille ne peut quand même pas vous intéresser. Occupez-vous de tâches sérieuses, comme par exemple de retrouver le petit garçon qui a disparu il y a un an. Lui, on n'en a plus entendu parler.

Lindmark : Vous voulez dire Johan Selenius. Ce n'est pas pertinent pour le moment. Nous avons d'autres affaires importantes en cours et votre chalet est lié à l'une d'elles. Qu'aviez-vous à l'intérieur de ce chalet ?

Ingves : Rien de particulier. Un peu de matériel de pêche. La remise était proche de la mer. Mais elle était en si piteux état qu'à la fin, il n'était plus possible d'y conserver quoi que ce soit de valeur.

Lindmark : Je crois que vous y conserviez quelque chose de grande valeur. De très grande valeur pour vous.

Ingves : Et quoi donc ?

Lindmark : Vous n'êtes pas obligé de le dire. Nous le savons de toute façon.

Ingves : Il n'y a rien à savoir.

Lindmark : Vous y gardiez des photos de Julia Dunander, prises de loin. De même que sa luxuriante chevelure blonde.

[Pause.]

Lindmark : Et maintenant ?

Ingves : Je n'ai rien à déclarer.

Lindmark : Et savez-vous ce que cela signifie ? Savez-vous qui pouvait avoir les cheveux de Julia Dunander en sa possession ?

Ingves : Comment savez-vous qu'il s'agissait de ses cheveux ?

Lindmark : Le seul qui pouvait les avoir était son meurtrier. Celui qui l'a violée et tuée dans la forêt de Nikolaj dans la nuit du 27 au 28 octobre 2004. Et c'était vous.

Ingves : De quelles preuves disposez-vous ?

Lindmark : Nous avons vos empreintes digitales sur les photos de Julia.

Ingves : Vous mentez ! Là, tu mens vraiment, Harald !

Lindmark : Comment pouvez-vous le savoir ?

Ingves : Il… Ces photos n'existent pas.

Lindmark : Voici des clichés du chalet. Vous comprenez donc que quelqu'un vous y a discrètement filé, une personne qui en sait long sur vous.

[Pause. Bruit de papiers.]

Ingves : Cela ne prouve rien. Juste des clichés flous d'un chalet dans la pénombre. Je n'y apparais même pas.

Lindmark : Mais on voit les cheveux de Julia sur la table.

Ingves : Et alors ? Cette photo aurait pu être prise n'importe où. Il n'y a aucune preuve qu'il s'agisse des cheveux de Julia Dunander et qu'ils aient jamais été dans mon chalet. Des clichés de mauvaise qualité d'un chalet non identifié qui ne pourront jamais être vérifiés puisqu'il n'existe plus !

Lindmark : Mais nous savons que vous avez tué Julia Dunander et que vous avez conservé ses cheveux en souvenir.

Ingves : Comment comptez-vous prouver ces accusations diffamatoires ?

Lindmark : Connaissez-vous Nils Dunander ?

Ingves : Pas personnellement. Mais je sais de qui il s'agit : le mari de Julia. C'était une andouille dès le départ, mais après la mort de sa femme, il est devenu franchement bizarre. Il traînait dans la cour et dans la forêt comme un… Je ne sais pas quoi. Le sonneur de Notre-Dame, la bosse en moins.

Lindmark : Donc vous ne l'avez jamais rencontré ?

Ingves : Nous nous saluons quand nous nous voyons dans la cour, mais rien de plus. Comme je vous l'ai dit, il est particulier.

[Pause.]

Lindmark : Êtes-vous déjà entré dans son appartement ?

Ingves : Non, nous ne nous connaissons pas suffisamment.

Lindmark : Mais vous étiez tous les deux suspectés du meurtre de Julia Dunander.

Ingves : Vraiment ! Je sais que les médias spéculaient en ce sens, mais vous ne m'en avez jamais rien dit. Je pensais être le seul que vous ne cessiez d'interroger.

Lindmark : Nous ne révélons jamais l'identité d'autres suspects pendant un interrogatoire. Est-ce que Dunander est déjà venu chez vous ?

Ingves : Non.

Lindmark : Vous voulez dire que vous n'avez jamais collaboré ?

Ingves : Quelle collaboration aurais-je eu avec ce taré ?

Lindmark : Le meurtre de Julia Dunander, par exemple.

Ingves : Je ne comprends plus rien.

Lindmark : Vous pourriez l'avoir commis ensemble.

Ingves : Est-ce que vous prétendez sérieusement que Nils Dunander et moi aurions violé et tué Julia Dunander ensemble ?

Lindmark : C'est une possibilité. Et quelqu'un pourrait être au courant et aurait commencé à vous faire chanter.

Ingves : Là, vous êtes vraiment aux abois, Harald. Il se pourrait que Nils Dunander ait tué sa femme, comme vous le soupçonniez à l'époque. Tout le monde savait qu'il était jaloux. Mais que je puisse avoir participé à ce meurtre est une idée totalement absurde.

Lindmark : Elle t'attirait.

Ingves : Nous avons déjà évoqué tout ça il y a trois ans, quand elle est morte. *Oui*, je trouvais qu'elle était mignonne et beaucoup trop bien pour lui. *Non*, je n'avais pas de liaison avec elle. *Non*, je ne l'ai pas tuée. D'accord ?

Lindmark : Mais maintenant nous savons que vous l'avez fait et que vous conserviez ses cheveux dans votre chalet.

Ingves : Prouvez-le dans ce cas !

Lindmark : Jusqu'à ce que quelqu'un prenne les cheveux et que vous incendiiez le chalet pour détruire les autres preuves. Mais cette personne sait tout. Il se pourrait qu'il ait tué Dunander et à présent, c'est vous qu'il a dans le collimateur. Ne vaudrait-il pas mieux l'admettre afin que nous puissions le trouver et vous protéger ?

Ingves : Harald, Harald, vous m'inquiètez vraiment. Une chimère après l'autre. « Une personne » m'a dans le collimateur. Il faut que vous vous ressaisissiez. Je vous ai dit tout ce que je savais. J'avais une remise pour entreposer du matériel de pêche. Je m'en suis lassé et je l'ai incendiée. C'est tout. Je peux y aller maintenant ?

Lindmark : Non, vous êtes toujours en garde à vue et nous avons de solides raisons de vous suspecter du meurtre de Julia Dunander, de construction illégale sur un terrain propriété de l'État et d'incendie volontaire dangereux. L'interrogatoire d'Henrik Ingves s'achève à 11 h 36.

Un agent vint chercher Ingves et Sonja entra, un calepin à la main. Elle était restée assise derrière le miroir sans tain, avait écouté et observé.

– Qu'en as-tu pensé ? lui demandai-je.

– Un type odieux. Qui sait quels trucs pervers il a perpétré, comme ceux qu'il évoquait en parlant de Petra.

– Au moins, il a reconnu l'incendie.

– Oui, c'était amusant. Il a avoué ce dont nous n'étions pas sûrs au sujet du chalet parce qu'il pensait que nous avions un témoin, alors qu'il a nié ce que nous savions au sujet des cheveux grâce à Nuotio.

– Comment pouvait-il être si sûr de lui ? me demandai-je à voix haute. Celui qui nous a parlé du chalet et qui a emporté les cheveux et les photos aurait tout aussi bien pu nous les avoir apportés.

– Est-ce que tu crois qu'il est capable de lire dans tes pensées après tous les interrogatoires que tu lui as déjà fait passer ? Qu'il remarque quand tu… en dis trop ?

– Tu veux dire : quand je mens au sujet de preuves que nous n'avons pas ?

– Quelque chose de ce style, répondit Sonja avec précaution.

– Difficile à dire. Ingves est intelligent, mais ce n'est pas un médium. Est-ce que tu as vu à mon attitude que je mentais quand j'ai mentionné ses empreintes sur les photos ?

– Non, mais certaines personnes sont particulièrement douées pour déchiffrer le langage corporel et les intonations. Ce ne sont pas des médiums, mais ils perçoivent ce qui échappe à d'autres.

– Je pense qu'il sait quelque chose au sujet des photos que nous ignorons.

– Comme quoi ? s'enquit Sonja.

– D'après ce que Nuotio nous a raconté, Ingves devrait au moins savoir que les cheveux et les clichés ont disparu. Il s'en est aperçu quand il est retourné au chalet et l'a incendié. Il ne devrait pas être si sûr qu'ils ne sont pas en notre possession.

– Il a donc été contacté par le commanditaire de Nuotio, compléta Sonja.

– Exactement ! Il sait que les photos ne sont pas entre les mains de la police parce que c'est quelqu'un d'autre qui les détient.

– Quelqu'un qui le fait chanter et ne peut donc pas nous contacter, suggéra Sonja.

– Peut-être.

– Mais dans ce cas, il doit se demander comment nous avons eu connaissance des cheveux et des photos, poursuivit Sonja. Il doit se demander si le commanditaire ne nous a pas contactés malgré tout.

– Mais sans nous fournir les preuves.

– Il ne peut pas en être sûr. Nous pouvons toujours prétendre détenir les preuves.

– C'est vrai. Je n'ai jamais admis que nous n'avions pas les clichés avec ses empreintes.

– Un autre élément intéressant est qu'Ingves ne semblait pas du tout inquiet de ce que le commanditaire de Nuotio pourrait lui faire. Cela a de quoi surprendre en songeant qu'un maître chanteur détient des preuves compromettantes contre lui et qu'il veut peut-être en plus se venger de manière physique.

– Oui, mais il se pourrait qu'Ingves n'ait pas encore assimilé ces données, objectai-je. Là, nous l'avons surpris en lui révélant que nous étions au courant pour les cheveux et les photos. Il doit suspecter que le commanditaire de Nuotio nous en a parlé. Peut-être que petit à petit, il va s'inquiéter de ce qu'il pourrait faire d'autre.

– Est-ce que tu crois qu'il sera effrayé au point d'avouer ? s'enquit Sonja.

– Certainement pas. Avec ce dont nous disposons pour le moment, nous ne pouvons l'inculper que de construction illégale et d'incendie volontaire. À moins que les techniciens aient découvert quelque chose chez lui ?

– Non. Des tas de fichiers à caractère pornographique sur son ordinateur, mais ni cheveux ni photos. Tout était propre, presque aseptisé. Pas de cheveux ni de photos chez Dunander non plus, où c'était évidemment un peu plus sale.

– Rien ne va dans notre sens pour le moment, lâchai-je en soupirant.

– Mais il nous reste un atout, répondit Sonja pour me consoler. Nous pouvons miser sur l'effet de surprise en lui révélant que Dunander a été tué. Les habitants de Nikolajbacken nous ont vus effectuer des recherches dans la forêt, mais ils pensaient qu'elles ne concernaient que Petra. Nous avions établi un périmètre de sécurité tellement large que personne n'a pu nous voir emporter le corps de Dunander.

– C'est effectivement la carte que nous allons devoir jouer. Nous sommes bloqués et il faut que nous changions la donne. Il faut mettre Ingves en quarantaine. Qu'il n'ait aucun accès aux médias ou à Internet. Et que les gardiens ne lui parlent de rien d'autre que des questions relatives à sa détention.

L'anorak

Dimanche 14 octobre 2007

Je marche dans Forshälla et il est tard. Les rayons du soleil sont d'une pâleur blanchâtre, mais tout est silencieux, il n'y a personne en vue. On dirait que c'est la Saint-Jean et que tous les gens sont partis la fêter loin de la ville. Je regarde les vitrines de la rue piétonne, mais aucun magasin n'est ouvert. Soudain, je ressens le besoin impérieux de me retourner ! La rue est déserte alors que l'instant d'avant, j'avais le sentiment que quelqu'un se tenait juste derrière moi. Je poursuis mon chemin sans que cette impression ne me quitte. Je me retourne plusieurs fois et il me semble discerner une ombre dans les venelles sombres qui partent de la rue. Oui, il y a quelqu'un – c'est pour ça que tout le monde a fui la ville ! Il ne reste plus que moi et celui qui me traque. J'accélère, mais calmement et avec précaution pour ne pas montrer que j'ai compris ce qui se tramait. Après avoir quitté la ville, je m'aperçois que c'est vraiment la Saint-Jean : il flotte une odeur de seigle et le soleil blême sera visible toute la nuit. J'avance de plus en plus vite en me retournant régulièrement. Le sentier est sinueux et les épis de seigle couvrent des champs immenses. La forteresse s'élève, noire, au-dessus de la cité – et celui qui me poursuit ne cesse de se rapprocher ! Je n'ose pas l'affronter, car il est sans doute plus fort et plus rapide que moi. Mais je marche aussi vite que possible en regardant sans cesse par-dessus mon épaule. Cela ne m'évite pas d'être rattrapé pour autant. L'autre avance d'un pas résolu et je vois que… est-ce possible ? Étonné, je me retourne, m'immobilise et plisse les yeux. Oui, c'est bien elle, c'est Inger qui se rapproche à grands pas ! Elle m'a enfin rattrapé et m'adresse un signe de la main en souriant. Dire que j'ai cheminé tout ce temps avec elle sans le savoir, pendant tout ce long trajet hors de la ville.

Le dimanche matin, j'eus de nouveaux entretiens avec les deux agences de détectives et je parvins à les obliger à coopérer. « Complicité de meurtre » est un argument de poids. Pour surveiller leur participation au plan, Anna se posta chez les Antonsson et Jarno chez Nuotio.

La seconde partie de la stratégie était comme d'appuyer sur un bouton. Nous publiâmes un communiqué de presse relatif à la mort de Dunander à Nikolajbacken en rappelant discrètement que c'était là que se situait l'immeuble de Petra Nilsson. Cela suffit. Comme nous avions donné aux journalistes la possibilité de spéculer sur un éventuel lien avec l'étrange disparition de Petra, cette mort apparut comme une nouvelle de premier plan. En moins d'une heure, on en parlait à la radio, à la télévision et sur les sites en ligne des journaux.

Je m'installai ensuite dans la salle de réunion avec Sonja, Markus et Hector. Nous scrutions les sites des médias sur un ordinateur portable pour voir si l'un des lecteurs rédigeant un commentaire allait se trahir – de fait, cela arrive parfois. Nous parcourions les journaux en échangeant de temps à autre des réflexions, mais en réalité, nous ne faisions qu'une chose : nous attendions la réaction du commanditaire. Sonja ou moi restions en contact régulier par téléphone avec Anna et Jarno. Ils attendaient la même chose que nous depuis les agences de détectives.

Quatre heures plus tard, nous eûmes une touche. Jarno nous appela pour nous dire que Nuotio avait reçu un appel du commanditaire, qui avait appris la nouvelle de la mort de Dunander et, visiblement contrarié, lui avait demandé ce qui était arrivé. Conformément à nos instructions, Nuotio lui avait alors répondu qu'il disposait de nouvelles informations, mais qu'il ne voulait pas les transmettre par téléphone. Au lieu de ça, il déposerait des documents dans le container bleu du parc de Gripenberg à 17 h 30. Au cas où le commanditaire aurait déjà surveillé le parc, nous y envoyâmes effectivement Nuotio. Sous l'œil de Jarno posté à distance, il déposa un sac en plastique blanc contenant une grande enveloppe vide dans le container.

Sur ce, il avait rempli son rôle, mais nous lui donnâmes l'ordre de nous appeler sur-le-champ si le commanditaire modifiait les conditions. Nous nous réunîmes ensuite tous devant le parc, Sonja et moi dans ma voiture personnelle, Jarno et Anna dans une voiture banalisée de l'autre côté, et Markus et Hector bien cachés sous un porche derrière nous. Hector avait sa moto et Markus son vélo. Nous gardions les yeux rivés sur le container et avions couvert toutes les issues imaginables.

Par chance, il faisait à présent si noir et nous étions garés à une telle distance des réverbères que nous pouvions compter ne pas être repérés. Markus avait suggéré que nous nous noircissions le visage, mais nous nous étions contentés de sourire et de bannir tout vêtement clair. Nous devions juste rester immobiles et attendre, sans passer d'appel sur nos portables et sans discuter à voix haute, de puissantes lampes de poche à portée de main pour être prêts à intervenir.

Sonja et moi pouvions voir comme ce grand container bleu était un endroit judicieusement choisi. Dans la pénombre, il était presque invisible entre deux chênes imposants dont les troncs, les branches et le feuillage flétri obstruaient la lumière des lampadaires loin de là. Dans l'ensemble, ce parc n'avait rien de spécial. C'était un lieu calme idéal pour les enfants, le long d'une rue peu fréquentée et bordé par une paroi rocheuse d'un côté. Un petit manège, deux balançoires, un grand bac à sable et quelques bancs.

J'étais souvent passé devant, mais je ne me souvenais que d'une seule fois : je me rendais à l'appartement de Gabriella Dahlström, à Stensta, et j'avais vu une luge rouge abandonnée dans le parc alors qu'il n'y avait pas la moindre chance qu'il neige. Nous recherchions le Chasseur et avions fini par le trouver parmi nous : Gunnar Holm. Il avait étranglé et mutilé au moins deux personnes, par cupidité et par aigreur suite à l'avancement de Sonja au-dessus de lui dans la hiérarchie.

Une demi-heure s'écoula. Les gens traversaient le parc d'un pas pressé et résolu ou ils déambulaient avec un chien. La pénombre dans laquelle Sonja et moi étions assis créait une ambiance intime inhabituelle. Nous étions si silencieux que j'entendais sa respiration et un léger bruissement d'étoffe lorsqu'elle bougeait les bras. Je sentais l'odeur de ses cheveux lavés de frais.

Elle trouvait peut-être ce silence oppressant, car elle me demanda tout bas ce que je pensais de la rénovation de la cantine, le sujet de conversation de l'ensemble du commissariat au cours de la semaine qui venait de s'écouler. Je lui répondis d'une voix lasse et la conversation s'éteignit, mais elle reprit la parole au bout d'un moment.

– Cet Henrik Ingves… Comment crois-tu qu'on devient comme ça ?

– Il a toujours été comme ça, depuis le temps que je le connais.

– Mais il ne peut pas être né salaud et l'avoir déjà été enfant. Il doit lui être arrivé quelque chose.

– Est-ce ainsi que vous analysez les tueurs en série à Atlanta ?

– Oui. Il y avait presque toujours une explication dans leur enfance ou dans une situation traumatique plus tardive.

– Peut-être, concédai-je. Mais Ingves n'est pas franchement un psychopathe. C'est un obsédé sexuel. Il veut m'emmerder et feint la supériorité. Cela ne me semble pas très difficile à comprendre. Tu as beaucoup réfléchi à son cas ?

– Pas mal, admit Sonja. Mais j'ai bien sûr plus songé à…

– Gunnar, complétai-je.

– Oui.

– Nous pensons tous à lui.

– Je vois que Markus le fait, et peut-être Hector. Mais chez toi, ça ne se voit pas. Pourtant la disparition de Petra m'a particulièrement touchée, alors j'imagine que ce qui est arrivé à Gunnar a dû avoir le même effet sur toi. Vous vous connaissiez depuis si longtemps… Mais tu restes toujours parfaitement professionnel quand on l'évoque.

Sonja me parut presque aguicheuse quand elle me lança ce compliment en le susurrant.

– Merci, répondis-je. Je crois en effet que j'ai surmonté cette épreuve. Pour moi, ce fut plus facile dans la mesure où j'ai découvert la vérité progressivement. Au départ, j'ai éprouvé un vague soupçon, puis une certitude croissante. Tout ne m'a pas explosé au visage de manière brutale, comme pour vous autres.

– Mais tu le connaissais si bien que ça a dû être un choc, précisément pour cette raison, non ?

– C'est clair que j'ai beaucoup ruminé. Comment avais-je pu ne pas remarquer qu'un collègue et un vieil ami s'était égaré et était devenu un tueur à gages ? Et pourquoi l'était-il devenu ?

– As-tu découvert quelque chose dans sa vie qui l'explique ? s'enquit Sonja.

– Non, pas vraiment. La cupidité existe chez tous les gens et elle prend peut-être une importance particulière quand on n'est pas satisfait de sa vie en général.

– Aux États-Unis, on parlait souvent de « crooked cops », des policiers qui ont tellement fréquenté les criminels qu'ils sont devenus comme eux.

– Est-ce que tu as peur que cela puisse t'arriver ? lui demandai-je.

– Je n'y pense pas trop, répondit Sonja sur un ton dubitatif. Mais il est fort possible que l'on soit contaminé par son environnement, à la longue. Plus jeune, Gunnar a sans doute été un idéaliste, n'imaginant pas un instant que les choses tourneraient ainsi, mais il a fréquenté des criminels presque au quotidien pendant des décennies.

– Bien sûr. Le risque existe et parfois je me demande : pourquoi lui et pas moi ? Nous sommes assez semblables et nous avons le même âge, nous avons eu les mêmes enseignants à l'école de police, nous avons tous les deux fondé une famille, eu des enfants, puis des petits-enfants. De ce point de vue, il n'y a aucune explication. Juste cette part imprévisible dans la personnalité des gens, qui fait que lui précisément a été contaminé, pour reprendre ton expression. La plupart du temps, nous interrogions des criminels, ensemble, des heures ou des jours entiers. Je croyais le connaître, mais là, je ne le comprends pas. On dirait qu'il existe une raison plus profonde, quelque chose de sombre en lui qu'il dissimule en parlant d'argent et de fierté blessée.

Après un court silence, Sonja me lâcha soudain, comme lorsqu'on prend son courage à deux mains et qu'on plonge dans de l'eau froide :

– Tu n'as jamais envisagé de raccrocher ?

– Non, pas vraiment. Mais il m'est arrivé de songer aux salaires dans le privé... et puis ce serait bien d'avoir des horaires de travail normaux. Ce que je regrette réellement, c'est de ne pas avoir consacré davantage de temps à ma famille. Ce n'est qu'après la mort d'Inger, mais à présent il est trop tard, que j'ai compris à quel point je m'étais laissé absorber par mon travail et que je n'étais pas toujours disponible pour elle et les enfants, même quand j'étais à la maison. Mais franchement, non. Je n'imagine pas faire un autre métier que celui de policier. Et toi, tu as pensé à arrêter ?

Sonja garda le silence et j'entendis sa respiration s'accélérer.

– Tu peux m'en parler, repris-je. C'est tout à fait naturel, une personne aussi jeune et bien formée que toi a de nombreuses possibilités de carrière.

– Au fond, je suis satisfaite, répondit-elle avec assurance. Mais je ne peux m'empêcher de me poser des questions en pensant à Gunnar. Comment un être humain peut-il en arriver là ?

– Bien sûr, mais d'un autre côté, dans notre métier, on peut donner un sens à sa vie. Protéger des gens, arrêter un criminel avant qu'il ne frappe à nouveau. C'est ce que je faisais avec Gunnar, et tu le feras également, peut-être dès ce soir. Nous venons juste de retrouver Petra avant qu'il ne lui arrive quoi que ce soit.

– Oui, tu as raison, répondit Sonja d'une voix basse mais pleine de conviction. Au bout du compte, c'est le plus important : faire quelque chose de sa vie.

– Est-ce que tu as toujours voulu être flic ?

– J'ai commencé des études de droit, mais je me suis rapidement aperçue que je ne supporterais pas toutes ces arguties, enfermée dans un bureau à longueur de journée. J'ai poursuivi jusqu'à l'obtention de mon diplôme, mais immédiatement après je me suis inscrite à l'école de police. Je ne me suis jamais sentie juriste. Il n'empêche que c'est une bonne formation.

– Peut-être qu'un jour, tu deviendras procureur général, avec cette double compétence.

– Non, je suis contente de mon travail. Mais les choses sont allées assez vite pour moi, alors j'ai parfois besoin de faire une pause pour réfléchir.

Sonja posa soudain la main sur mon épaule, car un chien entraînait son maître vers le container. Je le vis également et saisis la poignée de la portière pour être prêt à me précipiter dehors.

Mais c'était une fausse alerte. Le chien ne tarda pas à prendre une autre direction. Le geste de Sonja rayonnait dans tout mon être, mais je réprimai les vaines pensées qu'il éveillait.

Le chien était un bon signal. Le commanditaire utilisait peut-être un chien qu'il promenait comme couverture. Un prétexte parfait pour se faufiler dans un parc tard le soir. D'un autre côté, il pouvait tout aussi bien traverser le parc à grandes enjambées en faisant un détour rapide par le container. Cela ne prendrait que quelques secondes à celui qui connaissait son objectif.

Au bout d'une heure, je sentis que je n'allais pas tarder à devoir soulager ma vessie et je me demandai si j'allais tout simplement le dire à Sonja ou si j'allais prétendre sortir un peu pour inspecter les lieux de plus près. Je regardai autour de moi en quête d'un buisson adapté près de la paroi rocheuse. Il y faisait si sombre que l'œil et le cerveau y créaient d'eux-mêmes des mouvements dans les ténèbres, comme lorsque les gens commencent à être victimes d'hallucinations après un certain temps passé dans l'obscurité totale. Un buisson semblait bouger et se détacher de la pénombre – et il le faisait vraiment ! Je donnai un petit coup de coude à Sonja et lui chuchotai : « Là, derrière le container, près de la paroi ! – Où ça ? murmura-t-elle d'une voix enrouée. Oui, je le vois maintenant ! »

C'était une silhouette aux vêtements foncés qui arrivait de la direction la plus inattendue, de l'autre côté de l'éperon rocheux. Cette personne l'avait manifestement escaladé par la face arrière avant de se faufiler dans le parc, avec des gestes lents qui s'interrompaient parfois quand quelqu'un passait à proximité. Lorsque l'ombre s'évanouit complètement dans l'obscurité près d'un tronc d'arbre, je crus m'être trompé et avoir entraîné Sonja dans ma propre vision.

Mais le mouvement se manifesta à nouveau : quelqu'un se dirigeait vers le container par derrière ! J'envoyai un SMS à Jarno et Hector, mais n'eus pas le temps d'attendre leurs réponses. La silhouette avait atteint son objectif et soulevait le couvercle du container. Le sac en plastique blanc scintilla quelques instants, puis disparut dans une pochette sombre. « Maintenant ! » chuchotai-je. Sonja et moi nous précipitâmes hors de la voiture, mais à notre arrivée au container, la silhouette s'était déjà envolée. Nous courûmes en direction de la paroi rocheuse. J'avais beau avoir allumé ma lampe de poche, je trébuchai et manquai tomber, et à cet instant précis je repérai la silhouette sombre qui escaladait la paroi. Elle se retrouva dans le faisceau de la lampe de Sonja. En quelques secondes, nous étions sur elle. Je lui attrapai un pied mais seule sa chaussure me resta dans la main, pourtant la personne glissa, entraînée par Sonja qui tirait sur son autre jambe, jusqu'à ce qu'un corps se retrouve accroupi devant nous. Je me baissai, rabattis sa capuche et pointai ma lampe droit sur son visage. Une main cherchant désespérément à se protéger le dissimula et les pupilles soumises à cette lumière vive se rétrécirent. Mais je reconnus tout de suite ce visage bronzé et ces cheveux gris ondulés.

Britta Holm, l'épouse de Gunnar.

La tempe

Lundi 15 octobre 2007

J'étais à la prison. J'attendais Gunnar au parloir, fermé pour l'occasion à tous les autres visiteurs. Des tables vert foncé, des chaises inconfortables, un sol nu et quelques affiches comportant des instructions placardées sur les murs.

Un an auparavant, j'avais tiré dans la cuisse de Gunnar au cours de son arrestation et je ne l'avais pas revu depuis. En raison de cette altercation et de la ruse peu académique dont j'avais fait preuve en le démasquant à l'aide d'un micro caché, c'était le commissaire Hämäläinen d'Helsingfors qui avait dû témoigner devant le tribunal. J'étais considéré à la fois comme partial et comme un témoin important.

Je n'avais pas davantage envie de rencontrer Gunnar ce jour-là, mais Britta refusait d'échanger la moindre parole sensée avec moi ou avec Sonja. « Parlez-en à Gunnar », avait-elle éructé en guise de réponse à toutes nos questions pendant l'interrogatoire.

Comment allais-je l'aborder ? Comment se comporter face à un homme que je connaissais depuis trente ans, qui fut mon collègue pendant vingt, mais que j'avais dû arrêter parce que c'était un tueur à gages ?

Un gardien l'amena, puis il quitta la pièce, conformément à mes instructions. J'entendis la serrure de la grande porte métallique se refermer. Gunnar resta un instant planté près de l'entrée à me regarder. Il n'avait pas changé, sauf que ses cheveux tondus étaient un peu plus gris et qu'il était un peu moins bronzé. C'en était fini des sports d'hiver en Laponie.

Il s'avança vers la table où j'étais installé et je vis alors que sa blessure à la cuisse le faisait légèrement boiter. Je me demandai s'il exagérait sa claudication comme un reproche à mon égard ou s'il cherchait au contraire à la dissimuler par fierté.

– Bonjour, dit-il en s'asseyant à une distance respectable de la table.

Heureusement, il n'essaya pas de me serrer la main – j'avais imaginé que cette situation pouvait se présenter, sans décider si je refuserais ou pas.

– Bonjour, répondis-je et je vis qu'il attendait que je commence. Eh bien, Gunnar, nous sommes là pour discuter d'une affaire, comme à la vieille époque.

– À part que tu as incarcéré Britta.

– Je la retiens en tant que témoin.

– Elle n'a rien fait.

– Ça reste à voir, mais je n'ai rien contre elle.

– Tu en as après moi, répondit Gunnar calmement.

– Pas vraiment. Je pense que je comprends dans les grandes lignes, mais j'ai besoin de confirmations et de preuves. Nous pouvons commencer par Julia Dunander, l'affaire sur laquelle nous avons travaillé ensemble.

– Au bon vieux temps, quand il n'y avait que toi et moi.

– Exactement. Cette affaire a refait surface, grâce à toi. Peux-tu m'expliquer comment cela s'est passé ?

– Me promets-tu de libérer Britta ?

– Oui, si j'obtiens assez de clarifications.

– Portes-tu un micro ?

Je le regardai droit dans les yeux et secouai la tête. Il me crut.

Gunnar se leva et commença à déambuler dans la pièce. Il le faisait souvent quand il réfléchissait – une habitude prise dans les montagnes où il errait en méditant sur la vie, disait-il toujours. Il marcha jusqu'à la fenêtre et se mit à parler à voix basse, comme à lui-même.

– Julia Dunander, une affaire dont je me souviens. Elle était si belle et a été si abîmée. Les clichés de son autopsie défilent souvent dans ma tête. On voyait toujours à quel point elle était belle malgré sa peau bleuie et son crâne tondu. Et puis, c'était une affaire frustrante. Après un certain temps, il était évident que le coupable était Nils Dunander, Henrik Ingves ou Jaakko Asikainen. Ils se trouvaient à proximité et avaient tous un mobile ou un profil d'agresseur sexuel. En outre, ils s'étaient tous les trois comportés de manière suspecte durant nos interrogatoires. Mais il n'y avait aucune preuve. Le meurtrier avait sans doute conservé les cheveux, mais ils demeuraient introuvables malgré tous nos efforts. Pour finir, nous avons dû tous les relâcher.

Gunnar marqua une courte pause et essuya avec son bras la vitre sur laquelle sa respiration avait visiblement formé de la buée. Je me disais que c'était peut-être ainsi qu'il avait présenté l'affaire à Britta pour la convaincre de collaborer.

– Tant que je travaillais, c'était supportable. J'avais d'autres cas sur lesquels ruminer. Mais quand j'ai atterri ici et que je n'ai plus rien eu à faire, que ce soit pour mon boulot ou sur mon train en modèle réduit, je me suis remis à penser davantage à l'affaire de Julia. Il devait être possible de la résoudre. Cela nécessitait simplement des ressources dont la police ne disposait pas sur le long terme.

Je notai qu'il ne disait plus « nous » ou « nous, les policiers ».

– Il suffisait d'attendre que la concupiscence du meurtrier se manifeste, poursuivit Gunnar. À un moment ou un autre, peut-être lorsqu'il serait sous pression ou aurait besoin de se consoler, il voudrait voir les cheveux. Revivre l'excitation du viol de Julia. Dans un premier temps, je pensais créer cette pression, par exemple en envoyant des lettres anonymes où j'aurais accusé chacun d'entre eux du meurtre, mais cela aurait pu se révéler contre-productif. J'ai donc simplement décidé d'attendre et de mettre en place ce dont la police n'avait pas les moyens : une surveillance vingt-quatre heures sur vingt-quatre de chacun d'entre eux. Tôt ou tard, l'un d'eux se trahirait en se rendant à sa cachette pour y sortir les cheveux. Cela requérait juste de l'attention et du temps et ici j'ai bien suffisamment les deux.

Il se tut à nouveau et je ne voulus pas rompre l'ambiance, mais comme la pause se prolongeait, je pris la parole.

– Alors tu as confié à différentes agences de détectives la mission de surveiller Dunander et Ingves en permanence. Et même Asikainen, lui, je ne l'avais pas pris en considération.

– Vraiment ? m'interrogea Gunnar en se retournant. Pourtant, il faisait également partie du paysage, même s'il habitait un peu plus loin et que nous n'avions pas pu prouver qu'il avait vu Julia.

– Oui, c'est exact, il faisait partie du tableau d'ensemble. Tu as bien fait de l'inclure. Et puis tu as obtenu des résultats.

– Cela a pris un mois et demi, mais Ingves a fini par se rendre à son chalet. Et Nuotio a trouvé ce que j'avais espéré : les cheveux de Julia.

– Grâce à tes instructions, transmises par Britta.

– Oui, et elle a réussi à préserver son anonymat jusqu'à ce que vous montiez une planque devant le parc. L'annonce de la mort de Dunander était un astucieux appât.

– On apprend quand même à tirer quelques ficelles avec le temps. Et au fond, ce n'était pas ton idée, que Dunander meure ?

– Non, vraiment pas ! s'exclama Gunnar. Je voulais aboutir à ce qui était juste. Coincer le meurtrier. Quand j'ai appris la mort de Dunander, il fallait que je contacte Nuotio par l'intermédiaire de Britta pour savoir ce qui s'était passé.

– Malgré tout je ne comprends pas, l'interrompis-je. Quand tu as obtenu les preuves qu'Ingves était le meurtrier, pourquoi ne nous as-tu pas contactés, nous ou les médias ? Tu aurais pu devenir un héros, le policier qui résout une enquête depuis sa cellule.

– « Le policier meurtrier ! » Tu crois vraiment que j'ai envie d'être à nouveau sous les projecteurs ?

– Mais tu ne t'es pas rendu compte qu'à présent, vous étiez tous coresponsables de la mort de Dunander ? Même si ce n'était pas intentionnel, vous avez commis un délit en dissimulant des informations relatives à un meurtre : d'abord Nuotio, puis Britta et ensuite toi, le dernier maillon de la chaîne.

– Ce n'était vraiment pas mon intention que les choses prennent cette tournure.

– Quelle était ton intention ?

– J'y avais réfléchi. Si Nils Dunander était le coupable, je vous aurais fait parvenir les preuves. Mais si c'était Asikainen ou Ingves, il appartiendrait à Nils de décider. C'était lui qui avait souffert, sa femme avait été violée et tuée. Alors quand Nuotio a déposé les preuves le samedi soir, j'ai demandé à Britta de les glisser dans la boîte aux lettres de Nils quand il serait sorti le dimanche matin. Ensuite elle l'a appelé avec le modificateur de voix pour lui expliquer que les cheveux et les photos avaient été retrouvés chez Ingves.

– Tu as donc laissé à Dunander le soin de se faire justice ?

– Pourquoi as-tu l'air si choqué, Harald ? J'ai vu ton expression sur la plage quand tu m'as arrêté et j'ai fini par comprendre ce qu'elle signifiait. Tu *voulais* m'abattre, tu as *envisagé* de m'abattre. Et puis j'ai été blessé à la jambe et tu n'as pas pu t'y résoudre. Ce n'est pas vrai ?

Je m'abstins de répondre.

– Alors ne fais pas semblant d'être aussi bouleversé, continua Gunnar. Nous savons tous les deux que la justice ne fonctionne que partiellement. Tous les policiers ont parfois envie de prendre les choses en main, mais la plupart n'osent pas. Même toi, Harald Lindmark, tu t'es défilé au moment décisif sur la plage.

Nous gardâmes le silence quelques instants avant que je ne reprenne la parole.

– Au fait, comment l'a pris Britta ?

– Cela ne te regarde pas ! Mais comme tu peux le constater, elle ne m'a pas quitté. Elle m'a même aidé dans cette affaire.

– Est-ce que c'est parce qu'elle la considère comme une forme de réhabilitation ? Tu expies ton crime en résolvant une autre affaire.

– Quelque chose comme ça.

– Est-ce également ainsi que tu vois les choses ? Tu éprouves de la culpabilité et tu cherches à rééquilibrer la balance morale ?

– Je ne sais pas, mais la démarche comporte une certaine logique. Julia Dunander pour Gabriella Dahlström que j'ai assassinée. Je pense beaucoup à elle et au fait que l'enfant qu'elle portait a également été tué. Si je ne l'avais pas fait, quelqu'un d'autre aurait rempli ce contrat, mais quand même.

– Donc le meurtrier de Julia est d'une certaine manière un double de toi, sur lequel tu te venges ?

– N'essaie pas de jouer au psychanalyste, Harald ! Ce n'est pas si simple, mais il y a un lien.

– « Il n'est pas juste qu'un autre assassin soit en liberté alors que moi, je suis en prison », c'est ce que tu penses, non ?

– Je ne sais pas. On pense tellement ici. Les journées sont trop longues. Mais l'idée principale, c'était que Nils Dunander décide lui-même ce qu'il convenait de faire.

– Et il ne nous a pas contactés, mais est allé voir Ingves lui-même, constatai-je. Est-ce que c'était précisément ce que tu voulais le pousser à faire ?

– Il est indéniable que cette idée n'est pas sans apporter une certaine satisfaction, concéda Gunnar.

Il se retourna devant la fenêtre, puis commença à se rapprocher de moi en parlant avec une emphase croissante.

– Obtenir quelque chose d'une personne en lui mettant la pression. La payer, c'est facile, mais s'infiltrer dans son cerveau et son cœur, s'y cacher et la pousser à ressentir et à agir de la façon que *moi* je veux tout en lui laissant croire qu'elle obéit à sa propre volonté – c'est passionnant ! Admets-le, Harald ! C'est également de cette manière que tu t'immisces dans les pensées et les sentiments des gens pendant les interrogatoires, jusqu'à ce qu'ils te racontent ce que *tu* veux. Reconnais que tu aimes les manipuler !

Gunnar se pencha par-dessus la table et planta son regard dans le mien.

– C'est parfois nécessaire, répondis-je sans détourner les yeux. Mais je n'ai jamais manipulé quelqu'un pour le pousser à commettre un crime. Tu savais que Nils Dunander allait tuer Ingves !

– Oui ! Tout comme tu voulais m'abattre, me lança Gunnar au visage.

Je me penchai en arrière et attendis qu'il se calme. Il fit les cent pas et je me dis que s'il essayait de se glisser derrière moi, je me lèverais et m'adosserais au mur. Là, il était vraiment sur les nerfs.

Tandis que je l'observais, il me vint à l'esprit que rien de tout ceci ne serait arrivé si je l'avais réellement abattu. Nils Dunander serait encore en vie et Petra n'aurait pas été traumatisée dans la forêt. J'aurais donc quand même dû tuer Gunnar sur la plage, ce jour-là, quand je l'avais au bout du canon.

Au bout d'un moment, il retourna près de la fenêtre et parut se calmer.

– Mais tout est allé de travers, déclarai-je. C'est manifestement Dunander qui a été tué par Ingves et non l'inverse.

Gunnar acquiesça et je poursuivis :

– Et puis, tu ignores une chose. Ingves a effrayé une fillette qui est tombée sur lui dans la forêt. Petra

Nilsson – tu as sans doute entendu qu'elle était restée cachée presque une semaine. En fait, Ingves l'a forcée à frapper la tête de Dunander avec une pierre afin qu'elle se sente coupable du meurtre. Va savoir les séquelles qu'elle gardera.

Gunnar se tourna vers moi et me considéra, la bouche à moitié ouverte. Cette information l'affectait davantage que la mort de Dunander.

– Je ne pouvais pas le prévoir, marmonna-t-il.

J'avais envie de lui dire qu'il avait à nouveau fait du tort à un innocent, comme l'enfant à naître de Gabriella Dahlström, mais ce n'était pas nécessaire. Je voyais à son expression figée qu'il avait de lui-même établi le rapprochement.

Nous nous tûmes quelques instants et entendîmes l'horloge égrener le temps.

– Mais nous avons du mal à prouver tout ça, repris-je. Alors maintenant, je me demande si tu peux nous aider. Tu ne veux quand même pas qu'Ingves s'en sorte alors qu'il a commis deux meurtres ?

– Et que va-t-il se passer pour nous ? demanda Gunnar d'une voix blanche.

– Tu veux dire pour toi et Britta ? Si tu nous fournis des preuves contre Ingves, nous pourrons fermer les yeux sur votre implication.

– Et Nuotio ?

– Il est du métier et il aurait dû savoir qu'il ne devait pas faire de rétention de preuves dans une affaire aussi grave. Il pourrait faire n'importe quoi à l'avenir.

– Tu sais que la plupart des détectives privés sont comme ça, objecta Gunnar. Ils travaillent aux marges de la légalité et protègent leurs clients pour ne pas acquérir une mauvaise réputation. Je ne veux pas qu'il y ait d'autres conséquences indésirables. Nuotio n'a fait que suivre mes instructions.

Je soupirai.

– Alors maintenant, tu veux le sauver, lui aussi. D'accord. Il faudra qu'il témoigne contre Ingves, mais nous nous abstiendrons de le poursuivre par égard pour sa collaboration. Qu'as-tu à nous donner ?

– Attends-moi ici, répondit-il en se dirigeant vers la porte métallique sur laquelle il frappa trois fois avec le loquet, avant de sortir quand le gardien ouvrit.

Maintenant, c'était moi qui déambulais dans la pièce. Je me disais que je devrais pouvoir coincer Ingves, mais que je n'avais pas été juste envers Nils Dunander. Je l'avais d'abord soupçonné à tort d'être un pédophile et j'allais à présent être obligé d'exonérer de leurs responsabilités Kurt, Gunnar et Britta, qui l'avaient tous les trois progressivement manipulé jusqu'à aboutir à la situation qui avait provoqué sa mort. Ce n'était pas juste non plus.

Je m'avançai jusqu'à la fenêtre et compris pourquoi Gunnar s'était posté à cet endroit. Elle offrait une belle vue sur une cour avec une petite pelouse, des feuillages multicolores et une grande étendue de ciel bleu à l'arrière-plan, ce qui n'était pas rien pour un homme condamné à la perpétuité.

Je songeai aux commentaires de Gunnar quant à son arrestation sur la plage. Il avait compris que j'avais envisagé de l'abattre. Au fond, ce n'était pas si surprenant. Nous nous connaissions presque depuis le début de notre vie adulte et mes intentions se lisaient peut-être sur mon visage. Pourtant, il n'en avait jamais rien dit, que ce soit en privé ou lors de son procès, où cela aurait pu lui valoir quelque sympathie.

Mais, autre chose ! Il s'en était peut-être quand même servi !

Au bout de dix minutes, Gunnar revint et déposa une enveloppe sur la table.

– J'avais demandé à Britta de conserver deux des photos et une partie des cheveux afin que nous puissions nous-mêmes contacter les autorités au cas où Dunander ne réagirait pas. Nuotio, Britta et moi avons pris soin de toujours utiliser des gants. Tu trouveras sûrement les empreintes d'Ingves sur les photos de Julia Dunander et son ADN sur les cheveux qu'il a caressés et entortillés entre ses doigts.

J'examinai l'enveloppe. Elle contenait un petit échantillon de ce que Nils Dunander avait reçu : quelques mèches des somptueux cheveux de Julia et sa silhouette élancée sur deux des photos prises à la dérobée par Ingves. Voilà ce qui avait poussé Nils à agir selon ce qu'il pensait être sa propre volonté, alors que c'était Gunnar qui le voulait à travers lui.

Quand je me levai pour quitter les lieux, Gunnar se planta à nouveau près de la fenêtre sans me saluer.

– Au fait…, dis-je, arrivé à la porte. Est-ce que c'est toi qui, la semaine dernière, m'as envoyé une lettre anonyme contenant un cliché de l'arrestation sur la plage ?

– Bien sûr. Enfin, c'est Britta qui l'a expédiée. Elle nous y a suivis dans notre seconde voiture, parce qu'elle me soupçonnait de tramer quelque chose de bizarre. Futé de sa part, même si elle n'a évidemment jamais découvert… la nature réelle de mes activités. Elle était vraiment en colère contre toi : c'était toi, le vieil ami, qui m'avais arrêté. Elle l'est toujours et se soulage parfois en t'envoyant des lettres anonymes, à ce que j'ai compris. Pour ma part, je comprends que tu n'aies pas pu faire autrement, tu es policier, mais j'aurais eu davantage de respect pour toi si tu m'avais mis une balle dans la tête. Cela aurait mieux valu que ça.

Gunnar ponctua son propos d'un geste désignant les murs froids de la prison.

Plus tard dans la journée, je me retrouvai à nouveau face à Ingves, pendant que Sonja était installée dans la salle de surveillance, de l'autre côté du miroir. Pour lui mettre la pression, nous avions convenu de lui dire que l'une des photos de Nuotio le montrerait peut-être près du chalet, une fois qu'elles auraient été restaurées par les techniciens. Je pouvais aussi prétendre que Petra pourrait l'identifier comme l'homme de la forêt si nous lui présentions une série de clichés. Il s'agissait d'expressions légales de nos espoirs, pas de mensonges purs et simples que la défense d'Ingves pourrait remettre en question devant le tribunal.

– J'espère que ceci sera notre dernier interrogatoire, déclara Ingves avec irritation en me fixant.

– Moi aussi, répondis-je en mettant en marche le magnétophone.

Lindmark : Interrogatoire d'Henrik Ingves au commissariat de Forshälla, le lundi 15 octobre 2007, à 13 h 16. Outre Henrik Ingves, est présent le commissaire Harald Lindmark. Veuillez avoir l'obligeance de décliner votre nom complet, ainsi que vos date et lieu de naissance.

Ingves : Encore une fois ? Henrik Rickard Ingves, né à Åbo, le 12 novembre 1965.

Lindmark : Lors de notre interrogatoire du 13 octobre, vous avez affirmé que je mentais sur les preuves dont nous disposions. Mais les voici : une photo de Julia Dunander sur laquelle nous avons déjà relevé vos empreintes. Nous serons sans doute en mesure d'établir le lien entre ce cliché et votre appareil, retrouvé dans votre appartement. Et voici une mèche des cheveux de Julia Dunander. Le reste est entre les mains de nos techniciens qui vont y découvrir votre ADN. Ceci prouve que vous êtes le meurtrier qui a emporté ses cheveux.

Ingves : Où avez-vous… Je veux dire : maintenant, je me souviens ! Nils Dunander m'a un jour montré des photos de sa femme et quelques mèches qu'il avait conservées. Je parlais pas mal avec lui, un pauvre bougre accablé par la mort de son épouse.

Lindmark : Bien essayé, mais raté quand même ! Nous possédons un enregistrement de votre interrogatoire précédent, où vous avez déclaré avec fermeté que vous n'aviez rien à voir avec Nils Dunander, que vous ne faisiez que saluer brièvement dans la cour. Vous venez de vous tirer une balle dans le pied.

Ingves : Cela ne prouve rien. J'avais peut-être une liaison avec Julia Dunander…

Lindmark : Ce que vous avez toujours nié !

Ingves : Oui, car cela me rendait suspect après son meurtre. Mais nous avions bel et bien une liaison et elle m'a donné une photo et quelques cheveux comme preuves d'amour.

Lindmark : Encore une mauvaise tentative de bluff auquel aucune cour n'accordera crédit ! Nous disposons à présent d'une chaîne complète de preuves. Les techniciens s'affairent d'ailleurs à améliorer la qualité d'une photo de vous qui a été prise devant le chalet, sans flash. Ensuite, Nuotio est entré et a trouvé la chevelure complète de Julia que vous aviez coupée et les photos d'elle que vous aviez prises à la dérobée. Il a expédié ce matériel à son commanditaire, qui l'a gardé, et vous en avez une partie sous les yeux. Avec vos empreintes et votre ADN, nous en avons déjà assez pour obtenir votre condamnation pour le meurtre de Julia Dunander.

[Pause.]

Lindmark : Mais la chaîne se poursuit. Le commanditaire a envoyé d'autres photos et une grande partie des cheveux à Nils Dunander.

Ingves : Où sont-ils dans ce cas ? Vous n'avez que la parole d'un sale détective privé.

Lindmark : Le fait que vous soyez si sûr que nous n'avons rien, aujourd'hui comme hier, parle contre vous. En effet, nous comprenons à présent que vous avez pris les clés de Nils Dunander pour pénétrer dans son appartement et y récupérer les cheveux et les clichés.

Ingves : Ah bon, comment le savez-vous ?

Lindmark : Nous savons ce qui s'est passé. Dunander est venu vous trouver, sans manteau, car il n'avait pas loin à se déplacer. Il vous a raconté ce qu'il savait : que vous aviez tué Julia et que vous aviez conservé ses cheveux et vos photos d'elle dans votre chalet secret. Puis il vous a menacé d'aller trouver la police et éventuellement de vous dénoncer aux médias. Il a peut-être agité un couteau pour accélérer le processus par ses propres moyens, mais vous avez sorti une arme et l'avez forcé à vous suivre dans la forêt. Là, vous l'avez tué avec une pierre pour que la détonation ne réveille pas les voisins, mais vous avez été surpris par Petra Nilsson. Vous l'avez terrorisée sans aucun scrupule, avez volé les clés de Dunander et êtes allé récupérer les preuves contre vous : les photos et les cheveux. Vous les avez ensuite détruites ou cachées en lieu sûr, mais vous ignoriez qu'une partie se trouvait chez une autre personne, en l'occurrence chez le commanditaire de Nuotio. Cette chaîne de preuves se tient également et il y a de bonnes chances quc Petra vous identifie. Elle n'a plus si peur.

[Pause.]

Ingves : Pouvez-vous éteindre le magnétophone ?

Lindmark : Pourquoi donc ? Je veux enregistrer ce que vous avez à répondre.

Ingves : J'ai quelque chose d'officieux à vous dire. Ensuite, vous pourrez à nouveau enregistrer. Je vous promets que cela vous intéressera, mais je ne parlerai pas tant que cet appareil fonctionnera.

[Pause.]

Lindmark : L'interrogatoire d'Henrik Ingves est interrompu à 13 h 38. Le magnétophone est éteint.

Le bruit métallique des boutons du magnétophone résonnait encore quand Ingves désigna le miroir.

– Je ne veux pas de ça. Vous ne pensez quand même pas que j'ignore que quelqu'un écoute de l'autre côté ?

Je me levai et frappai à la porte. Ingves sourit de toutes ses dents quand Sonja ouvrit.

– Ciao, bella ! s'exclama-t-il. Tu es d'origine italienne ?

Sonja ne répondit pas et j'emmenai Ingves dans le couloir. Hector, qui montait la garde devant la porte, nous suivit et se planta devant la petite salle d'interrogatoire froide que je choisis : trois chaises, une table sur laquelle étaient posés une carafe d'eau et deux verres, pas de miroir. Ingves regarda autour de lui et passa les doigts sous la table jusqu'à ce qu'il soit sûr qu'aucun micro n'y était dissimulé. Il vérifia que la porte était bien fermée avant de s'asseoir.

– Tu sais que ce que tu as, Harald, est assez maigre.

– Mais suffisant.

– Je peux l'échanger contre quelque chose de vraiment solide, dit Ingves à voix basse. Quelque chose que tu voudras bien plus qu'un procès à l'issue incertaine contre moi. Mais je veux d'abord avoir l'assurance que d'un point de vue purement technique, tu peux me relâcher. Qu'est-ce que cela impliquerait ?

J'éclatai de rire.

– Suis-je censé t'aider à élaborer ta défense ?

– Je veux que tu me prouves, répondit Ingves avec calme et sérieux, que si je t'aide à résoudre une autre affaire importante, tu pourrais me libérer en échange.

– Tu es un violeur et un double meurtrier, répliquai-je avec mépris. Qu'est-ce qui vaut la peine de renoncer à t'enfermer pour le restant de tes jours ?

– Mais *si* je te donne quelque chose d'une valeur inestimable ? poursuivit Ingves sans se départir de sa sérénité. Comment procéderais-tu pour me libérer, compte tenu des preuves et de ce que tu peux en faire ?

Je réfléchis quelques instants.

– Je parle d'un point de vue purement théorique, déclarai-je. L'important, ce sont tes empreintes digitales sur les photos et ton ADN sur les mèches de cheveux, en lien avec tes affirmations catégoriques selon lesquelles tu n'avais rien à voir avec Dunander pendant le premier interrogatoire. Cet enregistrement n'est pas encore archivé et s'il était… effacé par erreur, nous serions obligés de reprendre l'interrogatoire depuis le début. Tu pourrais alors raconter que tu as rendu visite à Dunander pour lui donner des photos de Julia que tu aurais pris comme ça et qu'il t'aurait alors montré les cheveux qu'il conservait. Cela expliquerait tes empreintes et ton ADN, et seul le témoignage de Nuotio pourrait alors te lier à ta cachette dans le chalet.

– Est-ce que cela ne pourrait pas me porter tort ?

Je réfléchis à nouveau.

– Non, pas si c'était le seul élément à charge. Je pourrais estimer que c'est moins vraisemblable. Nuotio est en effet loin d'être irréprochable étant donné qu'il a un jour été viré de l'école de police suite à des malversations. C'est pour ça qu'il est devenu détective privé.

– Que te resterait-il ?

– Un cliché sombre et flou, peut-être inutilisable, de toi près du chalet. Éventuellement l'identification incertaine d'une enfant effrayée – des éléments trop fragiles pour être présentés au procureur. Il n'oserait jamais lancer des poursuites sur cette seule base. La défense pourrait m'appeler en tant qu'expert et j'affirmerais qu'à mon avis les preuves sont insuffisantes.

– Et ta collègue qui a suivi l'interrogatoire de l'autre côté du miroir ?

– Il est peu probable qu'elle remette en question mon jugement et même si elle le faisait, ses souvenirs du premier interrogatoire ne feraient pas le poids comparés à ceux qui auraient été enregistrés.

– Cela me paraît bien. Pouvons-nous procéder ainsi ? Je ne te livrerai mes informations que si tu y es prêt, déclara Ingves, plus nerveux à présent.

– Il faut d'abord que tu me donnes un peu plus d'éléments. Je sais ce qui est arrivé avec Julia Dunander, mais il faut que je prenne en considération le meurtre de son mari. Dans cette affaire, il reste des zones d'ombre qui minent l'image d'ensemble.

– Sur ce point, je suis en fait en assez bonne position, commença Ingves, plus détendu. Un soir, Nils Dunander a sonné à ma porte et m'a demandé à entrer. J'étais si surpris que je lui ai ouvert, car je ne pensais pas qu'il pouvait représenter une menace. Arrivé dans mon séjour, il s'est mis à parler de mon chalet et a sorti de sa sacoche une photo de Julia et quelques cheveux, puis il m'a dit qu'il savait tout au sujet de son meurtre. J'en ai déduit qu'il m'avait filé jusqu'au chalet quelques jours plus tôt, mais je n'ai rien avoué. Il a continué un moment, en chialant à qui mieux mieux, et j'ai cru que j'avais réussi à le convaincre que tout cela n'était qu'un malentendu jusqu'à ce qu'il sorte un marteau de sa sacoche et me lance un truc du genre « tu ne mérites pas de vivre, espèce d'ordure ». J'ai réussi à parer le coup avec mon bras gauche – j'ai encore l'hématome comme preuve – et j'ai attrapé un lourd cendrier en verre qui se trouvait sur la table parce que même si moi, je ne fume pas, ma copine oui. Quand Dunander a brandi de nouveau le marteau, je lui ai jeté le cendrier à la tête et je l'ai atteint à la tempe gauche. Il s'est effondré. C'était de la légitime défense.

– Est-ce qu'il est mort sur le coup ?

– Oui.

– Il n'était peut-être qu'inconscient. Dans ce cas, tu as commis un crime en n'appelant pas une ambulance. Il aurait peut-être pu être sauvé.

– Non, il était mort. J'ai suivi une formation de secourisme dans le cadre de mon travail et j'ai vérifié son pouls et sa respiration.

– En tout cas, tu aurais dû nous appeler. Tu es moins crédible en ayant tout fait pour dissimuler l'accident.

– J'avais peur de ce que vous pourriez croire étant donné que j'avais été suspecté du meurtre de la femme de Dunander. Tout le monde peut comprendre que c'est également la vérité. Je suis tout au plus coupable de manipulation irrespectueuse d'une dépouille humaine.

– Qu'en as-tu fait ?

– J'ai d'abord pris le portefeuille et les clés de Dunander, comme tu l'as deviné, puis je l'ai enveloppé dans deux sacs à ordures noirs, un à chaque extrémité. Il n'était pas très grand. Par la suite, j'ai brûlé le tapis sur lequel il était tombé et avait un peu saigné, son portefeuille, sa sacoche, le marteau et mon cendrier à la décharge communale. J'ai conservé les cheveux et la photo. Après, je me suis rendu chez ma petite amie et j'ai mis des somnifères dans son thé. Nous sommes allés nous coucher et je me suis faufilé dehors dans la nuit sans qu'elle s'en aperçoive. Je suis retourné à Nikolajbacken et je me suis introduit chez Dunander avec ses clés. J'y ai trouvé le reste des cheveux et d'autres clichés. J'ai tout pris et je les ai cachés à un endroit où tu ne les trouveras jamais. Je n'ai laissé aucune trace dans l'appartement, comme tu le sais sans doute. Ensuite, j'ai hissé le corps de Dunander par la fenêtre de mon appartement qui donne directement sur la forêt. Il était un peu plus de 4 heures. Aucune lumière n'était allumée de ce côté de l'immeuble et personne ne m'a vu. Il m'a fallu un certain temps pour porter le cadavre loin dans la forêt et retirer les sacs au cas où il y aurait des traces dessus. Tout se passait bien jusqu'à l'arrivée de la gamine.

– Petra.

– Oui, mais elle m'a promis de se taire et je l'ai laissée partir. Je ne pense pas qu'elle ait vu mon visage et j'ai chuchoté afin qu'elle ne reconnaisse pas ma voix.

– Je sais ce que tu as fait pour l'effrayer. C'est une honte.

– Avais-je un autre choix ? Tu peux me le dire ?

Nous restâmes silencieux quelques instants en nous mesurant du regard.

– Et Julia, que lui as-tu fait ? m'enquis-je.

– Ce fut la seule fois. Je ne fais pas ça d'habitude. Je n'en ai pas besoin, les femmes viennent à moi. Mais Julia était à part. C'était une véritable reine, de la tête aux pieds. Et ses cheveux avaient quelque chose de magique et d'enivrant. Je fréquentais d'autres femmes, mais elles ne me rassasiaient pas. Il fallait que je l'aie. Il le fallait. Je l'ai approchée plusieurs fois, mais elle m'a toujours éconduit. C'est assez incroyable, mais elle semblait vraiment aimer son mari insignifiant. Ils étaient manifestement ensemble depuis le lycée. Elle ne voulait pas poser pour moi, même habillée, alors j'ai pris quelques photos de loin, à la dérobée. Puis un soir, je l'ai vue prendre le bus sur la bretelle et je l'ai attendue en espérant qu'elle emprunterait le même chemin au retour. J'étais comme ivre, drogué ce jour-là. Après, c'est passé. Je ne ferai plus jamais une chose pareille.

– Pourquoi devrais-je te faire confiance ? Même si je crois à ton histoire relative à Dunander, tu es un homme dangereux. Tu pourrais tuer à nouveau.

– Non, m'assura Ingves. Rappelle-toi que j'ai laissé Petra filer, malgré tous les risques que cela impliquait. Il avait beau faire noir, elle m'avait vu des dizaines de fois dans la cour. Elle aurait pu établir le lien. Mais je ne suis pas comme ça, je ne tue pas un enfant. Je ne tuerai plus. Julia était un cas à part et Nils, c'était de la légitime défense !

– Même si je te crois en ce qui concerne Nils, tu as commis un viol et un meurtre prémédité contre Julia.

Nos preuves ne sont peut-être pas inattaquables, mais je suis à peu près sûr que nous pouvons te faire condamner à la perpétuité. Pourquoi ne devrais-je pas le faire ?

– Tu te souviens de Johan Selenius ?

– Bien sûr.

– Je sais où il se trouve.

– Tu étais impliqué dans cette affaire-là aussi ?

– Non, absolument pas ! Mais j'ai appris par hasard où il était.

– Tu veux dire : où il est enterré, où le meurtrier a caché son corps ?

– Non, il est en vie. Tu peux le sauver, le ramener à ses parents.

– Tu mens ! Tu es aux abois.

– Non, Johan est en vie.

– Dans quel état est-il ?

– En bonne santé.

– Après un an passé chez un pédophile ? Je ne te crois pas. Il ne peut plus être en vie.

– Il n'est pas chez un pédophile, mais chez quelqu'un qui voulait un enfant. On prend bien soin de lui et il n'a subi aucune maltraitance.

– Pourquoi devrais-je te croire ?

– Tu n'as pas besoin de me croire, m'expliqua Ingves. Réalisons d'abord un nouvel enregistrement de l'interrogatoire afin que tu puisses prouver au procureur que je ne peux pas être poursuivi. Ensuite je te fournirai les indications, vous irez récupérer Johan, et quand il sera en sécurité, vous me libérerez. Je déménagerai à l'étranger et tu n'auras plus jamais l'occasion de me revoir. Je suis locataire, rien ne me retient. Nina Sjölind n'est pas une relation importante. Je prends mon passeport, je charge quelques affaires dans ma voiture et je suis parti dans les vingt-quatre heures. Tu n'auras plus jamais affaire à moi. Je te le promets.

Je réfléchis.

– Réfléchis, Harald, insista Ingves. Qu'est-ce qui est le plus important : la justice formelle qui me ferait expier un crime passionnel commis sur Julia, qui ne reviendra pas à la vie, ou la possibilité de sauver un petit garçon kidnappé ? Pense aux parents de Johan et à ce que cela signifierait pour eux !

Je me représentai le couple Selenius dans son canapé. La photo de Johan sur leur bibliothèque.

– Il faut que tu me convainques que tu n'as pas également enlevé l'enfant, répondis-je.

– Je peux le faire, répliqua Ingves, de plus en plus haletant. Une fois que tu m'auras donné ta promesse, je te raconterai toute l'histoire, ce que je sais et comment je l'ai appris. Tu seras satisfait.

Je fermai les yeux et pris une inspiration.

– D'accord.

– Est-ce que j'ai ta parole d'honneur ?

– Je te donne ma parole d'honneur, promis-je. Si grâce à toi, nous récupérons Johan Selenius sain et sauf, je te laisserai filer et je détruirai les interrogatoires précédents. À condition que tu n'aies pas été impliqué dans l'enlèvement d'un enfant, que tu quittes le pays et que tu ne reviennes jamais.

– Je te le promets, répondit Ingves en faisant le signe de la croix sur son cœur.

– J'ignorais que tu étais religieux, observai-je.

– Je prends cette promesse au sérieux et je veux que tu fasses de même : signe-toi sur le cœur afin de montrer que tu tiendras ta parole.

Je m'exécutai.

Ingves resta ensuite silencieux et l'impatience me gagna.

– Alors, qu'est-ce que tu as à nous apprendre ? le questionnai-je. Ou cherchais-tu juste à gagner du temps ?

Ingves prit une profonde inspiration et entama son récit.

– Il y a quelque temps, je me suis rendu dans une propriété pour discuter du service de traiteur que mon restaurant devait y assurer. Pendant que je réglais les détails avec la maîtresse de maison, j'ai entendu des pas rapides derrière moi et en me retournant, j'ai vu un petit garçon arriver en courant. Il jouait manifestement avec une nourrice qui l'a emmené en riant. La maîtresse de maison a souri et a fait un commentaire banal sur les enfants, mais j'ai noté qu'elle me lançait un regard inquiet. Je suis resté impassible alors que j'avais reconnu l'enfant de l'avis de recherche. On lui avait teint les cheveux, mais c'était sans aucun doute Johan Selenius.

Ingves marqua une pause et me considéra avec satisfaction.

– Alors, Harald, maintenant, tu comprends comment je suis au courant et que je n'avais rien à voir avec la disparition de l'enfant. Je ne te révélerai le nom de cette famille et leur adresse que lorsque nous aurons réalisé le nouvel enregistrement.

Ingves demanda à aller aux toilettes et je me levai également. Hector l'accompagna et Markus alla chercher le magnétophone. Sonja était près de la porte, dubitative, mais je la rassurai avec quelques commentaires brefs. Puis je leur indiquai que j'allais à nouveau interroger Ingves en tête à tête.

De retour dans mon bureau, je m'installai sur mon siège. Jusqu'à présent, tout n'était qu'un jeu de l'esprit.

Je pouvais y mettre fin et envoyer Ingves en prison pour une longue peine. Bien sûr, au fil des ans, j'avais avalé pas mal de couleuvres lorsque cela paraissait nécessaire. Je m'étais livré à des compromissions tant avec la procédure qu'avec ma conscience. Mais cette fois-ci, j'allais fabriquer un interrogatoire trafiqué, ce qui constituait une limite dont je n'aurais même pas pu m'approcher quelques années plus tôt. Si j'avais hésité, j'aurais alors pensé à Inger et au fait qu'il me faudrait la regarder dans les yeux en rentrant le soir à la maison.

Mais à présent Inger n'était plus là et je pensais à Johan et à ses parents. S'il existait une possibilité de les réunir, ne justifiait-elle pas de tout tenter ? Qu'est-ce que ma conscience comparée à leur tourment et à la vulnérabilité de Johan chez les gens qui l'avaient kidnappé ? Après tout, eux aussi étaient des criminels dénués de sentiments dont la place était en prison !

Sans compter qu'ils pourraient se lasser de Johan s'il ne devenait pas l'enfant dont ils rêvaient en grandissant. Ils pourraient le tuer ou en enlever un autre. Ce risque existait au quotidien.

Mais Ingves… De quoi serait-il capable si on le laissait filer ? Il était tellement obsédé par le sexe qu'il pourrait se focaliser sur un nouvel objet. Il pourrait à nouveau rencontrer une femme dont il ne pourrait pas obtenir les faveurs alors qu'il le *faudrait*, comme avec Julia Dunander.

J'avais Ingves sur la conscience, mais j'avais aussi Johan sur la conscience.

Je fixai machinalement mon bureau. Quelque chose n'y figurait pas comme à l'accoutumée. Je clignai des yeux et y regardai de plus près : le grand perforateur était de travers. Je le saisis et m'aperçus alors que le butoir métallique qui maintenait le papier en place semblait avoir bougé. En l'approchant à quelques centimètres de mes yeux, j'examinai la fente du métal brillant. C'était bien ça : la marque correspondant au format A4 était déplacée et il fallait forcer pour la ramener dans sa position initiale. Je finis par y arriver et laissai cet objet agaçant retomber sur le plateau avec fracas.

Puis je le remis à sa place.

Penché en arrière, je fermai les yeux et réfléchis. Ma décision était prise.

À mon retour, Ingves faisait les cent pas et il me demanda où j'étais passé. Je m'abstins de répondre et me contentai de préparer ce qui était nécessaire au nouvel interrogatoire.

Nous le réalisâmes entre quatre yeux dans la petite salle. Nous reprîmes tout depuis le début, mais cette fois-ci, Ingves expliqua qu'il avait rendu visite à Dunander, qu'il avait touché les cheveux de Julia et lui avait donné des photos d'elle. Je lui mis la pression, mais avec moins de conviction que la fois précédente. Pour celui qui écoutait l'enregistrement, le tout avait l'air d'un travail policier crédible tout en laissant des doutes clairs sur la culpabilité d'Ingves. Pour finir, il me demanda s'il pouvait s'en aller et je lui répondis par l'affirmative en lui précisant toutefois qu'il devait se tenir prêt à être à nouveau contacté si de nouveaux éléments apparaissaient. Je mis fin au nouvel « interrogatoire » et éteignis le magnétophone.

– Voilà, j'ai rempli ma partie du contrat, commentai-je. Où est Johan ?

– Je veux d'abord que l'ancien enregistrement soit détruit devant moi.

– Tu joues avec ma patience.

– Cela fait partie de notre accord.

Je me levai et ouvris la porte du couloir.

– Hector, demande à Sonja d'aller chercher les enregistrements des interrogatoires que nous avons réalisés dans la grande salle samedi et aujourd'hui.

Au bout de quelques instants, elle les apporta et Ingves lui sourit, mais sans rien dire.

– Tout y est ? demandai-je à Sonja.

– Oui, répondit-elle avant de sortir.

Je la suivis et demandai son briquet à Hector. Lui et Jarno étaient les deux fumeurs de l'équipe. Puis je fermai la porte et plaçai la corbeille à papier sur la table.

– Est-ce que je peux vérifier qu'il s'agit bien des bons enregistrements ? s'enquit Ingves.

Je sortis la cassette vierge de l'appareil et le laissai passer des extraits des précédentes bandes enregistrées jusqu'à ce qu'il soit satisfait. Pendant ce temps, je grimpai sur une chaise et désactivai l'alarme incendie. Puis j'arrachai les bandes des cassettes, les déposai dans la corbeille et y mis le feu. Même sans leur boîtier, elles dégagèrent une odeur chimique âcre, mais cela ne prit que quelques minutes. J'éteignis avec la carafe et m'assis.

– Je t'écoute !

– Vous n'avez vraiment plus de raison de me retenir ? voulut s'assurer Ingves.

– Non, mais nous avons un accord et si tu ne le respectes pas, je te pourrirai la vie d'autres manières.

– Absolument, mais laisse-moi d'abord sortir d'ici. Je te raconterai tout sur le parking.

La seule chose qui m'importait à présent était de mettre fin à tout cela. J'envoyai Hector au dépôt afin qu'il y récupère les affaires d'Ingves et qu'il m'apporte une fiche d'inventaire que je signai. Ingves ramassa sa ceinture, sa cravate et ses clés, puis nous sortîmes et nous installâmes sur un banc avec vue sur la ville. Il ne pleuvait pas, mais le vent était froid. J'avais mon manteau, mais Ingves grelottait dans sa ridicule veste imitation serpent qu'il arborait pour se rajeunir et il parlait plus vite qu'à son habitude.

– Je me suis donc rendu dans cette propriété il y a environ un mois, commença-t-il. J'y suis retourné il y a une semaine pour gérer la fête elle-même. Je n'ai pas vu le garçon ce jour-là, mais à un moment la nourrice est descendue à la cuisine pour chercher une banane et un verre de lait. J'ai donc toutes les raisons de penser que Johan se trouve toujours dans la maison.

– Et à qui appartient-elle ?

– Tu dois également me promettre de ne pas révéler qui t'a informé ! Il s'agit de quelqu'un qui dispose d'un pouvoir significatif. Si cette personne apprend que je suis impliqué, j'ai beau savoir me défendre, je n'ai pas la moindre chance.

– D'accord. Je ne dirai pas d'où venait le tuyau.

Ingves prit une profonde inspiration.

– C'était chez Sörensen.

– La grande maison à l'extérieur de la ville ?

– Exactement. « Le château » sur Åbovägen. Vous ne pouvez pas le manquer.

Je me levai et consultai ma montre. Il était 15 h 48.

– Je te donne jusqu'à demain matin. Disons dix-huit heures, jusqu'à 9 h 48.

– Ça me convient. Je fais mes valises ce soir et je prends le ferry du matin pour la Suède. Demain soir, je suis à Stockholm et après-demain au Danemark ou en Allemagne.

– Je ne veux plus jamais te voir. Gare à toi si tu remets les pieds ici !

Ingves se leva et m'adressa une petite révérence lasse assortie d'une ébauche de sourire. Puis il tourna les talons et se dirigea vers la ville.

Pour une telle mission, tout alla vite. Au bout d'une heure environ, j'avais obtenu le mandat de perquisition, trois voitures et neuf agents de trois services différents.

Nous partîmes à vive allure, mais sans les sirènes. Je songeai au rapport de Jarno sur « le Château », son portail, son allée et soudain, je compris pourquoi Sörensen s'était débarrassé des chiens ! Ce n'était pas parce que sa femme ne les appréciait plus, mais parce qu'il y avait désormais un enfant dans la maison.

Un quart d'heure plus tard, nous étions arrivés. Le portail était verrouillé, mais il ne fallut pas longtemps à nos techniciens pour le forcer. Nous laissâmes les voitures à l'extérieur et l'équipe d'Hector se déploya rapidement et sans faire de bruit autour de la maison pour couvrir la porte de derrière. Sonja et moi en tête, le reste des effectifs remonta rapidement l'allée, sous couvert de la pénombre automnale. Jarno, Markus, Sonja et moi sonnâmes et ce fut Sörensen en personne qui ouvrit, en manches de chemise, presque chauve et sensiblement vieilli depuis la dernière fois que je l'avais vu. Il avait une soixantaine d'années.

– Comment êtes-vous entrés ? Qu'est-ce qui se passe ?

– Enlèvement d'enfant, répondis-je avant d'entrer sans qu'il puisse m'en empêcher.

Il avait l'air étonné, mais pas tant que ça. Un homme de main tout en muscles déboucha au bas de l'escalier. Je le reconnus pour l'avoir déjà croisé dans différentes affaires de violence, et Sörensen lui adressa un signe pour qu'il se calme. Jarno et Markus restèrent sur place pour les surveiller.

Sonja et moi entrâmes d'abord dans le salon. Une flambée brûlait dans l'âtre auprès duquel Jarno s'était installé lors de sa visite, mais il n'y avait personne en vue. Nous comptions ensuite gagner l'étage, mais nous entendîmes alors une femme appeler Sörensen depuis la cuisine. Au moment où nous y pénétrâmes, nous tombâmes sur Mme Sörensen, une femme brune très élégante d'environ trente-cinq ans. Elle était en compagnie d'une jeune fille de type vietnamien qui se tenait près du plan de travail et se mit à pleurer en silence après avoir lâché un cri. Johan était à la table et arborait une moustache de lait. C'était sans aucun doute lui, bien qu'il ait grandi et que ses cheveux blonds aient été teints exactement dans la même nuance brune que ceux de Mme Sörensen. Il avait l'air heureux, presque amusé par cette intrusion inattendue. Sonja s'assit à côté de lui et commença à lui parler de tout et de rien sur un ton rassurant.

Mme Sörensen était effondrée. Tantôt elle hurlait que nous n'avions pas le droit de lui prendre « Mikael », que c'était son enfant ! Tantôt elle marmonnait qu'il n'était chez eux que « temporairement ». Anna, qui était entrée par derrière, reçut l'ordre de l'emmener tandis que je retournai auprès de Sörensen, qui haussa les épaules.

– Elle était tellement désespérée de ne pas pouvoir avoir d'enfant. Le garçon n'a pas été malheureux chez nous. Nous l'aurions bientôt ramené. Mais qui diable vous a informés ?

Il dévisagea son homme de main et le grand gaillard se mit étonnamment à trembler de peur tout en secouant la tête et en levant les mains dans un geste de défense.

Il revint à Jarno et Markus de les emmener tous les deux.

Sonja sortit de la cuisine en tenant Johan par la main.

– Maintenant, nous allons rentrer chez maman et papa, annonça-t-elle.

Johan semblait content. Il n'avait peut-être pas complètement oublié ses parents. Il est difficile de savoir ce qui se passe dans la tête d'un enfant de quatre ans.

Près de la porte d'entrée, tandis que Sonja l'habillait, il se souvint soudain de quelque chose.

– Et Jakob, s'écria-t-il en désignant l'escalier.

Nous montâmes tous les trois et Johan se précipita dans sa chambre. Là, il bondit sur un singe en peluche beige portant une veste rouge et Sonja lui demanda s'il voulait emporter autre chose. Il considéra la marée de jouets autour de lui, mais ne ramassa qu'un grand camion en plastique bleu et jaune.

– Au revoir, chambre, lança-t-il en sortant.

Sonja l'accompagna à l'hôpital pour un bilan de santé tandis que je retournais au commissariat et conduisais Sörensen et son épouse en cellule.

J'appelai ensuite Harriet Selenius et lui demandai si je pouvais venir pour une affaire urgente. Elle fut surprise, mais me répondit que cela ne posait pas de problème. Le hasard voulut que Stig soit également chez lui.

À mon arrivée, nous nous installâmes à nouveau dans le canapé. Harriet était maîtresse d'elle-même et Stig avait les mêmes cernes que la fois précédente. Il était difficile de trouver les mots pour ne pas provoquer un trop grand choc. J'optai pour le style officiel et dénué d'effets dramatiques.

– Il y a quelques heures, on nous a révélé que Johan a vécu dans une famille qui a bien pris soin de lui. Nous avons immédiatement lancé une intervention qui a été couronnée de succès. J'ai vu Johan et il semble en parfaite santé. Il se trouve à présent à l'hôpital pour un examen de routine, mais il est apparemment sain et sauf. Je suis venu vous chercher pour vous y emmener.

Je ne peux pas décrire leurs visages, mais je ne les oublierai jamais.

Une demi-heure plus tard, nous étions dans la salle d'attente de l'hôpital. Dans la voiture, je leur avais expliqué que Johan avait les cheveux bruns et qu'il ne reconnaîtrait peut-être pas ses parents sur-le-champ. Je leur avais signalé également avec tact qu'ils ne devaient pas l'effrayer par une avalanche d'émotion. Je crois qu'ils comprirent, même s'ils pleuraient tellement qu'ils pouvaient à peine parler. Dans le rétroviseur, je les vis acquiescer depuis la banquette arrière où ils étaient blottis l'un contre l'autre.

Dans la salle d'attente aussi, ils se tenaient enlacés, le visage tourné vers le couloir. Ils paraissaient inquiets, redoutant que tout cela ne soit qu'un mirage. Puis une porte s'ouvrit, la même que celle par laquelle Petra avait émergé environ une semaine plus tôt. Je vis d'abord le camion bleu et jaune dans la main de Sonja, puis Johan qui lui tenait l'autre main et son singe de l'autre côté.

Stig sursauta et voulut se précipiter, mais Harriet le retint. Ils s'approchèrent avec précaution.

– Bonjour, mon lapin, lança Harriet avec tendresse.

– Bonjour, répondit Johan timidement.

– Bonjour, répéta Stig.

Johan cligna des yeux et resta immobile. Puis il retira sa main de celle de Sonja et la tendit vers Harriet.

– Dis, pourquoi tu pleures, maman ?

Le soir, je me rendis à Nikolajbacken avec Hector et Markus. Je comptais que mes recommandations strictes pour un départ dès le lendemain auraient procuré un sentiment de sécurité à Ingves jusqu'à l'échéance de l'ultimatum. Ce qu'il ignorait, c'est que, depuis qu'un dossier était tombé à l'eau à cause d'une bande inutilisable, nous réalisions toujours deux enregistrements pour les interrogatoires conduits dans la grande salle. J'avais brûlé l'une des bandes du premier interrogatoire compromettant d'Ingves, mais je pouvais le coincer avec celle qui restait. Cela m'était venu à l'esprit pendant que je triturais le perforateur. Que vaut ma parole d'honneur comparée à la possibilité de sauver un enfant et d'arrêter un meurtrier ?

Nous nous garâmes dans la cour et gagnâmes l'immeuble d'Ingves à pied. Comme nous nous y attendions, la porte d'entrée en piteux état n'était pas fermée à clé et nous pûmes donc nous faufiler à l'intérieur et sonner à son appartement. Ingves répondit :

– J'arrive, j'arrive.

La porte s'ouvrit.

– Salut, Nina, tu as oublié tes cl… Ah, c'est toi, Harald ?

Ingves recula de quelques pas et je me plantai sur le seuil. Seule sa veste en simili-serpent était encore accrochée dans le couloir. Il avait été efficace dans ses préparatifs.

– Est-ce qu'il y a un problème ? Sörensen n'était pas chez lui ? demanda-t-il, étonné.

Puis il aperçut Hector et Markus derrière moi, dans la cage d'escalier, et il commença à comprendre. Je vis que son T-shirt et son jean moulant ne pouvaient pas dissimuler d'arme et je ne me méfiai donc pas.

– Il était chez lui et tout est réglé avec Johan. Mais ne crois pas que tu vas t'en tirer !

Ingves perdit alors le contrôle de lui-même. Ses yeux se rétrécirent et se mirent à briller. Il hurlait tant que je vis sa salive gicler sous l'éclairage de l'ampoule nue.

– Mais tu m'as donné ta parole d'honneur ! Nous avons un accord ! Et tu n'as aucune preuve !

– Il me reste une bande du premier interrogatoire, répondis-je. (Je criais aussi.) Tu vas passer le reste de tes jours en prison !

Ingves plongea rapidement la main dans sa veste en simili-serpent.

– Ta parole d'honneur ! hurla-t-il. Aaaaaaaaahhhh… !

Il avait empoigné une arme dont il ôta le cran de sûreté de l'autre main. J'entendis le cliquetis de la gâchette et vis l'éclair au bout du canon.

J'aurais également dû entendre la détonation, me dis-je.

Mais je n'entendis rien.

Absolument rien.

RÉALISATION : IGS-CP À L'ISLE-D'ESPAGNAC
IMPRESSION : CPI BRODARD ET TAUPIN À LA FLÈCHE
DÉPÔT LÉGAL : MARS 2014. N° 113853 (3003426)
IMPRIMÉ EN FRANCE

ÉGALEMENT CHEZ POINTS POLICIER

Le dernier Lapon

Olivier Truc

Depuis quarante jours, la Laponie est plongée dans la nuit. Dans l'obscurité, les éleveurs de rennes ont perdu un des leurs. Mattis a été tué, ses oreilles tranchées – le marquage traditionnel des bêtes de la région. Non loin de là, un tambour de chaman a été dérobé. Seul Mattis connaissait son histoire. Les Lapons se déchirent : malédiction ancestrale ou meurtrier dans la communauté ?

« Ambiance polaire, traditions religieuses et querelles d'éleveurs, le Français Olivier Truc réussit un étonnant thriller qui n'a rien d'une promenade exotique. »

Télérama

ÉGALEMENT CHEZ POINTS POLICIER

Le Temps de la sorcière

Arni Thorarinsson

Muté dans le nord de l'Islande, Einar, le sarcastique reporter du *Journal du soir*, se meurt d'ennui. D'autant qu'il ne boit plus une goutte d'alcool! Tout ceci deviendrait vite monotone... si ce n'étaient ces étranges faits divers qui semblent se multiplier: un étudiant disparaît, des adolescents se suicident... Einar voit d'un autre œil cette microsociété gangrenée par la corruption et la drogue.

« Un polar enlevé, écrit entre chien et loup, inquiétant comme les paysages islandais. »

Télérama

ÉGALEMENT CHEZ POINTS POLICIER

Hiver

Mons Kallentoft

« Cette journée n'est pas faite pour les vivants », pense Malin Fors au cœur de l'hiver le plus froid qu'ait connu Östergötland, en Suède. Le cadavre nu et gelé, retrouvé pendu à un arbre, semble donner raison à l'enquêtrice. La victime aurait jadis blessé son père avec une hache… Malin s'interroge : ce meurtre est-il l'assouvissement d'une vieille haine ? Ou un sacrifice pour le solstice d'hiver ?

« La quintessence du polar. »

Gérard Collard, France 5

ÉGALEMENT CHEZ POINTS POLICIER

La Cité des Jarres
Arnaldur Indridason

Un nouveau cadavre est retrouvé à Reykjavik. L'inspecteur Erlendur est de mauvaise humeur : encore un de ces meurtres typiquement islandais, un « truc bête et méchant » qui fait perdre son temps à la police… Des photos pornographiques retrouvées chez la victime révèlent une affaire vieille de quarante ans. Et le conduisent tout droit à la « cité des Jarres », une abominable collection de bocaux renfermant des organes…

« Indridason réveille des effrois enfouis dans la glace, gelés dans le temps. »

Lire